中国古代文学的文化传承研究

高 升 刘叶青 赵 晋 ◎著

图书在版编目（CIP）数据

中国古代文学的文化传承研究 / 高升，刘叶青，赵晋著. — 北京：中国民主法制出版社，2023.8
ISBN 978-7-5162-3313-9

Ⅰ.①中… Ⅱ.①高… ②刘… ③赵… Ⅲ.①中国文学－古典文学－文化传播－研究 Ⅳ.①I206.2

中国国家版本馆CIP数据核字(2023)第131454号

图书出品人：刘海涛
出版统筹：石　松
责任编辑：刘险涛　吴若楠

书　　名	中国古代文学的文化传承研究
作　　者	高　升　刘叶青　赵　晋　著

出版·发行/中国民主法制出版社

地址/北京市丰台区右安门外玉林里7号（100069）

电话/(010) 63055259（总编室）　63058068　63057714（营销中心）

传真/(010) 63055259

http://www.npcpub.com

E-mail:mzfz@npcpub.com

经销/新华书店

开本/16开　　787毫米×1092毫米

印张/13.25　　字数/200千字

版本/2023年8月第1版　　2023年8月第1次印刷

印刷/廊坊市源鹏印务有限公司

书号/978-7-5162-3313-9

定价/68.00元

出版声明/版权所有，侵权必究。

（如有缺页或倒装，本社负责退款）

前　言

中国古代文学有着和西方截然不同的特点：如重现实、重品德、重责任、重抒情、重表现等，中国文学始终歌颂和平、歌颂友谊、歌颂正义，中国文学与史、哲没有严格的区分等，因此，对中国古代文学的研究，要学习和借鉴西方的文学理论，但不能生搬硬套西方的文学理论、尤其不能把西方文学理论的一些术语当作标签到处乱贴。这些年来我们在这方面积累了较多的经验，也有许多教训，现在我们有必要对这些年来我们的文学史研究工作，从观念形态到方法路径，进行认真总结和反思。总的来看，中国文学史的研究还是要用中国文化学的视野，还是要回到中国文学研究的传统领地，还是不能撤换掉中国文化的大背景。

人文精神主要表现为对个人价值的追求以及以人文关怀为最终目标。中国传统文化富含人文精神，古代文学中所包含的人文精神是非常丰富的，内容庞杂，涉及广泛，主要包融爱国情怀、民族精神、传统美德、道德修养、生命意识、审美意识，等等，是我国传统文化的精髓。千百年来作为一种历史积淀，已经潜入中国人的深层心理构成之中，成为人们不可缺少的精神家园，奠定了中华民族的道德准则、价值观念和行为规范，形成中国文化鲜明、独特的民族性。

随着中华民族复兴步伐的加快，人们越来越认识到，中华优秀传统文化是中华民族的精神命脉和中国向前发展的文化根基。所谓中华传统文化，是指中华民族在长期社会实践中形成并发展起来的，对中国人的思维方式、道德伦理、审美观念、行为规范产生重大影响的文化理念和文化遗存。它广泛地存在于制度、思想、道德、审美等各个方面，古代文学只是其中一个重要的组成部分。所以，古代文学不能涵盖传统文化，古代文学课程也不能上成"传统文化概论"。但是，古代文学有一特殊性，即其发展轨迹与传统文化的形成过程几乎一致；而且古人也没有今天的"纯文学"观念，往往将自己对历史、哲学、艺术、宗教、伦理的感悟全部写入作品。所以，古代文学蕴含着传统文化的艺术精华，融贯着中华文明的思想血脉，承担着传承传统文化的天然使命。因此，古代文学的教学离不开传统文化这一母体，传统文化的传播也离不开古代文学这一载体。尤其在中华民族走向伟大复兴的当下，一定要有坚定的文化自信，要有自己的文化话语和文化理念，这一切都需要对传统文化加以汲取和创新。但是作为一种文化传统，传统文化并不会自我彰显，需要有人来加以阐释和推广。古代文学的教学理应肩负起这种阐释和推广的重任，要在讲授作品审美的同时弘扬古人的家国情怀和至善理念，让古代文学的教学与传统文化的传承相得益彰。

目录

第一章 中国古代文学理论范畴 1
    第一节 中国古代文学理论体系 1
    第二节 中国古代文学理论的融合 7
    第三节 中国古代文学的主体 9

第二章 中国古代文学史 22
    第一节 先秦时期的文学 22
    第二节 两汉时期的文学 27
    第三节 魏晋南北朝的文学 29
    第四节 隋唐时期的文学 34
    第五节 宋辽金时期的文学 58
    第六节 元、明、清时期的文学 66

第三章 中国古代文学传播 81
    第一节 文学生产、传播的理论架构 81
    第二节 《诗经》的传播 84
    第三节 楚辞的传播 87
    第四节 "六经"的传播 89

第四章 中国古代文学与社会文明融合 93
    第一节 中国古代社会文明的特征 93
    第二节 中国古代文学艺术与社会文明的构建 98
    第三节 中国古代社会形态与文学艺术形态 102
    第四节 中国古代思想与文学发展 106

第五章 中国古代文学与中华民族的融合 108
    第一节 中华文明的多元化与中华民族的融合 108
    第二节 中国古代文字及文学书写方式的统一 109

  第三节　中国古代文学传统与多民族的形成 113
  第四节　中国古代文学艺术与中华民族进步 116
  第五节　中国古代文学与当代中华民族认同 130

第六章　中国古代文学的艺术审美 132
  第一节　中国古代文学审美形态与标准 132
  第二节　中国古代作家的审美创造与发展 137
  第三节　中国古代文学的审美价值与特征 140

第七章　古代文学与审美能力的培养 146
  第一节　古代文学在培养学生审美能力方面的价值 146
  第二节　中国古代文学在审美能力培养方面的问题 149
  第三节　中国古代文学在审美能力方面的策略 156

第八章　古代文学教学中优秀传统文化精神的传承 166
  第一节　优秀传统文化精神 166
  第二节　中国古代文学对传统文化精神传承的意义 169
  第三节　中国古代文学中优秀传统文化精神传承的对策 173

第九章　中华文化传承的重要意义和途径 182
  第一节　中国传统文化的流失因素 182
  第二节　文化软实力与国家影响力 190
  第三节　中华优秀传统文化传承的途径 195

参考文献 203

第一章 中国古代文学理论范畴

第一节 中国古代文学理论体系

一、中国古代文学理论范畴体系思维方式

之所以有上述议论，是为了引出这样一个话题，即中国古代文论及其范畴体系的理论思维特征、分析方式以及逻辑思辨特点问题，也就是中国古代文论及其范畴体系的哲学方法论问题。我们知道，在中国认识论发展史上有老子的对待统一方法、孔孟的"中庸"和经验方法、庄子的相对和"环中"方法、董仲舒的形上方法，以及墨子的形式逻辑和荀子的辩证逻辑方法等，它们都具有哲学方法论的意义，代表着传统的思维、分析、逻辑以及理论表述方法，而且这些方法往往也并非一家一派之独有，虽然表现形态及其借以阐述的思想义理有别，但作为理论思辨和认识之工具，有时却可能是共同所用的。老、孔、孟、庄、董的哲学方法论人们较为熟知，这里着重谈谈墨、荀的哲学方法论。

中国古代文学理论批评经历了由非自觉到自觉的发展演变过程，但是这种分化并非意味着在学术义法上与其他思想部门完全分道扬镳，历代文论家在以文学为特定思维对象，对文之源、文之体、文之用，以及作家、作品、鉴赏之义谛与体相和品次的研思中，也始终以明性与天道、究天人之际为认知之最高境界，同样将自己的学思目标定位于思辨、冥悟天—地—人关系这一作为传统学术思想价值之宗的范围之内。所以，上述传统理论思辨、分析以及操作方面之方法论，也内化为他们的理性精神，并运用于创立概念范畴、设定命题、营构体系以及品评赏鉴之中。

二、中国古代文学理论范畴特点和理论形态

（一）中国古代文论范畴在理论指向和诠释

这里试以"气"范畴为例，加以说明之。"气"作为一个哲学范畴而被援引入文学理论批评，同时又成为传统文论的核心范畴之一的演变过程，这里不加赘述，而仅对其丰富之内涵所体现出的理论功能的多指向性加以透视。

（二）中国古代文学理论范畴之间的关系

传统文论概念范畴之间往往相互渗透、相互沟通，因而在理论视阈方面体现出交融互摄、旁通统贯的特点。这首先体现为有些文论概念范畴之间往往可以互释，如，"志"与"情"、"象"与"境"、"兴寄"与"比兴"、"趣"与"味"、"韵"与"味"、"气"与"神"与"韵"，等等。当然，这并非是说它们在定义上完全等同。作为不同的概念范畴，它们有各自的形成过程，也有各自的内涵界定，在理论诠释和指述上也有不同的向度。但是，当一些文论家使用它们来描述创作或阅读接受过程中的美感体验，或指述作品内在之审美意蕴时，往往又不加区分，在此一批评语境中使用这个，在彼一批评语境中使用那个，但所指述和论释的对象却是同一个，这就使得一些概念范畴在一定的理论界域内意义等同，互通互用，这种情况在唐宋以来的文论著作中相当普遍。其次，又表现为一些概念范畴之间呈开放性关系，指述对象和理论观照方位相互流动，相互移位，相互吸纳，相互补充，其结果则是促成了不同术语、概念、范畴之间的融合，由此产生新的概念范畴，而不是自我封闭，死死固守在既定的指述对象和论释角度上一成不变。当然，这种开放流动、变化组合又不是毫无思理的杂乱组合，而是遵循着一定的"类"之取予与"辨合"原则来进行的。

（三）中国古代文学理论范畴的延伸

中国古代文论范畴具有较广的内容涵盖面和阐释界域，因此衍生性极强，一个核心范畴往往可以派生出一系列子范畴，子范畴再导引出下一级范畴，范畴衍生概念，概念派生命题，生生不已，乃至无穷。再加上因于理论视角融合、交汇而由两个或两个以上的单个范畴组成复合范畴这一特点，便出现了一系列概念范畴家族，即由一个核心范畴统摄众多范畴、概念、命题的范

畴群。

（四）中国古代文学理论范畴的审美活动

传统文论范畴艺术审美活动的理论思维在思辨分析和阐释的方法上力求使思维主体逼近、渗入思维对象，并且运用与思维对象相同的审美——艺术思维方式来审视、领悟、体验对象，从而使这种理论观照的结果本身也具有一定的美感意蕴，具有一定的情感性、意象性、虚涵性，这也就使传统文学理论批评中的许多涉及艺术审美活动及美感经验的术语、命题、概念、范畴本身即审美化、艺术化，且耐人咀嚼寻味。对于这种理论观照方式之定性，学界有体验型、具象型、直觉型、审美型等种种说法，这里无意于一一辨析，而只想指出这种理论观照和指述方式并非只有体验而没有分析，只有具象而没有抽象，只有直觉而没有理性，而是二者的结合基于后者而又对其加以超越，不即不离，若合若分。就其"即"、"合"之一面而言，可以使在理性思辨过程中必须做到的被剖分为二元对立的思维主体与思维客体合拢起来，克除触类条理而各有所归的机械割裂弊端，主客合一，从而更为深入地体验、领悟和探抉文学创作和阅读接受中的审美意识活动之幽妙隐微之处。对此，笔者以为可以用况周颐《蕙风词话》中论读词之法的一段话来。

三、中国古代文学理论范畴体系结构

（一）文原论

我这里是借用明儒宋濂的《文原》一文的题目做标题，宋濂论的是广义的"文"，当然也可包括文学，但是我取的不是宋濂的原意，而是赋予"文原"二字以新的含义。文指文学，原者本也，有本源、本体、本质多义，故《荀子》有《原道训》，刘勰、韩愈、章学诚等俱有《原道》之作。笔者用"文原论"做标题，就是含有文学本体论、文学的本质论或文学的基本原理之类的意思。这也是符合我国古代哲学、文学理论中所习惯用的概念，就是宋濂用这个词语时说的"本建则其末治，体著则其用章"，也多少有"本体"的意思。文学的本质是什么？文学的社会功能是什么？文学不同于哲学、历史、政治论著的基本特征是什么？我国古代文学论中有不少涉及这些问题，而且已形成一些比较系统的理论。

在文学本原问题的讨论中,"文原于道"、"文以明道"、"文以载道",等等,成为以儒学为宗的主流派文学理论的纲领性的见解。"道"的概念早见于先秦诸多典籍中,《荀子》中已较系统地提出"明道"思想,他说:"圣人也者,道之管也。天下之道管是矣,百王之道一是矣,故《诗》《书》《礼》《乐》之归是矣。"这里已把属于文学艺术范畴的诗、乐等都归入圣贤之道的大范畴中。而刘勰在《文心雕龙》中,旗帜鲜明地首标"原道"以为论文之纲,这就把文学的本体和"道"联系起来。文原于道,这是就文学发生而言;文以明道,则是就文学的功能作用而言。可以说,刘勰是第一个系统地站在哲学和政治的高度去考索文学本体的人,他既看到"文"对"道"的依附,又看到"文"具有相对独立性,所以,"文"与"道"的关系问题才成为我国古代文学史上长期争论的问题。关于这个问题,近代学术界研究的成果已有很多了,笔者这里想说的是,这个问题之所以重要是因为它涉及文学的一个最根本的问题,即文学的社会本质及其社会地位和作用的问题。刘勰之所以高举"原道"的理论旗帜,根本目的就在于给文学定位,并从理论上找到依据。

(二)创作论

在我国古代文学理论中,文章做法、诗律启蒙之类的书不少,应该说也属于创作理论的范畴,但真正的创作论,则应是研究一些带有规律性的根本问题,诸如,创作动机的发生、创作构思的特点、内容与形式的关系、语言文字的魅力,等等。而对这些问题,我国古代文学理论中,也有许多精辟的见解,并有系统的论述,分别见于诗论、文论、戏曲论、小说论中。

文学创作是一种复杂的精神活动,又是一种实践活动,许多创作方法之类的理论,都是在创作实践的基础上总结出来的,对作家具有引导和借鉴的作用。但是,理论毕竟不能替代实践,创作主要是在实践中完成,其中甘苦只有实践者才能体味得到。我们的先辈早已体会到文学艺术创作,不仅仅只是一般的方法技巧问题,其中有一些是带有规律性的却又难以言说的奇妙的玄机,只有在反复实践中才能领悟,这就是"伊挚不能言鼎,轮扁不能语斤"的含义。虽然如此,但文学创作总是有一些具有共同性的最基本的问题可供借鉴。

心物感应论，是我国古代哲学中的一个重要命题，也是文学创作理论的一个基本命题。在西方文艺理论中，也有现实主义的流派，努力从社会现实生活中寻找创作的源泉，解释文艺创作的种种现象；但也有许多流派把文艺创作看作神的启示，或是主观意志的冲动，或是梦幻中的迷狂，诸如此类，可谓是五花八门。而我国古代文学理论中，则是很明确地把文学创作的冲动，看作心物感应的结果，是创作主体和客体相结合的产物，而且这是一以贯之的观点，是贯穿在各种文学艺术门类创作中的共同处。我们很难用唯物主义、唯心主义去判断我国古代的文学理论家，因为强调"心"的人并不舍弃"物"的作用；强调"物"的人，也不忘"心"的主导作用。

文学是语言的艺术，离开语言文字载体，就没有文学作品，所以，对语言文字在文学创作中的功能及表现技巧，自然成为研究者所关注的问题。我国古代文学理论中，研究语言文字技巧的文章甚多，诸如，遣词造句、修辞炼字，以至于篇章结构、详略隐秀，等等。但是，从理论上去分析，最突出的问题是语言文字如何表现思想内容，能不能完全表达思想内容。魏、晋时期哲学界的"言意之辨"，给文学理论提供了理论依据。"言不尽意"还是"言能尽意"是争论的焦点。关于这个问题的讨论，对我国古代意境理论的形成，无疑也起到积极促进的作用。西方符号美学对语言符号功能的分析，给我们以很多启示，从能指与所指的关系看，我们可以理解"意在言外"和"言意之外"等诸层面的指称关系。

言不尽意是就语言文字本身的相对局限性而言，如何尽可能地使"有限"之言去表现"无限"之意，这就要看作家对语言艺术功能的运用。中国文学以汉语言文学为主，所以如何充分发挥汉字的功能及其特殊的表现力，这是历代作家所精心研究的问题，因此也就有很多理论，其中包括语法修辞、章句炼字，等等。由于汉字盖形结构的特点和声韵特殊性，使之具有与拉丁文拼音文字不同的特殊表现力。我国古代诗歌形成固定的格律，这种汉字四声的组合变化及方块字所特有的声形意的结合，使文字组合具有特殊的表现力。这不仅对诗歌如此，就是对其他文学门类也是如此。

关于声律的研究，其直接用之于文学者，盛行于南北朝时期。在此之前，《乐记》中早已提出"礼乐刑政，其极一也"的说法，虽是讲音乐，但也与诗歌的音乐类有关，因为诗歌除配乐之外，文字本早已有音韵之美。到魏晋南北朝时期，人们更加重视语言文字自身的声韵之美，除诗歌外，骈文的出现说明追求文字的形式美和音乐美已扩大到散文中。

（三）鉴赏论

1. 知音识器说

文学鉴赏是一种艺术审美感受，一是发话者（作品）和接受者（读者）双向交流的审美活动，是接受者和被接受者之间产生了共鸣，才能有美感的发生，才能谈得上真正的鉴赏；否则，即使最优美的音乐，对于非音乐的耳朵来说也是没有感染力的。所以，我国古代文学艺术鉴赏，特别强调"知音"。

2. 体性风骨说

我国古代文学批评和鉴赏，大多不是建立在对作家作品条分缕析的基础上，也就是说，不习惯于作理论的剖析，而是喜欢作整体的把握和直观的感受。所以，无论是品藻人物，评点作品，都侧重于对表现出来的风神、气象、风骨、气韵以及意境趣味等类的鉴赏，近似于一种风格美的鉴赏。

诗歌美学的鉴赏，影响是很深远的。至于"风骨"一词，本身虽然不是风格的意思，但是，它却是对文学作品的情志和辞藻的要求，也可以说是对文风的要求，那就是要思想健康、有感染力；文辞也要有力量，即所谓"风清骨峻"、"文明以健"，自然是一种健康而又有艺术力量的风格。

3. 阴阳刚柔说

由于文学鉴赏侧重于对审美对象表现出来的风骨、气质、个性的整体感受，所以逐渐形成一些用以表述整体风格的带有类型性质的概念，如阴阳刚柔、婉约豪放之类；合而言之，则有阳刚、阴柔、豪放、婉约等不同的风格。西方美学中有壮美、优美之分，从美学的普遍意义上讲，这些概念之间，中西美学也有相通之处。但是，中国古代文学理论的表述方式，毕竟是中国传统文化孕育出来的产物，尤具有民族特色和丰富的美学内涵。

中国古代的文学鉴赏理论，与其说它是理性的、伦理道德的概念化的认知，不如说它是直观的、富于艺术想象和创造的审美心理活动，是一种动态的审美感知，而不是静态的物像观照。

4. 滋味兴趣说

文学鉴赏是一种审美活动，读文学作品如同欣赏音乐绘画一样，在审美的过程中，获得思想感情的净化熏陶。所以，我国古代文学理论中，特别强调"滋味"和"兴趣"。滋味犹如领会，就是要有味觉的快感，汉字中的"美"字，从羊从大，可能古人造字时就是以味觉的快感作为美感，所以"味"字就被用来表示文学艺术给人的美感。孔子听古乐受陶醉，以至于"三月不知肉味"，其实，也就是用味觉之美去形容听觉之美罢了。

兴趣是诗歌意境给人们的审美趣味，是一种美感经验。关于"兴"的概念，自孔子说"诗可以兴"之后，就把它和文学联系起来，后来产生了许多词语如兴象、兴味、兴致、兴寄，等等，都具有特定的美学含义。而兴趣一词，则是兼容诸说而形成的诗歌审美的特定的美学概念，这就是诗歌鉴赏所特有的美感，它和滋味、兴味、兴致等等是有内在联系的。历代诗论、文论、画论中，多用这些词语来表述创作和鉴赏过程中的美感活动，这也是我国古代文学理论的民族特色之一。

第二节 中国古代文学理论的融合

我国作为四大文明古国之一，拥有着上下五千年的悠久历史，而在这漫长的岁月长河之中，我们的民族、我们的国家在不断发展和前进的路上形成了博大精深的传统思想，留下了丰富的文化遗产。而思想与文学是分不开的，思想要得到传承就必须依靠各种形式，比如，口口相传、在人们生活习惯中的渗透，等等，其中文学的形式，是最为直观与可靠的，对思想的记录也是最为清晰明了的。但是我们也要看到，文学作品的产生同样依赖于思想的进步。所以，不难看出我国传统思想与文学之间相辅相成的关系。传统思想对整个民族价值观、世界观、思维模式，以及风俗等等方面起着潜移默化的影响，而这种影响至今也根深蒂固地存在于我们每个人身上。所以，在我们现如今的生活当中，认清有利的、好的、优秀的传统思想进行发扬和传承，不但对完善我们的精神活动有所帮助，更对当今社会的发展起着巨大的主观作用。这也就同样要求我们对于古代文学要做进一步研究与探索。由上面的探讨我们可以清楚地认识到古代文学与传统思想是相互渗透且不可分割的，它承载了我国数千年的优秀思想和智慧在里面，因而要更好地传承传统思想，就要对古代文学有深刻的了解，也要更为清晰地认识到它与传统思想之间的紧密关系。

人的思想不同于物质，是无形的。所以，在流传上就要依赖于各种各样的承载工具，比如，创造物、传说、图腾，等等。但是，最为行之有效的流传方法还是古代文学的记载和描述。我国的古代文学清楚直观地将遥远的传统思想进行了归类和区分，并且以最为直观的文字形式进行了记载，包括古代的生活环境、当时主流的思想动态、文化形式、药学化学等科技发展，甚至包括当时人们的审美观与价值观，等等，都能在个中文献中得到体现。而其中的许多著作我们如今也还在普遍地运用与学习，其中，《论语》、《史记》、《本草纲目》仍然被我们当作学习的范本。前人的思想和智慧已经与古代文学融合成了一个整体，是无法分开的。

古代文学除了记录下优秀的科学理论与思想理论，同时也有着许多优美的诗篇和兴味悠长的唯美之作。几千年的历史中，每个阶段都有文人墨客们对于爱国情操的抒发、对大好山河的咏唱以及对爱情的追求，等等。每个时代的文体和表达形式是不同的，但是其中心的含义和优美的词句是不变的。这些都促使着今天的我们对古代文学的热切研究，同样这也深化了我们对古代优秀思想的理解。善言古者，必有节于今。对古代文学的探究的确让今天的我们抓住了古人的思想精髓，同时也让自己的言行更为端正与合乎传统的优秀理念。要做到弘扬民族文化、继承优秀的传统思想，就要与古代文学充分地融合，充分利用古代文学并研究和探索其中深奥的理论，这才能促进我们思想上的进步。我们手中掌握的历史资料与古典文献十分丰富，而且保存上也是相当完整的。但是在现阶段对于这些古代文学著作的研究却是有偏向性，甚至可以说是片面的。当今比较受人们重视的古代文学作品绝大多数是词、曲、诗作、小说等等文学类著作，相比之下对于哲学性、科学性和史学性等比较高的应用型作品就研究过少。这就意味着对于这一类著作当中蕴藏的深刻思想哲理我们并没有深透地挖掘和继承,所以,直到现阶段我们对传统思想的学习仍然不到位。要想使传统思想与古代文学充分融合并为我们现今的生产生活做出指导,全面地学习古代著作十分必要。

对传统思想和古代文学的学习方面应该更加的主动和积极。尤其在处于各个阶段的学生当中更为重要,一是他们正处在思想逐步成型的阶段,需要优秀传统思想的指导;二是在学习阶段也能够更为深刻地理解古代文学的意义与现实作用。只有将古代文学与思想的融合带到现实的生活当中去,才能让其更为充实和完美地结合在一起,也只有这样才能更好地为现在的我们所利用。传统思想是我们的民族在历史中逐渐积累的智慧净化,因为现在的我们一定要对它做很好的传承与发展,因而就要依赖于对古代文学的研究和探索。古代文学不但深刻和清晰地记录了我国传统思想在各个历史阶段的变化和不同发展,同时也给我们带来了极具文学价值的优秀篇章。传统思想和古代文学的融合与互相渗透方便了我们的学习,也给我们学习和发展传统思想造就了可能性。我国古代文学当中无论是纯文学类的作品还是对哲学、历史等研究的著作,都融进了当时社会的思想动态和优秀成果,有着十分巨大的研究价值,对于我们如今的生活和进步也有着很大的益处。传统思想与古代文学的融合与发展有着十分重要的现实意义,因此也应该得到我们的重视,在日常的学习生活中应该可以注重这一点,在让传统思想与古代文学研究与时俱进、适应我们现在生活的同时,将其融合,找到共通,这才能更好地指导我们学习生活的实践。

第三节 中国古代文学的主体

一、什么样的文本是文学

文学文本是指构成文学这种语言艺术品的具体语言系统,是传达人生体验的特定语言系统,包括诗歌、小说、散文和剧本等形态。把一般的文学接受或文学鉴赏活动细化和深化,就是文学文本的解读活动,这是一个对文本的反映、实现的过程，这是一个对文本加以改变、丰富的过程。

根据现代学者艾布拉姆"文学·四要素·理论"："生活—作家—作品—读者"，可以把它理解为文学是以作品为中心展开活动的艺术活动。艾布拉姆的意思似乎是说，生活产生了文学作品，但这个时候的文学作品还不能算是真正的文学作品，只能算作作家的"文学文本"，只有通过读者的阅读、理解和接受、欣赏后，才能成为审美对象，这才变成真正的文学作品。由此可见，作家的"文学文本"再好，没有经过读者的欣赏、接受的检验，充其量也只是一个"文学文本"。只有通过广大读者的接受，才能算真正的文学作品。但是，要能通过广大读者的接受，这个"文学文本"就必须得是从生活中来的，也就是说，必须得是从生活中提炼出来的精华。严格地说，"文学文本"还得有一个"大众化"的媒介来向接受者传播。因此，从当前文学发展现状的角度来说，艾布拉姆的"文学·四要素·理论"似乎应该说成是"五要素"，应该增加"传播媒介"这一关键要素。因为，传播媒介的作用直接影响了作家的"文学文本"是否能够成为广大读者接受的文学很品。

从"传播媒介"这个关键要素这一层面来看，当前的中国文学就值得令人担忧。在当今中国文坛，能够冠上"作家"头衔的作家，以省级作协会员以上算，数以万计。虽然其中不乏佼佼者，但总体成就不容乐观。在资讯空前发达的今天，我们文学作品的传统传播媒介似乎越来越走向孤立的边缘。能够代表当今中国文学的，似乎永远是那些被人为地区分开来的"严肃文学"。然而，这些正统的严肃文学作家却越来越孤芳自赏，他们不是写出一些自己都不能具体说清楚是什么意思的"文学文本"，在一瓚发行数千份的纯文学杂志上发表以外，就是自费出个千把册书，在各自的小圈子里散发一下，过一把干隐。就算遇上国家级的文学评奖活动，也不过就是几位或几十位"评委"看看，发现其中相对优秀的，就被定为"第一名"，头奖。获奖后，才被某出版社"再版"，这才被"广大"读者所接受。不过，也才发行几万、十几万或几十万册，虽然这已经是一个值得令人骄傲的数字，可这个范围（相对十三亿中国人）还是没有"广大"的底气。何况，既能获奖又能真正卖出十几万几十万册的作品是不多的。不客气地说，用这样的方式来发展中国文学，是很难真正发展起来的，中国作家的成就是很难得到体现的。

文学作品的第一传播媒介是文学刊物和出版社，也就是纯文学杂志，大多数出版社已经不再做这种赚不到钱的事了。那些主要担负起这一任务的权威的纯文学杂志最多也不外乎发行个十来万册，而相对权威的就只能发行数万甚至数千册。这样的传播渠道能将优秀的文学作品让广大的受众接受吗？显然是不行的。按照艾布拉姆的理论来说，这些作家的作品其实也还处于"文学文本"的层面，因为它还没有得到真正的"广大"读者的接受。而在当今的中国，还处在这一层面的作家所占总数的比率，不言而知。人们提倡"以优秀的作品鼓舞人"，那么，什么是"优秀作品"呢？"优秀作品"至少应该是广大的受众能够接受的作品吧？广大的受众很难接受的作品不能算是优秀作品，"优秀作品"不能让广大的受众接受，也很难说就是优秀的作品。因此，这就牵涉到一个文学的"传播媒介"问题。

牵涉到文学的"传播媒介"问题，就不能不说说读者。说到读者，就不能不令人担忧。现在还真正称得上纯文学读者的读者似乎很少了，曾经的纯文学读者大部分都在为自身的生计而奔波，他们把欣赏高雅的纯文学作品上升到一种生活的高度，基本上没有时间或者不大耐烦去接触这类高雅，他们宁肯不厌其烦地读《红楼梦》、《红与黑》，读中外名著，也不愿读现在的权威性文学杂志上刊载的"优秀作品"。他们觉得那些纯文学杂志是作家或文学爱好者的读物，与普通的读者无关，因为他们读起来很累，很烦。这就又回到了作家身上。作家写出来的"文学文本"得不到读者的接受，就只能是"文学文本"，"文学文本"变不成"文学作品"，就没有社会效益。聪明的作家也许意识到了这个问题后会做出一些调整，有的人可能就会认为自己写的是传世之作，不需要现在的人看懂。总之，"文学文本"变不成"文学作品"，就会制约作家的成就，这是一个值得注意的问题。

二、审美主体意识的表现

中国古典文学美学的审美意识，派生于儒、道二家的哲学思想（后来，佛家东渐，主要又和道家融汇起来）。因此，作为中国的文学美学体系，一般形成二水分流的局面：一是儒家因人世而关心现实美；二是道家（包括汲取佛家加以融汇或化而为玄学的人们）因遁世或自我超脱，而醉心于自然美。前者追求群体秩序的完善之美，后者追求个人的逍适之美；前者崇尚刚毅：木讷的气度，后者喜爱潇洒清净的韵味；前者表现为汉严的风致，后者表现为淡泊的心态。

　　总的来说，就审美对象的渊源而论，人世派文学美理想的客体，与调整社会秩序、医治人民创伤的价值取向相结合。杜甫的"乾坤含疮痍，忧虑何时毕？"（《北征》）是一种典型。陶渊明的"久在樊笼里，复得返自然"（《归园田居》）显然又是一种类型。他要求真我复归"唯我"与"忘我"高度统一。为此，对审美意识本源的考察，主要是抓两个"背反"：一是以积极调整社会秩序为指归；二是以无所求的境界为指归。既然要调整社会秩序，那么对符合社会规范之善和违反社会规范之恶二者的价值判断，就必然与审美观相结合，而在中国古典文学美学中则又很早就产生了"文由怨生"的思想。从屈原的发愤以抒情（《九章·抽思》），到司马迁的发愤著书，再到钟嵘强调"诗"和"怨"的密切联系，以至于韩愈的"示得其平则鸣"和欧阳修的"诗穷而后工"，这一系列观点，都无不表现为忧患意识是作为文学美的社会渊源的一个核心范畴。审美之源于社会而又特别与"世积乱离，风衰俗怨"（《文心雕龙·时序》）有关，这是一个方面。另一方面，无所求的一派审美意识，它的审美对象的撷取则又显然与此相反。所谓无所求，当然不是绝对一无所求，这只是指敝屣功名、忘怀得失、不计毁誉。他们徜徉于山水之间，啸傲于幽栖之地。这是陶渊明悠然一瞥的南山兮或者是司空图所说地呼吸着冲和之气的幽独的白鹤展羽齐飞。这种审美意识的本源，不是什么戎马关山、风尘涣洞，而是反映出饶有虚静和冲淡特点的山川灵气。凡水天之朦胧，云岚之隐约，大音希声，淡而若无。从有限中引出无限，一刹那中包孕永恒。

　　从审美意识的渊源说来，古文家的审美意识渊源，虽说不如以社会兼自然为对象，但在中国正统派文学美学中却也有一定势力，有一定影响。因此，可以认为，道、社会、自然，这三种审美客体论都是审美意识本源的客观存在。站在今天的时代高峰看来，它们自然是有历史局限性的。这正因为，无论是社会或自然，之所以能成为美，离不开人们改造世界的社会实践。只有把握社会实践这一契机，我们才能把握美的真正根源，既以事物的自然属性为依据，更以寓于其中特定社会内涵作为源泉。离开这一条康庄，就别无"道"可言了。由此可见，探求古代文学美的客体，而不去把握古代文人审美客体的认识内涵，还是无从明确他们心目中美的本体的二重组合的。这就是狄德罗早已论述的"美是关系"（《美之根源及性质的行学的研究》）的精辟命题。审美客体从来就不是孤立的。

审美客体已如上述，审美主体又是如何呢？对于文学审美主体的认识，古代文人一般是从两个角度进行观察：一是从文学美与人品关系加以分析；二是从文学美与感情的关系加以分析。前者侧重于"言志"，后者侧重于"缘情"。既然要言志，就必须吐其心声，因而首先要注意"修辞立其诚"（《易·乾文言》），并由此而涉及审美主体的审美感受、审美判断、审美创造诸功能。比较有系统的论述似乎莫过于叶燮《原诗》所谈的"才、胆、识、力"了。其他如提高审美能力的办法，有孟子的"养气说"、韩愈的"气盛言宜"说、严羽的"别材"说，等等。既然要缘情，就必然提倡感情的自然流露，从而就得强调感情的条畅宣泄和对心灵历程的深微探索，以及强调想象、灵感等等在艺术中的决定因素。陆机的"浮藻联翩"说（《文赋》）、司空图的"离形得似"说（《廿四诗品·形容》）、严羽的"妙悟"说、汤显祖的"灵气"说、金圣叹的"别眼说"，归根到底，都是为深化意象思维、提高审美主体的艺术感受、加强情感的震撼力而服务的。总的来说，在中国古典文学美学中，作为审美中介的东西是审美感知。它一方面渊源于审美客体；另一方面又显示了古代文人的审美能力和审美创造的表象。是主体化了的客体，又是由客体转化而为审美主体的一种心灵网络的初步建构。

文学美之反映客体，不能不通过作为中介的审美感知，而深化为审美意象以至艺术形象，来表达作者的人品、人情；但另一方面，作为客体的社会、自然，也需要以它们强大的魅力来感召作者。因而主体的客体化和客体的主体化原是同时并存而又时时互为转移的。刘招说的"目既往还，心亦吐纳"（《文心雕龙·物色》）就是这个意思。要解决古典文学美学的建构问题，还必须解决古代文人心目中主、客体的关系问题。表面看来，按照中国民族的审美意识来说，审美表现确乎最为突出，但对此并不能绝对化地理解。古代文人对审美中介也是重视的。由于重视构思的虚静和观照的入神，诗的"四义"首先突出"兴观"。严羽要"妙悟"，王渔洋要抓住刹那间感受，郑板桥主张先掣眼中之竹、"胸中之竹"，然后才有手中之竹，这都说明并非只要表现内心而就不要把握外物，只要写神而就不讲究写形。审美感知中既有"表现"，也有"再现"。当然，光有"表现"的"象内之象"还不够凝练为卓越的文学美，跻于"象外之象"，才是古典文学美学的最高境界。这就是中国民族审美观的主流。作为中国民族思维模式之一的"中"，恰恰可以说明"中介"问题。最早表现为"中和之美"，在《文心雕龙》表现为"折中"说，而在现代文学家审美过程中，则表现为对审美中介的重视，利用对审美表象的构成和加工，把审美客体和主体联结起来，把引起心灵的世情物色和形成美感系统的形象世界联结起来、介于二者之间的就是由审美感知而构成的审美表象。这审美表象的内涵是什么呢？它既显示客体性而又具备主体性。这是司空图说的"是有真迹，如不可知。意象欲出，造化已奇"(《廿四诗品·填密》)。意象欲出而未出之时，艺术构思受到一定时代和社会的审美倾向所规范，这是客观的。在主观方面，则有待于审美经验的指引、作者心灵审美趣味的涵茹，伴随作者记忆和想象而产生的情感波澜的荡漾，有客体，有主体，更有二者的交融。

三、古代文学的接受方法

（一）受意过程

接受理论认为，作者、文学文本、读者是一个动态的完整的文学过程。

这个过程分为两个阶段：第一是创作阶段，在这一阶段中作者赋予文本发挥某种功能的潜力；第二是接受阶段，在这一阶段中由读者通过阅读实现这种潜力。把这个过程公式化则为：作者—文本—读者。这个理论的出发点是作者而不是读者。尧斯所谓的要考虑读者的"期待视野"，伊塞尔所谓的要"暗含读者"，都是从作者的角度来阐释接受理论。由于视角不同，分析、研究问题的侧重点就不同。现在要从语言的角度考察读者接受文学文本的意义和审美价值的过程，理所当然地应把视线集中投射到读者身上，把读者视为整个受意过程的出发点和归宿。因此，受意过程的公式应当颠倒为：读者—文本—作者。而且，人们对这个过程的阐释也与一般接受理论不同。读者接受文本意义的整个过程，对于一般读者来说只需经历由读者到文本，再由文本返回到读者这样一个小循环的过程。一般读者只从语言文字符号所指的层面上去接受文学文本的思想意义和教育意义，无须去揣摩作者的构思和创作意图。而对于那些从事文学史教学及研究的"高级读者"和"超级读者"，则不能就此止步。还必须继续前进，从文本深入到作者其人，再从作者其人返回到文本，从文本返回到读者，就是说，需要经过一个大循环的过程。下面侧重讨论这种大循环的受意过程。这种大循环的受意过程分为两个阶段完成。第一阶级叫顺向接受阶段，即沿着读者—文本—作者的方向被动地去接受文本之意。

这一阶段需分两步走，第一步是由读者到文本。文学作品只有经过读者阅读，它的社会意义和审美价值才能从文本的符号系列中显示出来。文学作品一旦问世，就作为一种具有持续稳定性的艺术产品而存在，保证它的存在的是一系列经过作者人为地按一定密码组构的符号。读者首先要能识别基于不同表现形式的各种不同系列的符号，然后才能从具有众多审美规范的涨落系统的背景中将它具体化。"春风"一词，符号"所指"的意思是"春天的风"，白居易"野火烧不尽，春风吹又生"（《赋得古原草送别》）、王安石"爆竹声中一岁除，春风送暖入屠苏"（《元日》），用的就是这个意思。而用在另一些诗句中，它的审美意蕴就丰富了。如"春风又绿江南岸，明月何时照我还"（王安石《泊船瓜洲》）、"羌笛何须怨杨柳，春风不度玉门关"（王之涣《凉州词》）、"春风疑不到天涯，二月山城未见花"（欧阳修《戏答元珍》），这些符号系列中的"春风"就不单纯指自然界中春天的风，而更主要是指朝廷中的暖风，指"皇恩"。而李白"春风不相识，何事入罗帷"（《春思》）、"春风吹别苦，不遣柳条青"（《劳劳亭》）中的"春风"更不是指物，而是用拟人的手法渲染与情人或友人分别时的氛围。至于孟郊《登科后》中"春风得意马蹄疾，一日看尽长安花"中的"春风"，已经与

"得意"黏合为一个成语,表示考中进士后的喜悦;《说苑·贵德》中"吾不能以春风风人"则用来比喻及时给人们教益。读者手捧文本一开始就要读懂语言符号系列中这些密码的意思,才能进入审美领域。

(二)受意方式

1. 历史接受

从严格的意义上说,文学作品从拥有第一个读者起就已成为历史,每个读者接受作品的意义都是一种历史性的接受。无论作品写的是过去的题材、现在题材,还是幻想中的未来题材,都是一定时代观念规范的反映。人们研读各个时代优秀的文学作品,在本质上都是在研读某种文学的历史,由此产生了古代文学史、现代文学史、当代文学史等学科。人们研读文学史上的作品大多习惯于用现存社会的思想、道德、行为等规范系统去理解、去衡量;而另一些人坚持用文本产生时代的规范系统去研究、去品评。这两种接受方式,前者不尊重历史,后者不考虑现实,其结果不是将作品的意义拔高,就是将它的意义贬低。

真正的历史性的接受,既要注意从传统中追寻文学文本意义中相对确定的因素,以使之回归;又要注意挖掘其意义中那些不确定的潜力,使其泛化到让当代人能够接受的程度。司马迁读《离骚》,就注意从这两方面进行分析和评论,他说,屈平疾王之不聪也,谗谄之蔽明也,邪曲之害公也,方正之不容也,故忧愁幽思而作《离骚》。……濯淖淤泥之中,蝉蜕于浊秽,以浮游尘埃之外,不获世之滋垢,皭然泥而不滓者也。推其志也,虽与日月争光可也。(《史记·屈原贾生列传》)这样的评论既尊重历史又超越历史,把过去和现在的意义折射调和起来,古人今人皆可接受。历史性的接受,有不同时代的人对同一作品的接受;也有同一时代不同阶层、不同观点的人对同一作品的接受。他们从作品中所接受的意义有的相同,有的则相左。同时代的西汉人阅读《离骚》,王逸的《离骚经序》与司马迁的观点一致,而班固《汉书·艺文志》则认为屈原写《离骚》是"扬才露己",达不到个人的目的才"忿怼不容,沉江而死"。历史性的文本的接受研究,似乎可以任人接受,而其中相对稳定的意义则不能"脱缰式"地随意评说。

2. 比较接受

一切优秀的文学作品都存在着不确定的因素和潜在的意义，读者通过不同文本的比较，能更好地认识作品的意义和价值。因而，这种接受方式越来越为阅读和研究文学史的人们重视，并广泛加以使用。用比较的方式研读文学史，可以进行纵向比较，也可以进行横向比较。纵向比较接受，是从历史的纵切面上比较不同时期内容、题材相同或相反的文学作品的价值和意义。陶渊明、王维、孟浩然、范成大都以反映农村题材，描写田园生活著称于世，都对后世产生重要影响；而他们作品的历史意义和审美价值不通过纵向比较，则很难做出公允的评论。两汉文学由于受儒家思想影响，耻于在文学作品中表现农村风物，陶渊明破天荒地把田园生活作为审美对象。他的田园诗有躬耕劳作的真实感受，有探寻桃源的理想主义，有采菊东篱的隐士风度，作为田园诗的鼻祖是当之无愧的。王维、孟浩然的田园诗，高士的闲情有余，而亲身的体验不足。如果陶潜称得上是田园中的主人的话，那王、孟不过是田园中匆匆来去的游客，但他们善于捕捉到田园中隐藏较深的韵味。陶与王、孟的田园诗都有点飘飘然，而范成大的田园诗就比较贴近现实，比前人的同类诗多了几分泥土的气息和揭露剥削的内容。从审美价值看，王、孟的诗略高一筹，从政治意义看范成大的诗多得一分，他们从两个不同的侧面继承并发展了陶渊明的田园诗。

横向比较接受，是把某一作家的文本与同时代其他作家内容相近的文本作比较，以便更好地掌握其意义的特殊方面。陶渊明与谢灵运都活跃于东晋、刘宋交替之际，在诗歌题材的拓展上都具有开创性的功绩，都以崇尚自然美而著称于世，并深深影响着后代山水田园诗人。但从作品的思想内容看，陶诗胸次浩然，理想崇高，同黑暗官场决裂的态度比较坚决，是真心实意回到田园中去寻求人生的乐趣。因而同农人、渔樵建立了一定的感情，在一定程度上认识到劳动的价值。而谢诗总是念念不忘政治权势，缺乏崇高的理想，往往借浪迹山水来掩饰"心存魏阙"的郁闷。表面似乎很清高，实际未免显得"浊低"。总的来看，谢诗的思想价值和审美价值均不及陶诗。比较接受可以在多方面进行，这里我们仅谈了在受意过程中的比较接受。

3. 审美接受

对文学作品的题材、内容及作家的创作意图的接受，由于读者的动机、需求、效果不同，大体可分为一般的审美接受和高级的审美接受。一般的审美接受，多以个体的形式出现。各个读者可根据自我的审美经验和趣味、感受、体验、理解文本的意义，无须过多顾及作者创作意图的初衷和社会群体意识的规范。《金瓶梅》的作者"兰陵笑笑生"何许人也，现已难以稽考，作者真正的创作意图也不得而知，但并不影响人们对这部划时代的以日常家庭生活为题材的现实主义长篇小说的阅读和欣赏。小说写清河县生药铺老板西门庆勾结官府和社会上一些"不守本分的人"有恃无恐地为非作歹，与潘金莲、李瓶儿、庞春梅等荡妇纵欲淫乱，以致家败身亡的故事。人们可以从社会学的角度把它作为一面镜子，了解明代中期上至朝廷太师，下至地痞流氓，中至各种市井人物的真实面貌和当时社会中各种黑暗污秽的情况；也可从民俗学、宗教学的角度，认识当时社会的各种风情习俗；还可以从文学的角度分析各种人物形象、性格的复杂性、多面性、生动性；以及从语言的角度研究当时白话小说的特点、日常口语、方言、成语、谚语、歇后语的运用，等等。阅读时，人们可以按各自不同的审美心理、不同的情感态度自由地接受。对西门庆、潘金莲等人所作所为的身世和悲剧结局，可以同情，可以批判，可以为戒，甚至可以效法。只要不把自己的感受和意见发表出来，不产生社会效果，都属于个人一般性的审美接受。

（三）受意方法

受意者要想很好地接受文本文字符号背后深层的味外之旨和韵外之致，还须讲究受意的方法。受意的方法多种多样，有两种是值得研究的。一种是孟子提出的"以意逆志"和"知人论世"。他认为，欣赏主体在接受文学文本的过程中应做到"不以文害辞，不以辞害志，以意逆志，是为得之"（《孟子·万章下》）。就是说，读者不要因为文学文本采用了各种艺术表现形式就影响自己对辞意的理解，也不要仅仅从文字符号的表层意思来理解作品的深层含义。而要充分发挥欣赏主体自我的审美能力，调动感觉、情感、想象、理解等审美知觉的心理要素（"意"）去揣摩、体验（"逆"）作者的创作意图（"志"）。把作者外化了的心灵通过具体的艺术语言还原回去，这样才能把握作者的创作意图，理解作品的思想意义。"以意逆志"是以欣赏主体的"意"去"逆"（迎）作者和文本客观存在的"志"，这难免会带有主观主义。

为了在进行艺术欣赏时尽可能减少主观成分，孟子又提出"知人论世"的弥补办法。他说，颂其诗，读其书，不知其人，可乎？是以论其世也，是尚友也。这话本来是针对"士"的修养而言的，但已涉及文学欣赏的方法。意思：是说，要理解古人的"诗"、"书"、除"以意逆志"外，还要了解作者其人，了解作者创作文本所处的特定历史环境，才能准确客观地把握作品的旨意。

"以意逆志"与"知人论世"的有机结合，是一种行之有效的辩证的受意方法。读欧阳修的《醉翁亭记》，"醉翁之意不在酒"，那在什么地方呢？文章说，"在乎山水之间。"接着又说"山水之乐，得之心而寓之酒也"，绕来绕去玩弄文字游戏，最后还是归结于酒。他不会喝酒，"少饮辄醉"，因心里高兴最后还是喝了个晕头转向。他高兴的原因本来就是"醉翁之意"的所在。但作者并未正面指出，而又含糊其词地说："人知从太守游而乐，而不知太守之乐其乐也。""乐其乐"，诸家注本解释为"为游人的快乐而快乐"。把"其"解释为"游人"是不妥的，应解释为"他"，即作者自己，才是文章的所本。作者究竟高兴些什么呢？在文章中是难以捉摸的，如用孟子"以意逆志"、"知人论世"的方法到文外去寻求，就比较容易理解"醉翁之意"的所在。写《醉翁亭记》的第二年，欧阳修在给梅尧臣的一封信中说：某此越久越乐，不独为学之外有山水琴酒之适而已。小邦为政，期年粗有所成，固知古之人不忽小官也。这话道出了"醉翁之意"的真诗不在酒，也不在山水，而在"小邦为政"，一年就见成效。作者因积极参加范仲淹领导的革新运动，遭到保守势力的排斥被贬为滁州太守。自己的才能和抱负在朝廷虽得不到施展和实现，而到滁州这个小地方短短一年多时间就"粗有所成"。这就是他"乐"的原因，而且在"乐"的后面还隐藏着难以言表的愤怨与不平。另一种值得研究的受意方法是陶渊明所说的"好读书，不求甚解"（《五柳先生传》）。

"不求甚解"，不能理解为读所有的"书"都只要"知其然"，不必"知其所以然"，而是说读书有几种读法，有的必须"求甚解"，必须穷追不舍，究其根源，而有的则不需要去"求甚解"，特别是读诗歌作品更是如此。正如明代谢榛所说，诗有可解，不可解，不必解，若水月镜花，勿泥其迹可也。

而一些论者未能洞晓"不求甚解"的妙用，对此颇有微词，不过是俗儒之见。俗儒解诗受意，一是只在片言只字上钻牛角尖。有的寻章摘句，旁征博引，东拉西扯，烦琐考证。文本中的一个字、一个词，竟用洋洋万言的巨大篇幅进行诠释，使人越读越不得其要领。有的主观臆断，断章取义，抓了芝麻，丢了西瓜。苦心搜寻其年、其地之事，硬说某诗是为了某事而作，如说李白的《蜀道难》是"为严武入蜀而作"，杜甫的《兵车行》是为征吐蕃而作之类。有的人云亦云，胸无所得。这些学究、俗儒式的读书办法，怎能认识"不求甚解"之妙？"不求甚解"的受意方法不拘泥于从字、词、句的小处入手，而侧重从总本上的情、性、义、理去把握诗中所言的"志"。柳宗元《别弟宗》一诗云：零落残红倍黯然，双垂别泪越江边。一身去国六千里，万死投荒十二年。桂岭瘴来云似墨，洞庭春尽水如天。欲知此后相思梦，长在荆门郢树烟。

柳宗元被贬到柳州后十二年，他的堂弟柳宗一来看望他，不久宗一便要离他赴江陵，他便写了这首赠别诗。诗篇借伤春写惜别，又借伤春惜别抒发遭贬后的危苦和隐恨。尾联两句的"梦"、"烟"二字把诗意引向空灵的境界，表达了难以言表的相思之苦和不平之意。如硬要说"梦中安能见烟"（《竹坡诗语》），未免就给人以吠日之讥。柳宗元今后梦里到底和堂弟宗一在什么地方相逢，到底见到什么，大可不必去求"甚解"，今后也许他根本不会入梦，也许常在做白日梦，这些都无碍对诗意的理解。南宋张孝祥《念奴娇·过洞庭》一词写他中秋之夜、泛舟洞庭，见到"素月分辉，明河共影，表里俱澄澈"，便"悠然心会"，感到"妙处难与君说"。他"心会"什么？"妙处"何在？无非是借以表示自己玉壶冰心，光明磊落的品格。若还要深求什么"甚解"，不被人讥之为迂腐的学究，就被人视之为说梦的痴人。"好读书"与"不求甚解"是一个问题的两个方面，前者是前提，是条件。没有"好读书"的基础，没有鉴赏文学作品的学、识、才、力，就不能真正掌握"不求甚解"的受意方法。这就是曹植所谓的"有龙泉之利，乃可以议于断割"（《与杨德祖书》），也就是刘勰所说的"操千曲而后晓声，观千剑而后识器"（《文心雕龙·知音》）。不读书，又"不求甚解"的是庸人；"好读书"，而处处务求"甚解"则是迂儒，这两种人岂能与静节先生同日而语？

第二章 中国古代文学史

第一节 先秦时期的文学

一、先秦文学的发展

（一）文学的初创

先秦文学形成于中国文化的创造期，对先秦文学的研究，必须将它置于最广阔的历史文化背景下审视。先秦文学中的问题，无一不涉及广泛的文化问题。所以，离开了文化视角就无从切入和深入。

传说夏禹的儿子大约在公元前21世纪时建立了夏朝。古文献所载的有关夏代的历史多属传说性质，且很少。从甲骨卜辞的发现，证明我国至少在殷商社会中期已有了初步定型的文字。商代和周初的铜鼎铭文，《周易》中的卦、爻辞等，可以说是我国散文的萌芽。

商文化中引人注目的一点，是文字的使用。清末民初发现了大批刻有文字、用于占卜的甲骨，汉字最重要的特点——音、形、义三要素也已经形成。但甲骨文并非最原始的文字，早一两千年就有了简单的文字符号。甲骨文虽然很简略，却是关于占卜结果的完整记录。从文学角度来说，文字既为书画文学提供了基本条件。

（二）百家争鸣

公元前770年，历史进入大动荡大分化的春秋战国时代，那是一个动乱的时代，也是一个收获丰硕的时代。

从西周初年到春秋中叶的500年间，是四言诗发展的黄金时代。通过采诗和献诗的方式，搜集、整理了我国古代第一部诗歌总集《诗经》。其内容十分丰富，特别是其中的民歌，诸如，人民反对剥削压迫、揭露统治者的丑恶。《诗经》的艺术成就也很高，如整齐的章句、优美生动的语言，都是前所未有的。它开创了我国古代文学的写实传统。就四言诗来说，《诗经》几乎前不见古人，后不见来者。无论民歌还是文人诗的四言，都不曾超越过它。《尚书》是一部古代文告和讲演录的综合集子，《虞书》和《夏书》，只能视为后人追记，《周书》则可全部视为西周至春秋时期文告的真实记录。《春秋》对春秋时期各国历史做了简要记载，是研究春秋历史的重要资料。《春秋》和《论语》的记事记言，语言都简明平浅。《诗经》《尚书》《易经》《春秋》被后代认定为儒家的经典著作，在中国文化思想史上产生过巨大影响。

战国时代是一个大混战的时代，也是一个思想文化迅猛发展，人才辈出的时代。战国百家争鸣局面的形成和发展，一些著名的思想家、政治家、历史学家的言论，同时也就是重要的散文作品。因为政治主张、思想性格不同，所以表现手法和语言风格也各异。《庄子》散文，汪洋浩荡，想象丰富。《荀子》《韩非子》在文章结构和说理方面，也各具特色。《春秋》还是极简单的历史事件编年纲目，《左传》的出现，则表现出显著的进步。

战国后期出现了我国第一个伟大诗人——屈原。战国后期，以屈原为代表，创造并兴起了"楚辞"。

《楚辞》的产生也和战国时代的散文一样，它是《诗经》以后的一次诗体大解放。它把《诗经》的四言方块诗改为参差不齐的骚体诗，标志着我国文学史上诗歌的新发展。

新兴诗体楚辞的出现，使诗坛又奇文陡起，在我国古代诗歌史上揭开了崭新的一页。在屈原以前，我国诗歌是口头流传的集体创作，屈原的出现，改变了文坛上的这一现象。

（三）楚文化对先秦文学的影响

楚辞，是公元前4世纪，继《诗经》之后，产生于我国南部楚国地方的一种新诗体。楚辞渊源于独特的楚地文化。

楚有江汉川泽山林之饶，物产富足。在长期发展过程中，逐渐形成了独呈异彩的楚文化；楚人服饰，独具一格；楚地音乐、语言也极富地方色彩。

楚文化以绚丽浪漫为主要特征。

楚地民歌多，且别具特色。远在周初，《江有汜》等民歌，就产生于楚国境内。楚地方言有特殊的意义，也有特殊的音调。"楚辞"中方言很多，在诗中屡屡可见，使"楚辞"具有浓厚的地方色彩。

楚国本有自己独特的文化传统，又接受中原文化的影响，汇成文化巨流，涌现出"楚辞"这种独特的诗歌形式。

"楚辞"，按其名称本义，是指楚地的歌辞。鲁迅说它"以原楚产，故称'楚辞'"。屈原等人的作品在屈原时代未有"楚辞"之称。汉成帝时，《楚辞》又作为总集的书名流传于世。

二、先秦时期的文学作品

（一）第一部诗歌总集

中国文学有着悠远的历史，《诗经》是中国文学最重要的源头之一，收录了自西周初年至春秋中叶近500年间的诗歌作品。诗的来源约有：①来自"献诗"，公卿列士在周天子听政之时献诗给天子，起着讽谏或赞颂的作用；②来自"采诗"，周王朝或各诸侯国的乐官，到乡间搜集百姓中流传的诗歌；一部分诗歌，由王朝的乐官等"专业"创作者所完成。

这些诗歌在《诗经》当中有不同的归类：民间的属于"风"；献给周天子的属于"雅"；宴飨之诗属于"颂"。"风"，指各诸侯国的地方音乐；雅乐是朝廷上使用的；"颂"是节奏较为舒缓的舞曲。《诗经》中的风、雅、颂在内容、审美风格上不完全一致。

《诗经》写作的西周时期，当时以贵族为中心，非贵族的"民人"没有太多人身自由，所以没余暇来创作。所以，《诗经》仍然是贵族的作品。

普通中国人谈到《诗经》，指的是《诗经》中"国风"，"国风"当中的爱情诗也颇为多姿多彩，都是"天地元声"，无矫揉颓靡之象。

《国风》相对《雅》《颂》来说，语言更接近口语，《雅》《颂》中的四言变得活泼生动起来。

通常学者会注意到《诗经》的"史诗品格"。《大雅》被当作周民族的史诗，其中有《生民》《公刘》《绵》《皇矣》《大明》等五篇。

《诗经·大雅》的这些篇章，构成了周民族英雄创业的史诗。从其体制上与《荷马史诗》不能相提并论。《荷马史诗》的叙事性更强，《大雅》中的史诗有强烈的抒情；《荷马史诗》是民间行吟诗人在民间传唱，随时增删，但周民族的史诗是在祭祀先祖的仪式上歌唱，内容比较固定。

《诗经》和《荷马史诗》在诗歌精神追求方面也存在着不同。《荷马史诗》充满冒险和探寻精神。而《诗经》记述的是周民族在与自然的和谐共处中如何创造文明。人们并不主动对外扩张，战争是为了驱逐外敌。

（二）承上启下的史学著作《左传》

《左传》是《春秋左氏传》的简称。《左传》之名始于《汉书·艺文志》："左氏传三十卷。"司马迁说："鲁君子左丘明……成《左氏春秋》。"

《左传》与《国语》两者思想倾向基本一致，但《左传》有新的发展，民本思想更加鲜明。《左传》记事表明了民重于天、民重君轻等的观点，比《国语》的思想有进步。

《左传》开创了中国编年体写作的新纪元，梁启超说："左丘可谓商……又秦汉以降史界不祧之大宗也。"左丘明是史传文学的一名革新家，有人把《左氏春秋》奉为文章之祖，如明代叶盛说："六经而下，……而千万世文章实祖于此。"

《左传》描述的是一个纷杂的社会，将错综繁复的王侯以及诸多异常的变乱表述得条理分明，使密谋暗算昭然若揭。《左传》描述社会主要矛盾的线索是社会的政权变更与政治关系的变化。作者在记叙谋杀、行刺、政变及战争中，使叙述得到充分发挥。如晋灵公谋杀赵盾、齐崔抒之乱、楚灵王之死、吴公子光刺王僚等，证明了《左传》作者的成功。

《左传》善于描写战争，体现了他高超的叙事艺术。作者对当时一些著名战役，如宋楚泓之战、秦晋淆之战、吴楚柏举之战等，有出色的描写。《左传》的战争描写，结构完整，运笔灵活，能着眼于战争的前后左右；以历史家的卓越见识，重在描述战争的来龙去脉，因而波澜起伏。这样的战争描写，后所难及。

《左传》的语言是历代文人学者推荐的典范。精炼、婉转的语言，描摹出符合人物身份的个性化语言。同是论战，曹刿发论委婉尽致，充分显示了"远谋"的乡下人处处小心谨慎的心理；子鱼发论坦率直陈，敢于当面批驳宋襄公的谬论，符合一个公侯贵族的口吻。《左氏春秋》最为精彩的是行人的辞令，凭借十分讲究的言辞来折服对方，显示了行人们能言善辩的特征。

《左传》的叙述语言词约事丰。如《宣公十二年》记晋军败于楚，作者只写："中军……舟中之指可掬也。"先上船的人以刀乱砍后来争攀船舷者的手，一个小小镜头，显示出晋军仓皇败逃之全状。作者记入冬后楚军将士受冷冻，"王巡三军，……三军之士皆如挟纩"。比喻贴切，将楚王慰勉与三军将士的愉悦蕴含其中。"言近而旨远，辞浅而意深，……反三隅于字外。"

《左传》在史学领域，是中国最早的、叙事详细的完整著作，成为第一部完备的编年史。它的创新为封建时代历史著作的撰写奠定了基础。自《史记》的开创纪传体是继承和发展《左传》记写形式的结果。后来各朝的正史多为纪传体。如，《左传》之后最早的东汉荀悦《汉纪》，宋司马光《资治通鉴》等皆为编年体历史巨著。编年叙事和纪传叙事成为我国历史著作的两种最基本的体裁。

《左传》在体制、容量、手段诸方面，具备了长篇叙事文学的雏形。其艺术成就是开创性的，因此它在中国文学史上占有重要而突出的地位。《左传》对后世文学产生的影响在先秦时期，是其他历史著作无法相比的。

（三）纵横捭阖的《战国策》

《左传》描绘了春秋时期中国大地上发生的丰富多彩的历史故事，《战国策》描绘出战国时期纵横捭阖的时代风貌。

《战国策》属于史料汇编。原有《国策》《国事》《长书》等。全书分十二策。十二国：秦、齐、楚、燕、韩、赵、魏、西周、东周、宋、卫、中山。该书没有一个统一的作者，当是出自史官之手，现在流传的版本，是由汉代学者刘向整理而成。

《战国策》从周贞定王十四年，到秦始皇三十一年，记载这一历史时期中谋臣策士游说各国的言论和行动。很多信史被司马迁使用，但有夸大虚构之处。本书是一部优秀的散文总集，文笔优美恣肆，语言流畅，善于运用寓言故事和生动的比喻来阐述道理，文学意味极其浓厚。汉初许多政论家如贾谊等人都受其影响。

战国时代社会的动荡更加激烈，周天子没有任何控制权。社会进入一个全凭借战争实力来决定国家命运的时代。

道德仁义随着铁制农具的出现而日渐失落，武器制造水平也迅速提高，较大的诸侯国加快了领土扩充。新兴的地主阶级悄然取代奴隶主阶级，奴隶主阶级也不甘心退出历史舞台。周王室的影响已经荡然无存，仁义道德观念在刀光剑影中解体，谈不上主流意识形态了。因此才出现百家争鸣的局面。强调实力，加强外交，成为各国君主的首要课题。

经过春秋末期的激烈兼并，出现了最强大的七个诸侯国。还有五个稍大的国家——西周、东周、宋、卫、中山。七个大国是万乘之国，另外五个则是千乘之国。

前面七国属于第一集团，后面五国属于第二集团。秦国最先重用商鞅进行变法图强，军事实力迅速强大，不断侵占邻近国家的领土，扩展本国的边疆。

六国不甘心就这样被强秦侵略，联合共同抗击秦国。一些以外交能力见长的谋臣策士穿梭来往于各国之间。"横则秦帝，纵则楚王"，便可看出当时外交策略和结果的重要。

"纵"指山东六国联合起来，共同对付强大而有侵略野心和领土要求的秦国，以六国联盟的力量便可以遏制住秦国。山东六国大体分布在中原大地的南北，属于纵向。"横"指以秦国为基准，打乱六国联盟的外交策略，秦和六国中任何一国的地理位置基本上都是东西走向，称"连横"。纵横家成了这一时期历史舞台上最出色的演员。在众多纵横家中，苏秦和张仪两人最著名。正是因为他们二人，使那段历史增加了许多丰富多彩的故事。

第二节 两汉时期的文学

汉代经学是中学思潮即中国传统学术思想的一部分，曾经在中国历史文化的进程中起到了推波助澜的作用。对于中国哲学思想、文学的创作以及文学理论的建构和研究产生了深远影响。两汉文学理论的发展尽管也有着其自身的发展规律，但是经学对于其理论方面的革新与超越，以及这些理论对后世文学核心理念的持久影响，都发挥了重要的且独特的作用。对作为整体的"经学与两汉文学理论建构研究"进行深入细致的研究，在今天显得更为重要和必要。从上世纪末到进入 21 世纪以来，大陆学者对于这一角度的交叉性研究经历了一个从零星到众多、深度、广度不断拓展的过程，研究视野逐渐打开，研究成果日渐丰富。大致分为摸索、零星探索和整体概括三个主题阶段。只不过这三个阶段不是依次更替的，而是呈现出了交叠产生并发展的趋势。本书主要从研究路径作为切入点，集中回顾中国大陆学者近年来对于经学关照下两汉文学理论的发展研究，关于海外及港台地区学者的研究，限于篇幅，此处不做探讨。

　　进入 20 世纪以来至今，关于两汉时期文学理论研究吸收了大量的新方法，研究模式、角度都有深化的趋势。研究路径大体可分以下三个方面：其一，表征分析，两汉文学理论的学术阐释与特点分析性研究。不少论著虽未曾明确宣称其研究着眼点在于经学与两汉文学的关联，但是其中表述的不少观点仍为开展此项研究做足了铺垫工作，具有学术启发性意义。其二，专门领域，经学在微观角度对两汉文学理论影响的研究。包括经学对于两汉某位文学理论家思想所发挥的作用或是对某一文学类型的理论影响。其三，整体关照，经学在宏观角度对两汉文学理论影响的研究。进入新千年以来，经学与两汉文学理论的研究呈现出前所未有的繁荣局面，广度有所拓展，深度也在推进。

　　总体来讲，学术界把"经学与两汉文学理论建构研究"作为一个整体予以深切关注的研究成果已经不少，但是还尚有空间可以发挥。有许多两汉文论家的思想与经学关系还没有被触及，许多领域还是空白，需要进一步深入系统地展开后续研究。对"经学与两汉文学理论建构研究"做系统的分析和评价，或是全面梳理两汉文学理论家的经学文论思想渊源，不仅对这一时期主流的文学思想家给予关注，也要对一些在当时影响不大的思想家进行挖掘。

　　为了使研究全面展示两汉的文学理论的风貌，势必要力求最大范围的研读两汉的文学作品，类别包括：赋、散文、史传文学、诗、小说。除了一些重要的大部头的作品之外，还要对保存下来的一些零星的篇章给予一定的分析。从深度和广度入手，还原两汉文学理论在经学之下本真的形态。具体的研究具体内容设想如下：第一、经学发展与两汉文学理论的关系。概况出两汉时期文学理论的总体风格，如"宗经"、"真美论"、"尚丽"等特色。并指出在独尊儒术的时代，儒学精神在两汉文学理论发展中无疑发挥着主导的作用。阐释这些文学理论和经学的内在联系。第二、两汉经学发展的文化走向。对经学的发生、发展、鼎盛及衰落走向给予文化层面上的概况。第三、今古文学派之争，对两汉文学理论的影响。探讨今古文经学的争论及融合对这一时期文学理论产生哪些催化作用。第四、经学与两汉诗歌理论的建构。经学影响下乐府诗、五言诗、七言诗、古诗中所投射出来的文学理论。第五、经学与两汉辞赋理论的建构。经学影响下文赋、骚体赋中所蕴含的文学理论。第六、经学与两汉散文及小说理论的建构。经学影响下西汉前后期散文、东汉出现的语体散文中包含的文学理论。第七、经学与两汉史传文学理论的建构。经学影响下《史记》、《汉书》等史传文学的理论形态特色。

需要强调的是，今后在此方向研究过程中至少应该注意以下三个方面：其一，力求广泛而全面的研读文献资料，依据两汉文学作品的题材和时间脉络分类，对两汉的文学批评做系统的整理和归纳，确定其基本的路径、流向与经学的内在联系。其二，对具有代表性的两汉文学批评理论做具体的内容分析，尽可能地把原始资料放在当时的经学历史背景和发展演变中加以动态地考察和分析，做到学术的科学与客观。其三，运用对比研究的方法，纵观经学与两汉文学批评理论的关系和不同特点；再比照当今，进而正确地审视两汉经学及两汉文学批评理论在中国学术史上的独特地位，以及在今天的重要意义和后续影响。

第三节 魏晋南北朝的文学

一、魏晋南北朝文学发展概况

从东汉政权崩溃到隋统一，前后历时约 400 年。这一时期，统治阶级内部矛盾异常尖锐，社会处于动荡不安和长期分裂之中。

东汉后期，宦官、外戚相互争权夺利，朝政极端腐败。剧烈的土地兼并，更把广大农民推向饥饿流亡的绝境。中平元年，农民起义虽然被地主武装镇压下去了，代之而起的是在镇压农民起义中扩张了势力的各地军阀拥兵割据，使社会经济遭到严重的破坏。汉末社会的动乱，使名、法等各家思想得到发展，使文人的思想获得了某种程度的解放，他们大胆而真切地反映当时社会生活。

魏国的统治者曹操父子不仅自己雅爱诗章，还聚集了建安七子、蔡邕等一大批文人。他们诗歌中的很多篇章能深刻地反映汉末社会动乱的现实，他们的作品悲凉慷慨，后人称之为"建安风骨"。"建安风骨"是指充实的内容、真实的感情的语言风格。建安诗人掀起了第一个文人诗歌创作的高潮。完整的七言诗也产生于这一时期。使历来作家都把"建安"看作中国古代文学发展的黄金时代。

泰始元年司马炎篡魏立晋，西晋统一之初，曾出现过短暂的繁荣。但没过多久，晋武帝司马炎死去，司马衷继位，拥有武装的诸侯王争权互攻，外族统治者趁机入侵中原，西晋王朝覆亡。建武元年司马睿建立东晋王朝。这时，各种社会矛盾仍在激化，战乱和政变时有发生。

文学发展到两晋时代，发生了明显的转变：文人大多没有继承"建安风骨"的传统，其创作缺乏感人的力量；特别注意追求形式的华美，文学的审美性有了自觉认识。东晋100多年间，在文坛占统治地位的是玄言诗，这是一种以阐释老庄和佛教哲理为主要内容的诗歌，脱离现实，但对后来山水田园诗的出现，起到了推动作用。陶渊明的出现才给东晋文学带来了新鲜的内容。

东晋之后，南方经历了宋、齐、梁、陈四个朝代，南方较北方安定，社会经济有了较大发展。但南朝基本上仍是两晋士族社会的继续。南朝的帝王和士族过着安逸享乐的生活，他们大多爱好文学创作。南朝君主对文学的爱好与提倡，使文学与史学、哲学有了明确的分工，也使单纯追求形式华美的风气盛行起来。

文学在晋、宋之际发生了很大变化，就是山水诗的兴起和玄言诗的消歇。谢灵运把自然界的美景引进诗歌，提高诗歌的表现技巧，描写逼真的山水诗，给诗坛带来了新鲜的气息。

后来南朝宋诗坛上又出现了鲍照。他创造性地运用七言和杂言诗体，改进了七言诗的用韵方式，为七言歌行开拓了宽广的道路。

齐代永明年间，声律说大盛，中国诗歌发生了重要的变化。沈约提出了"四声八病"说。这确是中国诗歌史上的一个创举。结合声律的运用，创造了"永明体"新诗，标志着中国诗歌从比较自由的古体将走向格律严整的近体。

梁、陈时代，绮靡浮艳的诗风更炽，宫体诗盛行，主要描写女色，内容狭窄，但某些作品仍有一定的艺术性。

北方先后建立了十六个政权，史称"十六国"。魏太武帝拓跋焘统一北方，中国北方的经济与文化才得到恢复与发展。开皇元年（581），杨坚篡夺北周政权，建立隋朝。分裂了200多年的南北方才又重新归于统一。

五胡十六国时期，很少有文学作品流传下来。北魏统一后，逐渐出现了一些作家。庾信的诗风从绮艳转为刚健。表现了南北诗风融合的趋势，受到唐代诗人的高度重视。

南北朝乐府民歌是又一座高峰。南北长期对峙，南北民歌呈现出迥然不同的风貌。南朝民歌几乎全是情歌，表现了人民对爱情生活的热烈追求。它们体制短小，风格婉转柔美。数量上虽然北朝民歌不及南朝，但突出地表现了北方民族尚武的精神面貌。

小说的发展可以溯源到古代的神话和历史传说。战国时期，民间就有信巫的习俗。秦汉神仙之说盛行。东汉传入佛教。汉末创立道教。魏晋时期社会形成了喜谈鬼神的社会风气，产生了许多志怪小说。魏晋文人又喜欢清谈玄理，品评人物的风气极盛。一些人物的逸闻琐事被记录下来，就产生了轶事小说。刘义庆的《世说新语》是轶事小说最重要的代表作，反映了汉末至东晋士族阶级的精神面貌。虽然只是文人的随笔杂记，但其中也不乏完整的故事与精彩的描写。它标志着中国小说成熟阶段是在它的基础上发展起来的。

魏晋以后的赋，有了许多新的特点。汉赋对话体形式不再被普遍采用，体制上也以短赋为主，抒情成分明显增加，大大地提高了赋的艺术感染力。由于受骈体文的影响，赋也完全骈偶化了。除了小说与历史等学术著作，骈体文几乎占有了一切文字领域。骈文与骈赋讲究对偶、声律和用典，艺术上很有特色。骈文与骈赋作品大多内容贫乏，过分注重形式美而流于浮艳纤弱。

魏代的散文，逐渐向清峻通脱的方向发展。晋代的散文，清新隽爽，反映了当时士大夫超脱现实的作风。晋末陶渊明又使这种文风更加朴实自然而接近生活。

南北朝时期，北朝出现了三部著名的散文作品。郦道元《水经注》描摹祖国雄奇秀美的山川景色，文笔清丽秀逸。杨衒之《洛阳伽蓝记》善于叙述故事，笔致婉曲而冷峻。颜之推《颜氏家训》真切地反映了当时社会习俗和民生疾苦。

文学批评在魏晋南北朝时期得到了高度发展。魏晋时期，玄言盛行，学术思想呈现出比较自由活跃的局面。在品评人物风气的影响下，又逐渐形成了品评文章的风气。

《典论·论文》是中国最早的一篇讨论文学问题的专论。《文赋》第一次全面地探讨了作家创作的过程、技巧等基本问题。南朝宋文帝设立了文学馆，把文学与儒学、玄学、史学区别开来。齐梁时期，随着"声律说"的产生，作家越来越讲究艺术技巧。当时文学创作中出现了片面追求华美形式的倾向，在这种情况下，产生了《文心雕龙》《诗品》两部文学批评巨著。

这两部巨著对后世的文学批评产生了重大影响，《文心雕龙》标志着中国古代文学理论发展的高峰。在中国文学批评史上具有划时代的意义。

二、魏晋南北朝的诗歌

（一）南北朝乐府民歌

南北朝乐府民歌是继汉乐府民歌之后的又一次民歌创作高潮。

1. 南朝乐府民歌

南朝乐府民歌内容较狭隘，多是表现男女相思恋情的民歌，风格婉转清丽。南朝乐府民歌有独特的艺术成就。"吴歌"和"西曲"影响了五言绝句的形成，大量运用双关隐语，大体上造成双关。

《西洲曲》是南朝民歌中最优美的篇章。诗以连珠格的形式描写了恋人的连绵相思，堪称绝唱。

2. 北朝乐府民歌

北朝乐府民歌数量上少于南朝乐府民歌。

这些民歌产生于北方，反映北方各民族的生活。内容上，北歌反映的社会生活面较南歌广阔；风格上，北歌豪放慷慨，无南歌的缠绵凄恻之风。

《木兰诗》是北朝民歌中最杰出的作品，写一个叫木兰的女子代父从军的故事，歌颂了木兰的爱国精神。证实了女子与男子同样具有报效国家的能力。

《木兰诗》是一首长篇叙事诗，全诗叙事井然，形象鲜明；质朴的叙述中间又插入几句对仗工整的律句，可能是后人的润色，简约华美。最后四句的比喻出语神奇，照应全篇女儿代父从军的主题。

（二）谢灵运和谢朓的山水诗

晋宋时代，秀丽的江南山水孕育了山水诗的形成。谢灵运是第一个大力写作山水诗的诗人。

谢灵运，晋宋间诗人，性豪爽，躁进狂傲，以谋反罪被杀。诗歌与颜延之齐名，时称"颜谢"。

谢灵运的不少作品是悠游园林的记游之作，善于用精致工整的语言刻画山水的美景。从形状、姿态、声音等多方面对自然山水进行立体性刻画。他的诗语言富艳、词采华赡、名句络绎。与玄言诗相比，使人有耳目一新之感。

谢朓，与谢灵运同族。是永明新体诗的重要作家。

谢灵运喜欢反复描写，务求穷形尽相，用词典雅庄重；谢朓往往略貌取神，风格比较清新流畅。大谢诗似工笔山水，小谢诗则兼带写意。

三、魏晋南北朝的骈文、散文与小说

魏晋南北朝时期，出现了所谓"文笔之辨"。所谓"文"是指文学性的作品；所谓"笔"是指实用性的应用文。沈约善诗，有所谓"沈诗任笔"之说。不仅诗赋力求辞藻华丽，讲求对仗、排偶和声律，骈体文也就应运而生。

骈文又叫骈体文、骈俪文，骈文的特点是句法工整，讲究平仄声律。魏晋时文章已见俪化倾向，南北朝时骈文大盛。

江淹，南朝宋、齐、梁间诗人、辞赋家。历仕宋、齐、梁三朝。善诗文，诗风遒劲。《恨赋》《别赋》尤为传诵。

《恨赋》：历史人物"饮恨吞声"之死，《别赋》：身份不同的人"黯然销魂"之别。

庾信是这一时期骈文骈赋成就最高的作家，他的骈文最能体现这一文体的特征。

这一时期实用性的书札也喜用诗化的骈俪语言。

北朝诗文多受南朝影响，《洛阳伽蓝记》《水经注》最为著名。前者记洛阳间里寺院，文字较为骈偶；后者为模山范水，语简意盛。两者对后来的山水游记文有较大影响。

魏晋南北朝时期值得注意的是《典论·论文》《文赋》《文心雕龙》《诗品》，这些著作的贡献主要是在文学理论和文学批评方面。

《典论·论文》提出了"四科八体"的文体论和"诗赋欲丽"论；《文赋》提出"诗缘情而绮靡"说；《文心雕龙》对文学创作、文学批评等各个方面都提出了系统的见解；《诗品》提倡诗歌的自然直寻和滋味论。

这些著述反映了魏晋南北朝时期文学的觉醒，对后代文学理论批评有重要影响。

第四节 隋唐时期的文学

一 文学发展概况

（一）隋与初唐文学

1. 隋代文学

北周灭北齐以后入周及隋的诗人，如卢思道、薛道衡等人，他们学习南方文风，并给予了一定程度的矫正。卢思道（535—586）的诗歌中就十分清楚地存在南朝宫廷诗风的影响。首先，他十分热衷写艳词，如《采莲曲》《美女篇》等，都津津于女色的描写，但表现上不如南朝诗歌细致流丽；其次，其送别诗写得比他的艳诗高明一些，但遣词和结构仍有体重不灵之处，如《赠刘仪同西聘诗》等。这表明卢诗追求南朝诗风而不及，比较突出地反映出北方文士运词滞重的特征。但卢诗也有超乎南风者，如《从军行》《听鸣蝉篇》

《游梁城诗》等，这些诗感慨深沉，笔力开阔，"一气清新，音节直逼初唐。"《从军行》，采用以"思妇—征夫"为内容的南朝歌行体，写出了反映边塞军旅生活的名作，将描写的重心落笔到"征夫"身上，以关塞苦寒生活为背景，抒写北地边塞生活的真情实感，多贞刚之气，有苍劲骨力，体现了北方诗人重气质的特长，历来为人所称道。薛道衡（540—609）的本色为北人刚健之气，《从驾天池应诏诗》《渡北河诗》等，以健举之笔写北方风光，其笔触虽旷阔不及卢思道，但厚重实过之，为南诗中所无。另一方面，薛道衡在学习南诗的细腻婉约、清灵巧思方面颇有成绩。如《重酬杨仆射山亭诗》《奉和月夜听军乐应诏诗》等注重对月光、星光的表现等。总之，薛道衡学南诗较卢思道更为深入，其学南既不宗绮靡之语，更不主露放粗笨之调，气格较为高朗。薛诗最好的，既不是单纯追模南诗之作，也不是完全厚重之作，而是在厚重之中融隽逸，沉郁之情复出于巧思，也就是把南北之长交融起来的诗篇，如《人日思归诗》《重酬杨仆射山亭诗》等。

2. 初唐前期文学

唐太宗朝，太宗君臣从巩固政权的政治需要出发，反对浮艳诗风，主张南北诗风进行融合，提出"文质彬彬，尽善尽美"的审美标准。但在实际创作中，仍以六朝余风为主，如唐太宗、虞世南、上官仪（约608—665）等，多写宫廷享乐及艳情诗，风格浮艳华美。

初唐时期，刚健质朴的诗风也已初露端倪，如魏徵的《述怀》，虞世南的《出塞》《从军行》等。这些诗歌述怀言志，气格雄健，已有唐音迹象。王绩（589—644）的诗，或反映隐逸情怀如《野望》《独坐》《咏怀》，或批判俗情，风格刚健直率。王绩是隋朝大儒王通的弟弟，在隋唐之际，曾三仕三隐。心念仕途，却又自知难以显达，故归隐山林田园，以琴酒诗歌自娱。他的诗歌创作，是其冷眼旁观世事时化解心中不平的方式，创造出一种宁静淡泊而又朴厚疏野的诗歌境界。其代表作《野望》中写道："东皋薄暮望，徙倚欲何依。树树皆秋色，山山唯落晖。牧人驱犊返，猎马带禽归。相顾无相识，长歌怀采薇。"以平淡自然的话语表现自己的生活情感，写得相当真切，有一种不施脂粉的朴素美。

这一时期的诗人，在诗歌的艺术形式上做了成功探索。上官仪探讨了对偶艺术，提出了六对、八对的概念，对律诗的形成产生了巨大的促进作用。诗体方面，王绩在五言律体上有重要的贡献，如《野望》等。

3. 初唐后期文学

高宗时，"初唐四杰"王勃（650—676或684）、杨炯（650—693）、卢照邻（636—695）和骆宾王（626—687）登上了文坛。四人有着不同的创作个性，所长亦异，其中，卢、骆长于歌行，王、杨长于五律。但他们都属于一般士人中确有文才而自负很高的诗人，官小而才大，名高而位卑，心中充满了博取功名的幻想和激情，郁积着不甘居人之下的雄杰之气。他们不满华丽雕琢的宫廷文风，强调文学的教化作用，并崇尚刚健的诗风。如，杨炯特别强调作诗要有刚健骨气，显然是针对争构纤微的上官体的流弊而言的，这是当时诗风变革的关键，也是以初唐四杰为代表的一般士人的诗风与宫廷诗风的不同所在。

初唐四杰进一步拓展了诗歌的表现领域，推动诗歌题材由宫廷走向市井，并在作品中表现了建功立业的豪情壮志与悲欢离合的人生感慨。如，王勃的《杜少府之任蜀川》、卢照邻的《九月九日登玄武山》、骆宾王的《于易水送人》等。"四杰"的送别诗，于伤别之外，尚有一种昂扬的抱负和气概，使诗的格调变得壮大起来，如王勃的《送杜少府之任蜀川》："城阙辅三秦，风烟望五津。与君离别意，同是宦游人。海内存知己，天涯若比邻。无为在歧路，儿女共沾巾。"这是初唐四杰送别诗中的名篇。虽意识到羁旅的辛苦和离别的孤独，但没有伤感，没有惆怅，只有真挚的友情和共勉，心境明朗，感情壮阔，有一种好男儿志在四方的英雄气概。他们还常常通过边塞情事，以写自一己建功立业的志向，如杨炯的《从军行》、王勃的《秋夜长》、卢照邻的《关山月》等。边塞是当时士人幻想建功立业的用武之地，尽管初唐四杰中的王、杨、卢都从未到过边塞，然而他们在诗中表现的立功边塞的志向和慷慨情怀，却显得十分强烈。

初唐四杰的诗歌初步转变了诗风，绮丽婉转，不脱六朝；但雄浑昂扬，已启盛唐。王、杨完善了五言诗的形式，卢、骆擅长五言、七言长篇，特别是七言歌行。散文方面，王勃、杨炯等虽对当时文坛有所不满，但他们还是以骈文名重一时。不过，初唐四杰的不少作品已于工整的对偶、华丽的辞藻之外，展示出一种生动活泼的生气和注重骨力的刚健风格，如王勃的《滕王阁序》、骆宾王的《代李敬业讨武氏檄》，杨炯的《王勃集序》、卢照邻的《释疾文》等也都情文并茂，灿然可观。

除初唐四杰外，宫廷文人的创作也值得重视，代表者就是"文章四友"：李峤、苏味道、崔融、杜审言。四人之中，以杜甫的祖父杜审言（约645—708）成就最高。他的《和晋陵陆丞早春游望》已是唐初较成熟的五律，《春日京中有怀》是近于成熟的七律。杜审言现存的五言律诗中，完全符合近体诗的格律，在五律方面的成就已超过了杨炯，使五言律的创作率先达到了较高的艺术水准。

宫廷文人还有比文章四友稍晚的沈佺期、宋之问。他们的生卒年不详，大概因文才受到赏识而选入朝中做官，是武后时期台阁诗人的代表人物。其诗歌创作多为应制之作，如沈佺期的《守岁应制》、宋之问的《奉和春日玩雪应制》等。除应制之作外，也有写闺怨的，如沈佺期的《杂诗三首》之三；也有写羁旅的，如沈佺期的《遥同杜员外审言过岭》、宋之问的《度大庾岭》。艺术上，他们规范了律诗的平仄黏对原则，音韵婉转，属对精密，辞藻富赡精工，最终完成了律诗体制的定型化。他们有较为充裕的时间琢磨诗艺，在诗律方面精益求精，但内容贫乏。值得注意的是，两人被流放岭南期间，却写出了一批较好的作品。如宋之问的五律《度大庾岭》，该诗写作者未到贬所而先想归期，一种含泪吞声的感怆情思表现得真切细腻，见不到任何着意文饰的痕迹，而诗律和对仗却又十分的工整。他的《渡汉江》也是一首十分精彩的五绝，具有声情并茂、意在言外的艺术感染力。沈佺期于流贬途中写的《遥同杜员外审言过岭》，表达了一种无可奈何的伤感心境，无意修饰，却写得有情有景，声律调谐流畅而蕴含深厚，是早期七言律诗的成熟之作，被后人称为初唐七律的典范。

（二）盛唐文学

1. 张说

张说（667—730）字道济，又字说之。自武后时代起历仕四朝，玄宗时任中书令，封为燕国公。开元十三载（725），玄宗改丽正书院为集贤书院，增设学士，以张说知院事。而张说"喜筵纳后进"，张九龄、王翰等许多著名文士均常游其门下，他实际成为盛唐前期文学界的领袖人物。张说在开元前期出将入相，一生事业获得极大成功，他的诗自然主要歌颂王霸大业。诗歌语言比较质朴，有时显得粗率，总体艺术成就不高。但是，诗中充满豪放自信的情调，显示出具有非凡才略的政治家的风度。如《巡边在河北作》一诗，令人感受到以功业追求不朽人生的豪情。即使在贬谪岳州期间，他对此仍不能忘怀，《岳州看黄叶》暗以西周大政治家召公自况，失意中依然透出劲健之气。七言歌行《邺都引》写得豪放而不觉粗率，诗中对于古人壮举伟业的缅怀，其实正是诗人自己理想怀抱的写照。比起初唐卢、骆等人的歌行，此诗变铺陈为简洁凝炼，意象更见集中，以气运词的飞跃力量也更为充沛。总的来说，张说的诗歌表现出鲜明的英雄性格和倜傥意气，这正是盛唐诗歌最显著的精神内涵。张说又以文章著称。当时朝廷著述，多出他与许国公苏颋之手，人称"燕许大手笔"。他的文章骈散相间，以散为主，质实素朴，俊爽的文字中展现出宏伟的气势，透露了唐文由骈入散的最初信息。

2. 上水诗派

代表诗人是孟浩然、王维，后文将专门介绍。

3. 边塞诗人

边塞诗人不仅描绘壮阔苍凉、绚丽多彩的边塞风光，而且抒发了请缨投笔的豪情壮怀，洋溢着激昂慷慨的时代精神。由于具体情况不同，他们对战争的态度，有歌颂，有批评，也有诅咒和谴责。作品气氛浓郁，情调悲壮。多采用七言歌行或七言绝句的形式。边塞诗人以高适、岑参、王昌龄等为代表。

高适的边塞诗，有的表现自己对边塞战争不已的忧虑，有的表示自己"万里不惜死"（《塞下曲》）的壮怀，有的歌颂战士的英勇，有的写边塞风光，但最能体现作者边塞诗特色的是那些以政治家眼光去分析边防问题、以政论笔调表达自己边防政见的诗篇，如《燕歌行》《塞下曲》等。还有的作品批判了统治者鱼肉人民，表达自己对民众的同情，如《东平路中遇大水》《封丘县》。他的赠别诗也颇具特色，如《别董大》《别韦参军》。表现手法上，他特别注重直抒胸臆。在其笔下，不大注重对景物做客观具体的描绘，而接触到的景物和场景染上了作者强烈的主观色彩。诗人写景时，常常从大处落笔，以浓墨重彩式的粗犷笔调，概括而洗练地勾画出广阔雄浑的景物场面，给人一种气魄宏大的不平凡感受。他的诗风格沉雄悲壮，慷慨豪放，语言刚健质朴，流畅自然。

（三）中晚唐、五代文学

1. 中唐前期的诗文

大历诗人的大多数，青少年时期是在开元太平盛世度过的，受过盛唐文化的熏陶；可由安史之乱引发的近10年的空前战乱，使他们的心态产生了明显变化。痛定思痛，蓦然感到了自己的无能和衰老，失去了盛唐士人的昂扬精神。他们的诗，不再有李白那种非凡的自信和磅礴气势，也没有杜甫那种反映战乱社会现实的激愤和深广情怀，尽管有少量作品存留盛唐余韵，如韦应物的部分诗歌；写民生疾苦，如元结、顾况等人的诗歌；写边塞，如李益等。但大量作品表现出一种孤独寂寞的冷落心境，如刘长卿与大历十才子，他们的诗歌只追求清雅高逸的情调。这使诗歌创作由雄浑的风骨气概转向淡远的情致，转向细致省净的意象创造，以表现宁静淡泊的生活情趣，虽有风味而气骨顿衰，遂露中唐面目。

元结、《箧中集》诗人群、顾况、戴叔伦等人进行的新乐府创作，更多地批判社会现实，反映民生疾苦。如元结的《舂陵行》《贼退示官吏》，顾况的《上古之什补亡训传十三章》，戴叔伦的《女耕田行》等。虽然关怀现实，但感情上却没有明朗之气，渗透的是绝望的愤激之音。

（1）女学史略

诗人对从政已感失望，感情退回到个人生活的小天地里，欣赏山水之美和闲静乐趣，从中寻求慰藉。与大多数大历诗人不同的是，韦应物未沉浸于孤寂冷漠中，而是达到了一种澄净愉悦的境界。情谊深厚的真挚情感，出之以心平气和的恬淡之语，诗境明净雅洁而意味深长。韦应物的许多诗都有这种韵味，写得最好的是《滁州西涧》，以极简洁的景物描写，传神地写出了闲适生活的宁静野逸之趣，在宁静的诗境中，有一重冷落寂寞的情思氛围。

（2）大历十才子与李益

大历十才子是指活跃于代宗大历时期的一个诗歌群体，其称号及所指人名最早见于姚合的《极玄集》："李端，字正己，赵郡人，大历五年进士。与卢纶、吉中孚、韩翃、钱起、司空曙、苗发、崔峒、耿㐲、夏侯审唱和，号十才子。""大历十才子"是一个自然形成的流派，他们既无共同的组织，也无共同的宣言，但是他们有着共同的思想基础和审美趣味，遵循着共同的创作原则，又相互唱和，交往密切，所以将他们看作一个流派。

众所周知，安史之乱后，文人普遍产生了一种幻灭感。代宗朝一直是内忧外患，元载、王缙等权相当权，政治上毫无清明的希望，造成了趋炎附势、急功近利的士风。大历诗人也逐渐形成了依附权贵的委琐人格，如卢纶由元载、王缙汲引而入仕，李端曾献诗于元载以求官，与开元天宝诗人的高洁自信相比，其人格显得卑弱。十才子的普遍倾向是赠答唱和，沉浸在一种凄凉幻灭的情绪中，虽然他们对国家社会尚不乏一份责任感，但更多的却是厌倦和淡漠，对现实人生只用一种冷眼旁观的态度。"十才子"中，钱起被公认为十才子之冠，与刘长卿并称"钱刘"。卢纶曾到过边塞，其边塞诗歌较著，如《和张仆射塞下曲》带有盛唐余韵。李益虽非"十才子"之列，但其边塞情调与卢纶相近，如李益的《夜上受降城闻笛》《从军北征》。韩翃字君平，南阳人，侯希逸表佐淄青幕府，终中书舍人。《本事诗》有"章台柳"的一段故事，即与韩翃有关。明人曾以此故事，编作为杂剧及传奇。他长于绝句，《寒食》："春城无处不飞花，寒食东风御柳斜。日暮汉宫传蜡烛，轻烟散入五侯家。"这首诗已成为千古名作。

总之，中唐前期诗歌在艺术上取得很高的成就。作品善写细小局部之事，荒寂之景，情调伤感。如钱起的《宿洞口馆》《湘灵鼓瑟》、司空曙的《云阳馆与韩绅宿别》、皇甫冉的《途中送权三兄弟》、李端的《过谷口元赞所居》等。这些作品往往是从极细微处感受体认，再逼真地描绘出带有清幽韵味的

/40/

小境界。所写那种幽深静谧的感觉，与盛唐诗歌明朗高扬而广阔的气象已大不相同了。风格上，他们追求意境的淡远与韵味的内敛，没有盛唐掉厉风发的飞动张扬之美。艺术技巧上，注重使用白描，纯以意象并置，如司空曙的《喜外弟卢纶见宿》。语言上追求细巧，质朴，注重炼句、炼字。诗体上，除了元结等人的新乐府外，大多注重律诗，其中五言律绝成就最高。

2. 中唐后期的诗歌

中唐是指从贞元、元和到长庆大和年间。中唐最突出的新乐府运动、古文暨儒学复兴运动、陆质的《春秋》学，这鼎足而立的重大文化现象，展示的都是诗人的淑世情怀，其中的诗歌主流是以白居易为代表的新乐府运动。但不仅仅于此，如韩孟之思深，王建、元白、李贺、刘禹锡之艳情，无疑都是基于人性的丰富。从艺术上说，这个时期的典型特征是新变，诗歌可以分为两个大的潮流。韩愈把沈、宋、王、孟以来的滥调，用难险的作风一手拗弯过来。白居易则用他的平易近人，明白流畅的诗体，去纠正他们的庸熟。韩愈是向深处险处走去的，白居易是向平处浅处走去的。其他还有刘禹锡的俊爽、柳宗元的简净幽峭等。

3. 晚唐五代诗歌

从文宗太和到晚唐，出现了杜牧、李商隐、温庭筠等为代表的诗人，他们都有济世报国之志，诗中也或隐或显地指陈世事，表达他们忧国伤时之情，但时乱世衰，他们不再有韩柳当年的改革锐气与信心，所以仕途淹蹇后，都不同程度地追求声色感官的刺激，渐渐从社稷江山移到歌楼舞榭，写男女之情乃至狎妓游冶者增多，凸显幽情。到了晚唐五代时期，面对时代巨变，诗人在隐逸山林，或寄情声色的同时，反映政局动乱、民生疾苦，体现了晚唐后期诗人的安身立命。晚唐风骨，乃是晚唐诗人在艰苦卓绝的奋斗中，所体现于诗歌的人道精神和国身通一精神。这时期的代表诗人有司空图、聂夷中、皮日休、陆龟蒙、杜荀鹤、罗隐、韦庄等。

4. 晚唐散文

晚唐古文主要以牛僧孺、李德裕、杜牧、孙樵等为代表。杜牧的《阿房宫赋》鉴戒兴亡，影响深远，《战论》《守论》等论天下形势，攻守得失。孙樵之文"上规时政，下达民病"，《复佛寺奏》《书何易于》对晚唐官吏侵渔、佛释横流、生民憔悴多有揭露；《骂亿文》《寓居对》等俳谐文刺世泄愤。但古文渐趋衰落的大趋势却是难以逆转的。

晚唐的骈文再度兴盛起来。由于晚唐社会矛盾日趋突出，不少文人走上消极颓废一途，寄情声色之乐，追求形式之美，于是骈文卷土重来，整个文坛再度为骈体文风所笼罩，文学史至此也发生了又一次大的回环，呈现出复归式演进的形貌。晚唐令狐楚、李商隐、温庭筠、段成式等人都擅长骈体文，其中李、温、段三人齐名，时号"三十六体"（三人在其从兄弟中皆排行第十六，故有此称）。他们重辞藻、典故、声韵、偶对，向唯美主义方向发展，并将骈文广泛应用到书信、公文、表奏等各种文体中，不少作品无异于文字游戏。在创作技巧和文风上，他们的骈文则有了一些新的变化，大都雕镂精工，用典深僻，词采繁缛，偶对切当，风格更为华丽浓艳，其中，以李商隐的骈文最具代表性。李商隐早期致力于古文写作，其《李贺小传》等传记散文生动传神，简洁隽永。《为濮阳公陈情表》《上河东公启》等文，皆属对精工而不害文意，或以析理精微见长，或以婉曲达情取胜；时于骈句中杂以散句，转换自如，文气飞扬。相比之下，李商隐"尤善为诔奠之辞"，他的《奠相国令狐公文》《祭裴氏姊文》等都写得很有特色，《祭小侄女寄寄文》成就尤为突出。该文通篇不用一典，只用白描手法缕述小女琐事，情真意切，凄婉动人。

晚唐小品文是韩、柳杂说、寓言小品等类文体在新形势下的继续和发展，也是晚唐日趋尖锐的各种社会矛盾下的产物。晚唐小品有三个基本特点：一是篇幅短小精悍；二是多为刺时之作，有的放矢，批判性强；三是情感炽烈，生气贯注。其代表作家有皮日休、陆龟蒙和罗隐。

皮日休往往发前人所未发或不敢发，使得他的小品文如弹丸脱手，字字见血。如《读司马法》《原谤》，都表现的是对统治者的强烈不满和叛逆情绪。陆龟蒙的小品文主要收在《笠泽丛书》中，现实针对性强，议论也颇精切，如《野庙碑》借描述土木偶像的形象和评议鬼神的罪过，来揭露、抨击封建官吏，《记稻鼠》上承《诗经·硕鼠》的主题，指出老百姓要对付大贪官和小贪官两种老鼠,则民"不流浪转徙、聚而为盗,何哉!"这里展示的,已经是晚唐人民在沉重压抑下忍无可忍、准备揭竿而起的先声了。罗隐(833—909),其文集名《谗书》,他好谐谑,遇感辄发,其文多取寓言形式,要言不烦,一针见血。《说天鸡》是一篇短小精练的寓言,借两种"天鸡"外观和技能的不同,巧妙地讽刺了那些"峨冠高步"却无甚德能的达官贵人,表述了不能以貌取人的道理。《英雄之言》则直斥刘邦、项羽盗取国家,与强盗无异,毫不留情地剥下了他们"救民涂炭"的伪装。他如《越妇言》《辨害》等,或寓言托意,或借古讽今,无不文笔犀利,情绪激愤,给人留下广泛的回味余地,堪称小品佳作。晚唐小品以其鲜明的时代特征受到后人的喜爱。鲁迅指出:"唐末诗风衰落,而小品放了光辉。但罗隐的《谗书》几乎全部是抗争和愤激之谈;皮日休和陆龟蒙自以为隐士,别人也称之为隐士,而看他们在《皮子文薮》和《笠泽丛书》中的小品文,并没有忘记天下,正是一塌糊涂的泥塘里的光彩和锋芒。"这段话,似可作为晚唐小品的定评。

二、重要诗人

(一)张九龄与王之涣

张九龄(678—740)字子寿,曲江(今广东韶关)人。西晋张华十四世孙。他出生于官宦世家,少聪慧能文,唐中宗景龙初年进士,为秘书省校书郎。玄宗即位,迁右补阙。唐玄宗开元时历官中书侍郎、同中书门下平章事、中书令。母丧夺哀,拜同平章事。张九龄是唐代有名的贤相,举止优雅,风度不凡。因此,一直为后世人所仰慕,王维、杜甫都作有颂美他的诗篇。他曾辟孟浩然为荆州府幕僚,提拔王维为右拾遗。杜甫早年也曾想把作品呈献给他,未能如愿,晚年追忆,犹觉得可惜(见《八哀诗》)。张九龄是继张说之后又一个既有权位又受人钦慕的文坛宗匠。

张九龄针对社会弊端,提出以"王道"替代"霸道"的从政之道,强调保民育人,反对穷兵黩武;主张省刑罚,薄征徭,扶持农桑;坚持革新吏治,选贤择能。他敢于直言进谏,多次规劝玄宗居安思危,整顿朝纲。对安禄山、李林甫等奸佞所为,张九龄更是痛斥其非,并竭力挫败其阴谋。张九龄颇有识人之道,断定日后安禄山必会作乱。适逢安禄山干犯军法,被押送京城,他毫不犹豫地将安禄山判斩。可惜唐玄宗没有批准，竟将安禄山释放。张九龄死后不久，安禄山果然掀起了"安史之乱"，从而导致唐朝迅速走向衰落。唐玄宗奔蜀，因追思张九龄的卓见而痛悔不已，遣使至曲江祭九龄。张九龄任相期间的施政方针，缓解了社会矛盾，对巩固中央集权，维护"开元盛世"起到了重要作用。

张九龄的诗文创作在精神上和张说有一脉相承之处。他高度评价张说以王霸之气充实诗文，在他的诗里，也不时可以读到"中览霸王说，上徼明主恩"（《酬王履震游园林见贻》），"弱岁读群史，抗迹追古人。被褐有怀玉，佩印从负薪"（《叙怀二首》之一）之类的句子。但和张说的诗歌重在讴歌功业抱负不同，张九龄的诗歌更多地表现在穷达进退中保持高洁操守的人格理想。在遭李林甫排挤罢相以后，这种态度尤其鲜明。他一方面希望切入社会政治，追求经国之大业和不朽之盛举；另一方面又力图持超越态度，把"仕"和"隐"这一对矛盾和谐地统一起来，不愿为追求功业而屈己媚世。

在艺术表现上，张九龄的诗歌不像张说那样直抒胸臆，而是以兴寄为主，显得委婉蕴藉。例如，他的《感遇》十二首，均以芳草美人的意象，托物言志，抒写自己所信守的高尚品格。

以芬芳的兰、桂喻贤者不随俗、不求悦于人的内美。其七咏橘，在屈原《橘颂》赞美独立不迁之人格的喻义中，又增之以用世济人的衷情，立意更见丰厚。组诗之八、之九又以美人托喻："美人何处所，孤客空悠悠。""美人适异方，庭树含幽色。"用来抒写恋阙之心和矢志不渝的操守。这些诗篇受楚辞的影响较多，但情辞委婉，在古典传统上，可以说是兼有"风"、"骚"的情韵。

张九龄夙好山水清赏，喜表现风清月朗的江山与孤高清莹的襟怀的契合。他在艺术上着意追求"言象会自泯，意色聊自宣"（《题画山水障》），即重在象外之象、言外之意的理想，这就使他的一些写景诗突破了前人多注重极貌写物、工于形似的表现手法，而在主客观的交融中大力加强抒情意味。

他的《望月怀远》有"海上生明月，天涯共此时"之句，诗中所展现的澄澈柔美的夜景，处处渗透着婉约深长的情思，分不清哪是景语，哪是情语，诗里的物色和意兴已经浑然一体了。胡应麟评价他说："曲江诸作，含清拔于绮绘之中，寓神俊于庄严之内。"(《诗薮》)又说"张子寿首创清澹之派"，认为他下开孟浩然、王维等一路的诗风。

王之涣（688—742），盛唐时期的诗人，字季凌，绛州（今山西新绛）人。他出身于名门望族，少年时豪侠义气，放荡不羁，常击剑悲歌，其诗多被当时乐工制曲歌唱。到了中年，他一改前习，虚心求教，专心写诗，在10余年间，诗名大振，与王昌龄、高适等相唱和。后来，他曾一度作过冀州衡水县主簿，县令李涤非常欣赏其才华，将小王之涣17岁的女儿嫁他为妾。不久因遭人诬陷，王之涣拂衣去官，家居15年。晚年任文安县尉，官风以清白著称，理民以公平闻名，颇受当地百姓称道。后卒于官舍，葬于洛阳，亡年仅55岁。

王之涣写西北风光的诗篇颇具特色，大气磅礴，意境开阔，韵调优美，朗朗上口，为盛唐重要的边塞诗人，可惜他的诗歌散失严重，传世之作不多。靳能《王之涣墓志铭》称其诗"尝或歌从军，吟出塞，皦兮极关山明月之思，萧兮得易水寒风之声，传乎乐章，布在人口。"代表作有《登鹳雀楼》《凉州词》等。

《登鹳雀楼》云："白日依山尽，黄河入海流。欲穷千里目，更上一层楼。"黄昏时分登上鹳雀楼，万里河山，尽收眼底；夕阳也在遥远的天际渐渐沉落。首二句诗"缩万里于咫尺"，使咫尺有万里之势，苍茫壮阔，气势雄浑。末二句是境界的升华，出人意表、别有一番新意，既有高瞻远瞩之胸襟，又寓孜孜进取之深意，有情有理。诗人把道理和景物、情事自然贴切地融合在一起，使人感觉不到它是在说理，而是理在其中。全诗四句二联，对仗工整、气势连贯、厚重有力。为唐诗中之不朽之作。

《凉州词》写道："黄河远上白云间，一片孤城万仞山。羌笛何须怨杨柳，春风不度玉门关。"

这首诗写的是戍边士兵的怀乡之情。风格苍凉慷慨，悲而不失其壮，虽极力渲染戍卒不得还乡的怨情，但丝毫没有颓丧消沉的情调，充分表现出盛唐诗人的广阔胸怀。首句"黄河远上白云间"抓住远眺的特点，描绘出一幅动人的图画：辽阔的高原上，黄河奔腾而来，远远向西望去，好像是从白云中流出来的一般。次句"一片孤城万仞山"，写塞上的孤城。在高山大河的环抱下,一座地处边塞的孤城巍然屹立。这两句,描写了祖国山川的雄伟气势,勾勒出这个国防重镇的地理形势,突出了戍边士卒的荒凉境遇,为后两句刻画戍守者的心理提供了一个典型环境。在这种环境中忽然听到了羌笛声,所吹曲调《折杨柳》不能不勾起戍卒的离愁。古人有临别折柳相赠的风俗,"柳"与"留"谐音,赠柳表示留念,唐代极为流行。于是,杨柳和离别就有了密切的联系。诗人用豁达的语调排解道:羌笛何须老是吹奏那哀怨的《折杨柳》曲调呢?要知道,玉门关外本来就是春风吹不到的地方,哪有真正的杨柳啊!

王之涣的作品现存仅有6首绝句,其中3首边塞诗。章太炎推《凉州词》为"绝句之最"。他尤善五言诗,以描写边塞风光为胜,《登鹳雀楼》更是脍炙人口,为千古绝唱。

(二)孟浩然与王维

孟浩然(689—740),襄阳(今属湖北)人,主要活动于开元年间。他大半生居住在襄阳城南崛山附近的涧南园,曾南游江、湘,北去幽州,一度寓寄洛阳。开元十六年(728),他入长安应举,结交王维、张九龄等人,开始遍交诗坛群杰。次年赋诗秘省,以"微云淡河汉,疏雨滴梧桐"一联名动京师;但却不幸落第。随后,他南下吴越,寄情山水。开元二十五年(737)入张九龄荆州幕,酬唱尤多。不久辞归家乡,直至去世。

孟浩然是唐代第一个着力写作山水诗的诗人,他与王维是盛唐时期的田园山水诗派的代表人物。他前期主要写政治诗与边塞游侠诗,后期主要写山水诗。其诗今存200余首,大部分是他在漫游途中写下的山水行旅诗,也有他在登临游览家乡一带的万山、岘山和鹿门山时所写的遣兴之作。还有少数诗篇是写田园村居生活的。

山水景物是南朝诗歌最重要的题材,经过长期的发展,取得了显著的成就。到了孟浩然,山水诗又被提升到新的境界:诗中情和景的关系,不仅是彼此衬托,而且常常是水乳交融般的密合;诗的意境,由于剔除了一切不必要、不谐调的成分,而显得更加单纯明净;诗的结构也更加完美。孟浩然在旅程中偏爱水行,如他自己所说:"为多山水乐,频作泛舟行。"

他的诗不仅起着纪实的作用,而且融和了诗人新鲜的感受和天真的遐想。

在他的眼光中，无论是沐浴在夕照清辉中的人物，还是嬉戏于水下岸边的鱼兽，寓目所见的一切，仿佛都化作会心的亲切的微笑。这些诗境，确有晶莹剔透之感。

孟浩然山水诗的意境，以一种富于生机的恬静居多。但是他也能够以宏丽的文笔表现壮伟的江山。如《彭蠡湖中望庐山》中："太虚生月晕，舟子知天风。挂席候明发，渺漫平湖中。中流见匡阜，势压九江雄。黯黮凝黛色，峥嵘当曙空。香炉初上日，瀑布喷成虹……。"清人潘德舆以此诗和《早发渔浦潭》为例，说孟诗"精力浑健，俯视一切"，正道出了其意兴勃郁的重要特征。

孟浩然诗歌的语言，不钩奇抉异而又洗脱凡近，"语淡而味终不薄"。他的一些诗往往在白描之中见整炼之致，经纬绵密处却似不经意道出，表现出很高的艺术功力。如他的名篇《过故人庄》："故人具鸡黍，邀我至田家。绿树村边合，青山郭外斜。开轩面场圃，把酒话桑麻。待到重阳日，还来就菊花。"通篇侃侃叙来，似说家常，和陶渊明的《饮酒》等诗风格相近，但陶写的是古体，这首诗却是近体。"绿树村边合，青山郭外斜"这一联句，画龙点睛地勾勒出一个环抱在青山绿树之中的村落的典型环境。还有那一首妇孺能诵的五绝《春晓》，也是以天然不觉其巧的语言，写出微妙的惜春之情。

孟浩然一生虽然基本上过着隐居生活，但他内心却相当矛盾。他的《书怀贻京邑同好》诗说："三十既成立，嗟吁命不通。慈亲向羸老，喜惧在深衷。甘脆朝不足，箪瓢夕屡空。执鞭慕夫子，捧檄怀毛公。感激逐弹冠，安能守固穷？"这里清楚地说明了他对于仕途的热望以及期待朋友们援引的心情。但是，他四十岁北上长安，除了赢得诗坛盛名而外，求仕的希望完全落空了，他的心情开始转为激愤。由于求仕失望，转而对当朝的权贵深表不满。大概到了晚年，他这种仕与隐的矛盾才渐渐冲淡下来，但是其济时用世愿望仍然很强烈。其《临洞庭湖赠张丞相》诗，是赠张说的（一说赠张九龄），"临渊羡鱼"而坐观垂钓，把希望通过张说援引而一登仕途的心情表现得很迫切，有一种不甘寂寞的豪逸之气。故诗写得境界宏阔、气势壮大，尤其"气蒸云梦泽，波撼岳阳城"一联，是非同凡响的盛唐之音。

盛唐田园山水诗,在继承陶、谢的基础上,有着新的发展,形成了一个诗派。其代表作家中以孟浩然年辈最长,开风气之先,对当时和后世都有很大的影响。他的诗以清旷冲澹为基调,但冲澹中有壮逸之气。如"气蒸云梦泽,波撼岳阳城"(《望洞庭湖赠张丞相》)一联,与杜甫的"吴楚东南坼,乾坤日夜浮"(《登岳阳楼》)并列,成为摹写洞庭壮观的名句。但总的来说,孟诗内容单薄,不免窘于篇幅,成就不如王维。苏轼说他"韵高而才短,如造内法酒手而无材料",是颇为中肯的。

王维(701—761),字摩诘,号摩诘居士,蒲州(今属山西)。幼年聪明过人,15岁时去京城应试,由于他既有诗名,工于书画,又精通音律,所以王维一至长安便名震京师。开元九年(721)中进士,任太乐丞,不久贬为济州司仓参军。开元二十三年(735),张九龄执政,擢为右拾遗,次年迁监察御史,后奉命出塞,为凉州河西节度幕判官。安史之乱被捕后被迫出任伪职,战乱平息后下狱。因被俘时曾作《凝碧池》抒发亡国之痛和思念朝廷之情,加之其弟王缙平叛有功请求削籍为兄赎罪,得宽宥,降为太子中允,后兼迁中书舍人,终尚书右丞。故有"王右丞"之称。因他笃信佛教,又被称为"诗佛"。王维早年有过积极的政治抱负,希望能作出一番事业,后值政局变化无常而逐渐消沉下来,开始吃斋念佛。40多岁时,他在终南山上过着半官半隐的生活,后又在长安附近的蓝田辋川置别墅。《辋川闲居赠裴秀才迪》这首诗是他隐居生活中的一个篇章,主要内容是"言志",写诗人远离尘俗,继续隐居的愿望。诗中写景并不刻意铺陈,自然清新,有着淡远之境,颇具陶渊明的遗风。

王维在诗歌上的成就是多方面的,无论边塞、山水诗,律诗还是绝句等,都有脍炙人口的佳篇。

王维的大多数诗都是山水田园之作,在描绘自然美景的同时,流露出闲居生活中闲逸萧散的情趣。王维的写景诗,常用五律和五绝的形式,篇幅短小,语言精美,音节较为舒缓,用以表现幽静的山水和诗人恬适的心情,尤为相宜。王维从中年以后日益消沉,在佛理和山水中寻求寄托,这种心情充分反映于他的诗歌创作之中。过去不少人推崇王维的此类诗歌,一方面固然由于它们具有颇高的艺术技巧；另一方面也由于对其中体现的闲情逸致和消极思想产生共鸣。明代胡应麟称王维五绝"却入禅宗"，又说《鸟鸣涧》《辛夷坞》二诗，"读之身世两忘，万念皆寂"，便是一个明证。王维其他题材的作品，如送别、纪行之类的诗中，也经常出现写景佳句，如"山中一夜雨，树杪百重泉"（《送梓州李使君》）、"日落江湖白，潮来天地青"（《送邢桂州》）、"大漠孤烟直，长河落日圆"（《使至塞上》）等，都是传诵不衰的名句。

王维以军旅和边塞生活为题材的诗作主要有《老将行》《从军行》《少年行》《陇西行》《观猎》《使至塞上》等。《老将行》抒发了将军有功不赏的悲哀；《观猎》生动地描写了打猎时的情景；《少年行》表现了侠少的勇敢与豪放。他还有一些诗歌，如贬官济州时所作《济上四贤咏》《不遇咏》和后期所作《偶然作》六首之五《赵女弹箜篌》，对于豪门贵族把持仕途、才士坎坷不遇的不合理现象表示愤慨，反映了开元、天宝时期封建政治的某些阴暗面。《洛阳女儿行》《西施咏》《竹里馆》则以比兴手法，寄托了因贵贱不平而生的感慨和对权贵的讽刺。王维还写有不少抒写妇女痛苦的作品，如《息夫人》《班婕妤》等，悲惋深沉，也具有一定的社会意义。另外，他的一些赠送亲友和描写日常生活的抒情小诗，如《送别》（"山中相送罢"）、《送元二使安西》《九月九日忆山东兄弟》《相思》《杂诗》（"君自故乡来"）等，千百年来为人们所传诵。《送元二使安西》《相思》等在当时即播为乐曲，广为传唱。这些篇幅短小的五言或七言绝句，感情真挚，语言明朗自然，不假雕饰，具有淳朴深厚之美，堪与李白、王昌龄的绝句相媲美，代表了盛唐绝句的最高成就。

王维的诗歌绘影绘形，有写意传神、形神兼备之妙。他以清新淡远，自然脱俗的风格，创造出一种"诗中有画，画中有诗""诗中有禅"的意境，在诗坛树起了一面不倒的旗帜，艺术价值极高。

首先，诗如画卷，美不胜收。苏轼曾评论说："味摩诘之诗，诗中有画，观摩诘之画，画中有诗"。王维多才多艺，他把绘画的精髓带进诗歌的天地，以灵性的语言，生花的妙笔为我们描绘出一幅幅或浪漫、或空灵、或淡远的传神之作。他的山水诗关于着色取势，如"漠漠水田飞白鹭，阴阴夏木啭黄鹂。"

(《积雨辋川庄作》)"雨中草色绿堪染,水上桃花红欲燃。"(《辋川别业》)关于结构画面,如"松含风里声,花对池中影"(《林园即事寄舍弟》)"万壑树参天,千山响杜鹃。山中一夜雨,树杪百重泉。"(《送梓州李使君》)层次丰富,远近相宜,乃至动静相兼,声色俱佳,更多一层动感和音乐美。又如《山居秋暝》:"空山新雨后,天气晚来秋。明月松间照,清泉石上流。竹喧归浣女,莲动下渔舟。随意春芳歇,王孙自可留。"有远景近景,仰视俯视,冷色暖色,人声水声,把绘画美、音乐美与诗歌美充分地结合起来。另外,王诗的画境,具有清淡静谧的人性特征。如《竹里馆》:"独坐幽篁里,弹琴复长啸,深林人不知,明月来相照。"幽静的竹林,皎洁的月光,让诗人不禁豪气大发,仰天长啸,一吐胸中郁闷。而千思万绪,竟只有明月相知。可以说,神韵的淡远,是王维诗中画境的灵魂。《鹿柴》:"空山不见人,但闻人语响,返景入深林,复照青苔上。"诗中着意描写了作者独处于空山深林,看到一束夕阳的斜晖,透过密林的空隙,洒在林中的青苔上,在博大纷繁的自然景物中,诗人捕捉到最引人入胜的一瞬间,有简淡的笔墨,细致入微地给出一幅寂静幽清的画卷,意趣悠远,令人神往。

其次,情景交融,浑然天成。王维山水诗写景如画,在写景的同时,不少诗作也饱含浓情,达到情景交融的境界。王维的很多山水诗充满了浓厚的乡土气息和生活情趣,表现自己的闲适生活和恬静心情。如《辋川闲居赠裴秀才迪》:"寒山转苍翠,秋水日潺湲。倚杖柴门外,临风听暮蝉。渡头余落日,墟里上孤烟。复值接舆醉,狂歌五柳前。"在优美的景色和浓厚的田园气氛中抒发自己冲淡闲散的心情。再如《渭川田家》:"斜光照墟落,穷巷牛羊归。野老念牧童,倚杖候荆扉。雉雊麦苗秀,蚕眠桑叶稀。田夫荷锄至,相见语依依。即此羡闲逸,怅然吟《式微》。"从细微处入笔,捕捉典型情节,抒发无限之深情。王诗善于借景寓情,以景衬情,写景饶有余味,抒情含蓄不露。如《临高台送黎拾遗》:"相送临高台,川原杳何极。日暮飞鸟还,行人去不息。"写离情却无一语言情而只摹景物。另外,王维诗歌也有不少采用了直抒胸臆的表达方式,自然流畅,蕴藉含蓄。如《送元二使安西》:"渭城朝雨浥轻尘,客舍青青柳色新。劝君更尽一杯酒,西出阳关无故人。"

关怀体贴之情溢于言表。王维写情之妙还在于对现实情景平易通俗的描写中，蕴含深沉婉约的绵绵情思。其《相思》一篇，托小小红豆，咏相思情愫，堪称陶醉千古相思的经典之作。

再次，诗渗禅意，流动空灵。王维有些诗清冷幽邃，远离尘世，无一点人间烟气，充满禅意，山水意境已超出一般平淡自然的美学含义，而进入一种宗教的境界，这正是王维佛学修养的必然体现。其中有些诗尚有踪迹可求，如《过香积寺》："不知香积寺，数里入云峰。薄暮空潭曲，安禅制毒龙。"有些诗则显得更空灵，无迹可求。如"行到水穷处，坐看云起时。偶然值林叟，谈笑无还期"（《终南别业》），不用禅语，时得禅理，充满一派亲近自然，身与物化，随缘任运的禅机。又如，"人闲桂花落，夜静春山空。月出惊山鸟，时鸣春涧中"（《鸟鸣涧》）。一切都是寂静无为的，虚幻无常，没有意识，既无生的喜悦，又无死的悲哀，但一切又都是永恒的，"读之身世两忘，万念皆寂，不谓声律之中，有此妙诠"。

世有"李白是天才，杜甫是地才，王维是人才"之说，表达了后人对王维在唐朝诗坛崇高地位的肯定。王维诗在其生前以及后世，都享有盛名。史称其"名盛于开元、天宝间，豪英贵人虚左以迎，宁、薛诸王待若师友"。唐代宗曾誉之为"天下文宗"。唐末司空图则赞其"趣味澄复，若清沈之贯达"。但平心而论，王维诗的思想价值远不能与李、杜相提并论，但王维确有其独特的艺术贡献。刘长卿、大历十才子以至姚合、贾岛等人，都不同程度上受到王维的影响。直到清代，王士祯标举神韵，实际上也是以王维诗为宗尚的。

（三）李贺与刘禹锡

李贺（790-816），字长吉，生于河南昌谷（今河南宜阳），是没落的唐宗室后裔，父李晋肃，曾当过县令。李贺以有讳父名，终身不得参加进士考试。后荫举做了个从九品的奉礼郎，不久即托疾辞归，卒于故里，年仅27岁。有《李长吉歌诗》，除少量伪作外，可确定为他本人所作的约有240首左右。

李贺有理想，有抱负，也写出了一些意气昂扬的诗作，但这理想抱负很快便被无情的现实粉碎，使他的精神始终处于极度抑郁、苦闷之中。他早熟、敏感，但这早熟敏感却令他比常人加倍地品尝到了人生的苦涩。他写了《开愁歌》《秋来》《致酒行》等一系列诗作，发泄自己怀才不遇的愤懑。正是带着这种沉重的悲哀和苦痛，李贺开始对人生、命运、生死等最基本也是最重要的问题进行思考。他写鬼怪，写死亡，写游仙，写梦幻，用各种形式来抒发自己的苦闷。他把楚辞《山鬼》的意境和南齐苏小小的传说结合起来，创造了《苏小小墓》这个荒诞迷离、艳丽凄清的幽灵世界。有时，他更刻意地去描写阴森恐怖的境界，如《南山田中行》《感讽》五首之三。他这些荒唐瑰丽的幻想，用他自己的诗句来说，就是"古壁生凝尘，羁魂梦中语"（《伤心行》）。从这些诗里不仅找不到鼓舞人的力量，而且还可能使人陷入人生命运之谜，难以自拔。

李贺有的诗歌颂了边塞将士的英雄气概，如《雁门太守行》写一支轻兵在寒夜出击敌人的情景，以及他们英雄赴战的决心。他用奇丽的色彩点染战斗的环境气氛，给我们很深刻的印象。他的诗歌也接触到社会的现实矛盾。如《老夫采玉歌》，描绘了采玉工的悲惨命运，诗中深刻地提示了富人的享乐是以劳动人民的死亡作代价的残酷事实，诗意比韦应物的《采玉行》更为沉痛。《感讽》五首之一描写县官催逼人民交纳租税的情景，也很真实痛切。此外，如《平城下》写戍卒的疾苦，《黄家洞》讽刺官军的无能，《苦昼短》嘲笑帝王的求仙，《秦宫诗》等篇揭露贵族生活的腐朽堕落，都是针对现实而发的。可见李贺并没有忘怀现实，只是由于生活和年龄的限制，这类作品并不多，描写的面也不够广。

李贺深受屈原、李白及汉乐府民歌的影响，多以乐府体裁驰骋想象，自铸奇语，表现其苦闷情怀。他对冷艳凄迷的意象有着特殊的偏爱，并大量使用"泣""啼"等字词使其感情化，由此构成极具悲感色彩的意象群。如《将进酒》，作者宛如一位高明的画工，一眼觑定事物的本质特征，便倾全力摹状绘形，敷彩设色，构造五彩斑斓的画图，又在此画图的关键色彩上加以哀伤的字眼，注入强烈的主观感受，使得其笔下的诸多意象都呈现出一种哀感顽艳甚或病态美的特征。李贺也多用质地锐利、脆硬、狞恶的物象，辅之以"剪""斫""死""瘦""血"等字词，营造一种瘦硬、坚脆、狠透、刺目的意象。如《昌谷北园新笋四首》其二、《唐儿歌》《神弦曲》《秦王饮酒》

等，或惊心刺目，或幽凄冷艳，大都是一种怪奇、畸形的审美形态。

李诗意象之间跳跃性很大，在时空上都采用了非现实的组合方式。如《长歌续短歌》，大量运用通感，创造视觉、听觉与味觉互通的艺术效果，在他笔下，风有"酸风"，雨有"香雨"，箫声可以"吹日色"，月光可以"刮露寒"，形容夏日之景色，是"老景沉重无惊飞"……通过这些不同感官相互沟通转换所构成的意象，诗人的艺术直觉和细微感受倍加鲜明地展现出来。诗境冷艳凄迷，如《南山田中行》《感讽五首》其三、《神弦曲》等诗作中，作者写荒芜的山野，写惨淡的黄昏，写阴森可怖的墓地，而活动于这些场所的则是忽闪忽灭的鬼灯、萤光、食人山魅。读后令人发惧，不禁毛骨悚然。

刘禹锡（772—842），字梦得，洛阳人。贞元九年（793）登进士第，10年后，由地方调入京城，为监察御史。顺宗永贞元年（805），他以极高的政治热情参加了王叔文为首的革新集团，任屯田员外郎，在短短四、五个月中，推行了一系列改革措施，使政局为之一新。但就在是年八月，在以宦官为首的保守势力的联合反击下，革新运动惨遭失败，刘禹锡被贬朗州（今湖南常德）司马，10年后迁官更为遥远的连州（今广东连县）。后又转徙夔州、和州刺史，晚年迁太子宾客，分司东都，与白居易唱和，世称"刘白"。

刘禹锡一生的大部分时间都是在穷僻荒远的贬所度过的，所以抒写内心的苦闷、哀怨，表现身处逆境而不肯降心辱志的执着精神，便成了他诗歌创作的主要内容。

刘禹锡性格刚毅，饶有豪猛之气，在忧患相仍的谪居年月里，确实感到了沉重的心理苦闷，吟出了一曲曲孤臣的哀唱。但他始终不曾绝望，始终跳动着一颗斗士的灵魂。他写下了《重游玄都观绝句》《百舌吟》《聚蚊谣》《华佗论》等诗文，屡屡讽刺、抨击政敌，由此导致一次次的政治压抑和打击，但这压抑打击却激起他更为强烈的愤懑和反抗，并从不同方面强化着他的诗人气质。《戏赠看花诸君子》，由于诗中用桃树影射了新得势的权贵，他再度遭到贬谪。但十四年以后他再回到京师，又写了一首《再游玄都观》。由此可见，刘禹锡其人其诗是极具个性的。但刘禹锡也有一些诗歌表达了乐观向上的情怀。《秋词》一反传统的悲秋观，颂秋赞秋，赋予秋一种导引生命的力量，表现了诗人对自由境界的无限向往之情。

刘禹锡最为人称道的是咏史怀古的诗作。这些诗语言平易简洁，意象精当新颖，在古今相接的大跨度时空中，缓缓注入诗人源于苦难而又沉潜凝聚了的悲情，使得作品具有一种沉思历史和人生的沧桑感、隽永感，在中唐诗坛胜境独标。如《西塞山怀古》《荆州道怀古》《金陵怀古》《姑苏台》《金陵五题》等作品，无不沉着痛快，雄浑老苍。

诗咏晋事，而饱含现实意味，充溢着一种悲凉而不衰飒、沉重而不失坚韧的精神气脉，以及纵横千古、涵盖一切的气象，读来令人感慨遥深。

在长期的谪居生涯中，刘禹锡受民间俚歌俗调的浸染，还创作了不少富有民歌情调、介于雅俗之间的优秀诗作，清新质朴，真率自然。如《竹枝词》：

杨柳青青江水平，闻郎江上唱歌声。东边日出西边雨，道是无晴却有晴。山桃红花满上头，蜀江春水拍天流。花红易衰似郎意，水流无限似侬愁。

刘禹锡的诗无论短章还是长篇，大都简洁明快，风情俊爽，有一种哲人的睿智和诗人的挚情渗透其中，极富艺术张力和雄直的气势。值得一提的是，他写的七言绝句颇具特色，如《浪淘沙词九首》其八、《杨柳枝词九首》其一。就诗意看，这两篇作品均简练爽利，晓畅易解，但透过一层看，便会领悟到一种傲视忧患独立不移的气慨和迎接苦难超越苦难的情怀，其艺术之高超，为历代学者所称道，影响深远。

（四）杜牧与李商隐

杜牧（803—853），字牧之，京兆万年人，人号为"小杜"，以别杜甫。他的远祖杜预是西晋著名的政治家和学者。祖父杜佑官至宰相，是中唐著名的政治家、史学家，著有《通典》二百卷。杜牧对自己的家世很自豪，其诗云："旧第开朱门，长安城中央。第中无一物，万卷书满堂。家集二百编，上下驰皇王"（《冬至日寄小侄阿宜诗》）。唐文宗大和二年（828）进士。历任弘文馆校书郎、牛僧孺淮南节度府掌书记、监察御史，以及黄、池、睦、湖四州刺史。晚年拜考功郎中，知制诰，迁中书舍人，卒于官。

杜牧看到唐帝国的种种内忧外患，政治上很想有一番作为。他在任地方官时就政绩卓著，为百姓做了一些好事，他的不少诗篇也表现了爱国忧民的思想感情。文宗太和元年（827），朝廷派兵镇压沧州抗命的藩镇，于是他写下《感怀诗》一首，慨叹安史之乱以来藩镇割据、横征暴敛造成的民生憔悴，表达了为国效力的强烈愿望。他的《华清宫诗》有"雨露偏金穴，乾坤入醉乡"之句，也表达的是同样沉痛的心情。《早雁》一诗则用比兴手法，以雁象征边地人民，惊飞四散的哀鸿，象征在回纥侵略蹂躏下逃回祖国的边地人民。诗中既表现了对难民的同情，也暗示统治者对他们的漠不关心。

杜牧另有抒情写景的诗歌，其中不少属于家喻户晓的经典之作。如《江南春》《泊秦淮》和《山行》：

千里莺啼绿映红，水村山郭酒旗风。南朝四百八十寺，多少楼台烟雨中。烟笼寒水月笼沙，夜泊秦淮近酒家。商女不知亡国恨，隔江犹唱后庭花。远上寒山石径斜，白云深处有人家。停车坐爱枫林晚，霜叶红于二月花。

这些诗词采清丽，画面鲜明，风调悠扬，可以看出他才气的俊爽与思致的活泼。此外，杜牧还写有不少艳情诗，如《秋夕》："红烛秋光冷画屏，轻罗小扇扑流萤。天阶夜色凉如水，坐看牵牛织女星。"也属脍炙人口之作。

总之，杜牧的诗歌流传非常之广，许多作品都家喻户晓，成为诗歌中的精品。其诗能在俊爽峭健之中，又有风华绮靡之致。构象宏伟，意境壮阔，情致豪迈放旷，议论、写景、叙事、抒情融于一体，语言凝练而含蓄，艺术价值极高。

李商隐（约813—858），字义山，号玉溪生，又号樊南生。原籍怀州河内（今河南沁阳），从祖父起，迁居郑州。10岁时，父亲卒于南方幕府，李商隐孤儿寡母扶丧北归郑州。由于家世的孤苦不幸，加之瘦赢文弱，形成了他坚韧执着而又易于感伤的性格，但同时也促使他谋求通过科举，振兴家道。文宗大和三年（829），令狐楚将他聘入幕府。开成二年（837）中进士。翌年春，李商隐入泾原节度使王茂元幕。当时朋党斗争激烈，令狐父子为牛党要员，王茂元亲近李党。李商隐转依王茂元，在牛党眼里是"背恩"的行为，从此为令狐绹所不满。党人的成见，加以李商隐个性孤介，他一直沉沦下僚。李商隐所秉赋的才情，加之内向型的性格，使他灵心善感，而且感情异常丰富细腻。可以说，善感、多情及其所带有的悲剧色彩，在他的创作中表现得十分突出。大中十年（856），李商隐所幕柳仲郢充诸道盐铁转运使，遂荐李商隐充盐铁推官。大中十二年（858），李商隐罢官，46岁时病故郑州家中。

李商隐是非常关心社会现实和国家命运的诗人，他的各类政治诗不下百首，在其现存诗作中占了六分之一。著名长诗《行次西郊作一百韵》体势磅礴，既有唐王朝衰落历史过程的纵向追溯，又有各种社会危机的横向解剖，构成长达百余年的社会历史画面。文宗大和九年（835）冬，甘露事变发生，李商隐于次年写了《有感二首》《曲江》等诗，抨击了宦官篡权乱政，滥杀无辜，表现了对唐王朝命运的深切忧虑。李商隐反对藩镇破坏国家统一，他一方面赞成朝廷对藩镇用兵，歌颂平叛的将相；另一方面，对于朝廷存在的军政腐败、用人不当等失误，也提出尖锐的批评。李商隐将反对藩镇割据和批判朝政结合起来，在思想深度上超出以前的同类作品。

李商隐的咏史诗历来受到推重，而内容则多针对封建统治者的淫奢昏愚进行讽慨。唐代后期，许多皇帝不重求贤重求仙，李商隐对此一再予以冷嘲热讽。如《贾生》："宣室求贤访逐臣，贾生才调更无伦。可怜夜半虚前席，不问苍生问鬼神。"借贾谊宣室夜召一事，加以发挥，发泄了对于皇帝不识贤任能的不满。安史之乱后，唐王朝由极盛走向衰败，李商隐对玄宗的失政特别感到痛心，讽刺也特别尖锐。如《马嵬》，诗中每一联都包含鲜明的对照，再辅以虚字的抑扬，在冷讽的同时，寓有深沉的感慨。他的《龙池》诗更为尖锐地揭露玄宗霸占儿媳的丑行，连本朝皇帝也不留情面，李商隐可谓有胆有识。另外，有些怀古诗也表现了他的用世精神。如《安定城楼》，希望有一番扭转乾坤的大事业，然后归隐江湖。他在诗中抒写得更多的是人生的感慨。《有感》写怀才不遇、命薄运厄之慨。《天涯》中，伤春残日暮，与伤自身老大沉沦融为一体。这类诗伤感中带着时代黯淡没落的投影，如《乐游原》："向晚意不适，驱车登古原。夕阳无限好，只是近黄昏。"

李商隐抒情之作中，最为杰出的是题以"无题"的爱情诗。这些诗在李诗中不占多数，却是李商隐诗独特的艺术风貌的代表。我国古代不少爱情诗的作者，往往以一种玩赏的态度来对待女子及其爱情生活。李商隐的爱情观和女性观是比较进步的，他以一种平等的态度，从一种纯情的而不是色欲的角度来写爱情、写女性。他的爱情诗，情挚意真，深厚缠绵。如著名的一首《无题》：

相见时难别亦难，东风无力百花残。春蚕到死丝方尽，蜡炬成灰泪始干。晓镜但愁云鬓改，夜吟应觉月光寒。蓬山此去无多路，青鸟殷勤为探看。

李商隐《无题》诗还写了"十四藏六亲，悬知犹未嫁"，那种被贮之幽闺，无权过问自己婚事的怀春女子；写了"身无彩凤双飞翼，心有灵犀一点通"，那种显然难得结合，却已经目成心许的爱情；写了那种终生难忘而又无法排遣、不易言说的恋情。这些描写，都或多或少有悖于封建礼教对于女性和爱情的态度。

李商隐的抒情诗，情调极为幽美。他致力于情思意绪的体验、把握与再现，用以状其情绪的多是一些精美之物。表达上又采取幽微隐约、迂回曲折的方式，不仅无题诗的情感是多层次的，就连其它一些诗，也常常一重情思套着一重情思，表现得幽深窈渺，如《春雨》等。一般诗人所用意象，客观性较强，能以通常的方式去感知。李诗的意象，多富非现实的色彩，诸如，珠泪、玉烟、蓬山、青鸟、彩凤、灵犀、瑶台、梦雨等，均难以指实。这类意象，被诗人心灵化了，是多种体验的复合。它们的产生，主要不是取自外部世界，而是源于内心，内涵远较一般意象复杂多变。李诗还喜欢大量用典。由于李商隐一生坎坷，对事物的矛盾和复杂性有充分的感受，结合他的体验和认识，常常把典事生发演化成与原故事相悖的势态，由正到反，正反对照，把人思想活动的角度和空间大大扩展了。

李商隐不像一般诗人，把情感内容的强度、深度、广度、状态等，以可喻、可测、可比的方式，尽可能清晰地揭示出来。为了表现复杂矛盾甚至怅惘莫名的情绪，他善于把心灵中的朦胧图象，化为恍惚迷离的诗的意象。这些意象分明有某种象征意义，而究竟要象征什么，又难以猜测，由它们结构成诗，略去其中的逻辑关系的明确表述，遂形成如雾里看花的朦胧诗境，辞意飘渺难寻。如《锦瑟》，诗中的朦胧，与亲切可感的情思意象统一在了一起。读者尽管难以明了《锦瑟》的思想内容，但那可供神游的诗境，却很容易在脑子里浮现。所以《锦瑟》虽号称难懂，却又家喻户晓，广为传诵。《重过圣女祠》中的名句:"一春梦雨常飘瓦,尽日灵风不满旗",写圣女"沦谪得归迟"的凄凉孤寂处境,境界幽缈朦胧,被认为"有不尽之意"。荒山废祠,细雨如梦似幻,灵风似有而无的境界亲切可感,而那种似灵非灵,既带有朦胧希望,又显得虚无缥缈的情思意蕴,又引人遐想,似乎还暗示着什么,朦胧难以确认。李商隐被称为"朦胧诗"的始祖。

诗人心理负荷沉重,精神内转,内心体验则极其纤细敏感,当其心灵受到外界某些触动时,会有形形色色的心象若隐若显地浮现。发而为诗,其意象往往错综跳跃,不受现实生活中时空与因果顺序限制。这种意象转换跳跃所造成的省略和间隔,便有待读者通过艺术联想加以连贯和补充。

第五节 宋辽金时期的文学

一、北宋的诗与词

（一）宋诗

宋诗在唐诗极盛难继的情况下显示出自己的风格特色。宋诗现存20多万首;《宋诗纪事》质量上虽稍逊唐诗,但独具特色。宋人学问大,好以才学为诗,以典故为诗,风格瘦劲。

宋代散文沿着唐代散文的道路发展,成就却远在唐文之上,"唐宋八大家"有六位出自宋代。宋代欧阳修从古文和骈文中取长补短,创造出优美的文赋。宋代散文作品丰富,题材广泛,名家辈出,长于议论,形式多样,风格平易自然。

话本小说是一种新兴的文学样式。反映了宋代市民的生活和思想,情节曲折,是中国白话小说的开端。宋代话本反映现实更为深刻,为明清白话小说的繁荣铺平了道路。

辽和金分别是契丹和女真族在我国北方建立的政权。辽代尚文轻武,其文化受汉族文化影响。辽代作家很少,作品多模拟唐宋。金代文学较辽代发达,其文化也受汉文化影响。元好问诗、词、文和诗论兼工,他的丧乱诗沉郁悲痛,颇为感人。

（二）宋词

词是唐五代兴起的一种配乐歌唱的新体诗。中唐以后文人创作渐多，晚唐五代趋于繁荣，宋代极盛。

词最早产生于民间，这些曲子词题材相当广泛，或表现忠君爱国，或反映妓女不幸的遭遇等，其中不乏歌功颂德之作。

唐初已出现了一些文人词作，但这些还只是由诗人词的过渡作品。词的发展直到中唐才真正有了转折，开始出现了较多的文人词。

晚唐是词的成熟期。专集问世，艺术表现力得到了进一步的提高。但大多数作品缺乏民间词那种清新质朴的风格。唐代词人中写词最多的是温庭筠，词开始成为一种独立的文学样式。温庭筠在词史上对五代、两宋婉约词的发展产生了较大影响。

五代十国时期，作家作品大量出现，成就超过同时代的诗文。五代词坛中心是西蜀和南唐。西蜀词坛以"花间派"为代表。后蜀赵崇祚编成《花间集》，"花间派"由此得名。花间派词人除温庭筠、皇甫松等少数人外都是西蜀文人，温词浓艳华美，韦词疏淡明秀。

南唐词成就高于花间派，西蜀、南唐词，尤其后者，对北宋词坛影响深远。

北宋初期的词作，基本上承袭五代词风。风格上由五代词的浮艳开始走向清丽。由于作者多为达官贵人，在内容上缺乏积极意义。晏殊出身高贵，历官显要，其词内容不外流连诗酒。但他的一些描写离情的个人抒怀之作，却能以清新淡雅的语言写出含意较深的意境。欧阳修词与晏殊齐名，并称"晏欧"。内容上写伤春惜别者居多，题材甚窄。他的一些抒写政治上遭受挫折的感慨之作，显示出北宋前期小令的抒情特点。描写自然风光的词，开始突破词的传统题材和表现手法。

范仲淹是宋初著名的政治革新家，词不多但词风刚健。他用词来反映边塞生活，表现出开阔而深沉的意境。《渔家傲》通过长烟落日、边声四起、孤城紧闭等边塞景象的描写，表现出戍边将士的忧国之心。全词开豪放派之先河。

柳永是北宋第一个专力写词的作家。风格由含蓄转向铺叙，是词创作的一次革新。

柳永词的内容主要有：描写都市风光、山川景物，反映市民生活。以《望海潮》最为著名，描写杭州街市的繁华和湖山的壮美，引人入胜；描写羁旅行役，抒发漂泊失意的伤感。在离愁别绪的描写中，寄托了他怀才不遇穷困潦倒后的悲愤之情。从侧面反映了当时社会下层知识分子的苦闷；反映歌妓生活，抒写自己的缠绵感情。这类词虽反映了歌妓们渴望自由的愿望，但有的也流露了颓靡情绪。艺术上柳词形成了自己的特色：擅长用赋的手法，层层铺叙；语言平易浅近，擅长提炼俚俗语。词中多有佳句，古今传诵，经久不衰，有"凡有井水处，皆能歌柳词"之誉。

突破过去词风外壳的又一词人——张先，他的词虽不如柳永词新颖，却也使用了新曲和慢词，内容以清新的笔致做出极细微的描写。

词发展到北宋后期，婉约和豪放的不同风格更加鲜明。虽然苏轼对词进行了多方面的革新，但词人并没有沿着这条道路前进，形成了写情、写愁和崇尚格律的倾向。这时期的主要作家有晏幾道、秦观等。晏幾道是晏殊幼子，他的词在内容上多写男女悲欢离合和对往日生活的回忆。秦观早年多写爱情题材，著名的《鹊桥仙》歌颂了纯真的爱情。他后期词主要抒写被贬谪的情思和漂泊失意的愁苦。秦观词在艺术上有较高成就，通过凄迷景色的描写，烘托伤感情绪。其词与柳永词风格相近，被人奉为"婉约之宗"。贺铸的词内容丰富，以婉约为主，兼具豪放之作。他的一些咏史、怀古、抒愤、言志之作则是豪放词风。周邦彦是北宋词坛上最有影响的词人之一。

二、宋辽金时期的文学人物

（一）苏轼的生平和思想

苏轼出生在一个比较清寒的知识分子家庭，由于家庭的教育，刻苦学习，青年时期的苏轼就具有广博的历史文化知识。

苏轼的一生是在激烈的政治斗争中度过的。

他成长的时代正是社会危机急剧发展的时代。嘉祐二年（1057），二十一岁的苏轼与弟辙同中进士。嘉祐六年（1061），苏轼制科中第，步入仕途。熙宁二年（1069）末神宗任命王安石为相，正式实行变法。这一期的创作以"进策"等政论文成就最高，但未免书生气过重。

激烈的斗争使苏轼感到不能再留在汴京，于是改任杭州通判。此时他政治热情不减，创作热情很高，尤以诗歌成就为最。熙宁七年（1074）词的创作也步入繁盛期。熙宁九年（1076），王安石新法逐渐失去了积极意义，投机者展开了统治集团内部争权夺利的倾轧和报复。元丰三年（1080），苏轼被贬为黄州团练副使。苏轼的文学创作进入全盛期。

哲宗元祐元年（1086），苏轼被召回朝廷，并于短期内连连升迁。但此时他又与司马光政见不合，元祐四年（1089）再次自请离朝，这一时期因穷于竞争，文学成就相对较低。

绍圣元年（1094）苏轼又被视为旧党，一贬再贬。建中靖国元年（1101）哲宗死，苏轼得以内迁，这时期苏轼的文学成就要高于上一时期。

苏轼的一生得意时少，失意时多，政治上并无太大作为。

苏轼一生从主张改革、反对改革到维护某些新法的变化，反映了庶族地主阶级的两重性。在新旧两党之间使他得不到任何一方的全部同情和支持。

苏轼思想的显著特点是"杂"。各家思想对他都有同样的吸引力。在政治上他从儒家思想出发，排斥老庄；而"无为而治"又同他的"法相因则事易成，事有渐则民不惊"的政治主张有其一致之处。在生活上他要求以安然的态度应物，更多地表现了佛、道两家超然物外、与世无争的洒脱态度。

苏轼的散文与欧阳修并称"欧苏"，也是"唐宋八大家"中的佼佼者。他的散文广泛从前代的作品中汲取艺术营养。苏轼擅长写议论文。早年写的史论有较浓的纵横家习气，但也有许多独到的见解，见解新颖而深刻，富有启发性。随着阅历的加深，纵横家的习气遂逐渐减弱，内容上有的放矢，言词则沉着。

史论和政论虽表现了苏轼非凡的才华，但议论文更能体现苏轼的文学成就。这些文章形式更为活泼，议论更为生动。它们以艺术感染力加强逻辑说服力，所以更加具备美文的性质。

苏轼的叙事记游之文，叙事、抒情、议论三种功能更是结合得水乳交融。

苏轼的辞赋和四六体也取得了很高的成就。他的辞赋更多地融入了古文的疏宕萧散之气，青出于蓝而胜于蓝，创作了《赤壁赋》《后赤壁赋》。《赤壁赋》沿用传统格局，抒写了自己的人生哲学，也描写了长江月夜的幽美景色，堪称优美的散文诗。

苏轼在四六体中也同样体现出行云流水的风格，《谢量移汝州表》更是真切感人，是四六体中难得的性情之作。

苏轼的作品中，诗歌数量最多，内容也最丰富。苏轼始终把批判现实作为诗歌的重要主题。他常把耳闻目睹的民间疾苦写进诗中，如《送黄师是赴两浙宪》写南方水灾侵袭下的百姓；《吴中田妇叹》写农民受天灾和苛政的双重灾难。苏轼对封建社会中由来已久的弊政、陋习进行抨击，体现出更深沉的批判意识。

他善于从人生遭遇中总结经验，也善于从客观事物中见出规律。极平常的生活内容和自然景物都蕴涵着深刻的道理。

诗中的自然现象已上升为哲理，人生的感受也已转化为理性的反思。苏轼极具灵心慧眼，所以到处都能发现妙理新意。

苏轼尤其重视两种互相对立的风格的融合，在创作中十分注意使阳刚之美与阴柔之美互相渗透。苏诗中许多佳作做到了刚柔相济，呈现出"清雄"的风格。

苏诗的词，突破了词必香软的樊篱，为词体的长足发展开拓了道路。他对词的革新有很大的贡献，无论意境和风格，都高于前人。他认为诗词同源，本属一体，诗与词的艺术本质和表现功能应是一致的。扩大词的表现功能，是苏轼改革词体的主要方向。

在题材内容的开拓上，举凡在诗歌中可以表现的写景、怀人等，苏轼在词中无不加以摹写，大大拓展了词的题材内容。如《江城子·乙卯正月二十日夜记梦》。

在文学史上，不以词悼亡是苏轼的创举。作者以梦回忆往昔之美好，梦里梦外又融汇着现实之忧愤，更显情感的真挚深沉。

苏词中也常常表现对人生的思考。苏轼虽深切地感到人生如梦，但力求自我超脱，保持着顽强乐观的信念。

苏词对自然山水的描绘，把对自然山水的观照与对历史反思结合起来，自然美中融入深沉的历史感和人生感慨。

"以诗为词"的手法则是苏轼变革词风的主要武器。将诗的表现手法移植到词中。要突破音乐对词体的制约和束缚，把词变为一种独立的抒情诗体。苏轼写词，主要是供人阅读，注重抒情言志的自由。所以，苏轼作词时挥洒如意。苏词像苏诗一样，表现出丰沛的激情和变化自如的语言风格。虽现存的大多数词的风格仍与婉约柔美之风较接近，但已有相当数量的作品体现出奔放豪迈的新风格。

在两宋词风转变过程中，苏轼是关键人物。强化词的文学性，弱化词对音乐的依附性，后来南渡词人和辛派词人就是沿着此路而进一步开拓发展的。

（二）女词人李清照

李清照。李清照多才多艺，能诗词，善书画，19岁时嫁给赵明诚，夫妇俩诗词酬唱，意趣相投。靖康之变，李清照逃奔江南。宋高宗建炎三年（1129）赵明诚病逝，李清照孤身一人奔逃避难，遭到奸人攫取她残存的文物。

李清照的创作道路，代表着宋朝婉约词派的发展变化。李清照的辞章，题材保持着自我抒情的统一性，但前后却发生了明显的变化。

前期以婉丽凄清、新颖轻巧为主要风格特征。大多写少妇时期咏相思离别的淡淡哀愁，吟优美如画的自然景色，格调显得活泼流畅，比后期作品更富生趣与活力。

前期的词大多数是写自己对爱情、离别相思之情的感受。过去大多是男性以女性口吻写这一类词，所以她的词就格外真挚细腻、委婉动人。

李清照后期的词，突破了北宋婉约词风，思想内容与艺术风格都发生了剧变。李清照的笔下倾泻出了一首首沉哀绝痛的乐章，让读者感受到鲜明的时代气息。

晚年所赋的名词《声声慢》，弦弦掩抑，白描的手法显出作者创意出奇的艺术技巧。

这首词将具体情事完全隐去，只是铺叙孤独寂寞的精神状态。

在词的艺术方面，李清照有自己比较完整的看法。《词论》能够看出她自己的追求。特别强调了词在艺术上的独特性,与诗歌相区别;语言上要求典雅而又浑成。

她的诗现存十余首和一些断篇,往往写得很豪迈。都是涉及南渡后民族与国家大事的慷慨悲愤之作,这种题材和风格在她的词中极少出现。

三、两宋诗歌

(一)北宋诗歌

宋初诗坛出现三个流派,其中最早出现的是"白体",代表作家是王禹偁。关心国事是他诗歌的主要内容。《感流亡》表现了对于人民苦难的深切同情。《村行》在景物描写中寄寓深情,意境清新。在手法上明显受到白居易的影响,语言通俗,体现了他"易晓易道"的文学主张。

"晚唐体"与"白体"基本同时。作品以写湖山景色为主,风格淡雅。林逋是其代表作家。作品现实性差,思想境界不高。

"西昆体"代表作家:杨亿、刘筠、钱惟演。他们以诗为戏,以诗为乐,缺乏现实内容;艺术上喜用典故,语僻难晓,在当时就受到革新家的有力批判。

北宋中叶,统治阶级内部在政治上出现了革新与守旧的斗争。西昆体诗风成为被扫荡的对象,诗人同时崛起,以现实主义的内容和畅达朴实的诗风配合了要求。梅尧臣诗具有丰富的现实内容,《陶者》《村豪》等深刻揭示了阶级对立的社会现实,这些作品都有较强的思想性。苏舜钦的诗歌创作分前后两期,前期以社会政治为题材,具有强烈的批判现实精神。后期诗歌写闲居生活和山水景物,寄寓内心的不平。苏诗风格雄奇奔放,并有明显的散文化议论化倾向。

欧阳修形成了平易流畅的风格,内容上以抒怀、写景、咏物为主。他的一些抨击现实和咏史的作品,能表现一些重大主题,或表达他对苦难人民特别是妇女悲惨遭遇的深切同情。在写法上继承了韩愈的特点,常用赋笔和散文章法。

王安石诗承继杜甫,内容充实。前期诗歌具有浓厚的政治色彩,或揭露黑暗朝政;或反映人民疾苦,表现了强烈的现实主义精神。退居江宁后,虽内容上不似前期气势磅礴,但艺术上更臻成熟,通过寻常景物的描写,创造出新颖奇妙的意境。

北宋后期活跃于诗坛的是一批受苏轼影响的作家,但这些诗人又有自己的独创,黄庭坚被奉为江西诗派的创始人,诗法严谨得到后来很多学者的追随。黄庭坚在诗歌方面和苏轼并称"苏黄"。黄庭坚写诗,过分强调技巧,偏重形式。力求新奇,有意造拗句,诗风瘦硬峭拔。他的一些赠答、遣怀之类的抒情诗,是广为流传的佳作。政治上遭受打击后,坎坷的遭遇使他得到了某些真实的生活感受,意境清新,在宋诗中堪为上乘。

除黄庭坚外,以陈师道成就最高。他以苦吟著名,诗风平易,有些作品抒发了真实感情。

(二)南宋诗歌

南宋初期的诗歌,仍然受江西诗派的影响。民族矛盾与国家情势使诗歌逐渐走出江西诗派的路子。

陈与义是南宋初期最有成就的诗人。前期主要抒写闲情逸致,题材不广,社会意义不大。在饱尝了漂泊流离之后,写出了不少思念故国的诗作。沉郁悲壮的风格,很像杜甫晚年的作品。

中期的杨万里在诗歌创作上,缺乏个性;后来另辟蹊径,进而形成了独特风格。以写自然景物和日常生活为主,风格幽默诙谐,最能体现"诚斋体"的特点。杨万里也有感慨国事和反映民生疾苦的诗作《初入淮河四绝句》感慨极深;《悯农》《秋雨叹》表现了对田父和船工的同情。

范成大诗歌的内容大致可分为:反映尖锐的民族矛盾,如《清远店》《州桥》等;揭露官府横征暴敛之作;三是田园诗。《四时田园杂兴》60首,既写田园风光与农民劳动,也写官府剥削与农民辛酸,扩展了我国田园诗的内容含量与思想意义。

南宋中期以后出现的是"四灵派"和"江湖派"。他们推崇唐人贾岛的五言律诗,取材于自然,以清新平易之笔抒写个人的生活情趣。诗歌内容流露出一种悠闲的情致,思想境界不高,社会意义不大。

"江湖派"是南宋晚期的一个诗歌流派。后人把这些作家称为"江湖派"诗人。诗中有比较浓重的家国之忧、民虞之叹。

四、辽金文学

（一）辽金文学概况

辽是契丹族于916年在中国北部建立的政权，历时210年，后为金所灭；金是1115年女真族在中国北部建立的政权，历时120年。

辽代的经济和文化都落后于中原和南方，文坛荒寂，成就不大；上层人物中却出现一些能诗善文者，皇后、皇妃往往出手不凡，如道宗皇后萧观音的《回心院词》10首等。金的文学成就大大超过了辽国，大体可分为：初期文坛，诗作缺乏金国的民族特色。金代中期，文坛上涌现出一大批诗人，是其文学发展的全盛期。金代后期，蒙古族崛起，故"忧时伤乱"成了这一时期的重要主题。

（二）元好问

元好问是我国金末元初最有成就的作家和历史学家、文坛盟主，金元之际在文学上承前启后的桥梁。其诗、文、词、曲，各体皆工。诗作成就最高；其词为金代一朝之冠；其散曲虽传世不多，但当时影响很大。

元好问的诗刚健、其文弘肆、其词清隽，今存诗1361首，内容丰富。元好问的写景诗，表现山川之美，脍炙人口。诗体裁多样，尤擅七言。

元好问之文继承唐宋大家传统，为金代文学批评之巨擘，在文学批评史上影响颇大。

今存元好问词377首，当为金代词坛第一人。今存散曲仅9首，具有开创性。《续夷坚志》为金代现存的优秀短篇小说。

第六节 元、明、清时期的文学

一、元代的文学

（一）元代文学的发展概况

1. 元代社会文化对文学发展的影响

国家统一，疆域辽阔，经济繁荣，通俗文学兴盛。

元朝统治区域空前辽阔，国家的统一为经济的繁荣奠定了基础。京城大都是当时世界贸易的中心，城市经济的繁荣使城市人口数量快速上升，促进了通俗文学的发展，杂剧、话本等通俗文学在元代都得到兴盛。

民族关系更加复杂，文学作品的现实主义精神更加鲜明。

元代由蒙古族统治者执掌中央政权，民族矛盾因而显得格外突出。

元代蒙古统治者将全国各民族划分为四等：蒙古人、色目人、汉人、南人。各民族政治地位的变化，造成了新的民族矛盾并且逐渐尖锐化。

地方首席行政长官多由蒙古人担任，官吏贪赃枉法较为严重。阶级矛盾很突出，导致农民起义爆发。在这种社会背景下，诞生了大量带有强烈的民族情绪和反抗意识的文学作品。

文士落魄，转向通俗文学创作。

元灭金后，因对中原传统文化的认识不够深刻，文士失去晋升之道，以文养生促进了戏曲等通俗文学的繁荣。在取消科举考试的80年间，文士有的做小吏，更多的是从事杂剧创作，使杂剧和南戏的创作队伍变为以下层文人为主，促进了戏剧的兴盛。

多民族杂居，各民族文化融合。

蒙古贵族夺取中原政权后定居在汉族地区，文化的互相融合，形成了元代文学的多元文化特征。礼教束缚松弛，文学的自由精神得到解放，涌现出一批杰出的少数民族作家。

2.元代文学发展概况

元代文学的成就主要表现在元杂剧、散曲、南戏和诗文的创作上，元曲是元代文学的主体。

元曲分杂剧和散曲两种，元曲流行的区域主要在北方大都一带，也称北曲。

元代在南方还流行着另一种戏曲形式——南戏。它是由南方语言和南方音乐相配合而成的戏曲种类。著名的南戏作品有高明的《琵琶记》。

散曲是元代出现的新诗体，分小令和套数。小令是单支曲，套数也称套数、散套。

元代散文主要以唐代的韩愈和宋代的欧阳修为学习对象。

（二）元代的杂剧、散曲、南戏与诗文

1. 元杂剧

（1）元杂剧的是时代经济文化的产物

①国家统一安定，为戏剧发展奠定了物质基础。市民工商者的娱乐要求促进了杂剧的创作和演出。元杂剧是一种有广泛群众基础的综合性的舞台艺术，杂剧得到了快速地发展和繁荣。②元代文禁较松，贴近生活现实的戏剧作品得到相对自由的发展。蒙古人疏于对文化的建设和统治。元杂剧中各种题材的作品都得到了自由的创作和表演。③科举长期废弛，充实了杂剧的创作队伍。元代科举长期废弛，致使文人仕宦无望。一部分儒生混迹于勾栏行院，进行戏曲艺术创作，造就了大批优秀剧作家；重开科举后，一部分文人步入仕途，但接触下层，了解民间疾苦哀怨，所以能创作出反映现实的剧作。④统治者的爱好与提倡。蒙古统治者汉文水平不高，不能充分欣赏汉文诗词。戏曲歌舞受到热爱歌舞的蒙古统治者的喜爱。元代艺人的社会地位很高，皇帝每年元旦及各种节令朝会都要伶人唱曲、歌舞和演剧。

（2）元杂剧是文学艺术自身发展的结果

①从原始社会到南北朝时期属于戏曲的萌芽期。春秋时期宫廷中"俳优"已经达到非常精湛的程度。秦汉时代"百戏"中的角抵等都具有化装表演的性质。②戏曲的形成期是唐和宋、金时期。参军戏为何标名"参军"，缘起于周延贪污官府数万匹绢，后赵每大会，让俳优扮参军周延，另一人来取笑讽刺他。唐代参军戏调笑诙谐的传统在北宋时开始被宋杂剧吸收了。

宋杂剧只是戏剧的雏形。它分为：艳段、正杂剧和杂扮。宋杂剧已有简单的故事性，但结构零散，表演随意性大。有学者认为金院本和宋杂剧是同一种杂戏的两种称谓。金代在声腔体系上已经具备了元杂剧声腔的基本形态。

元杂剧吸收诸宫调等说唱文学的成就，形成的集舞蹈、演唱、说白和故事情节为一体的戏剧形式。

（3）元杂剧的体制特点

①剧本结构

分为一本四折一楔子。四折戏按开端、发展、高潮、结局来安排。放在剧首的楔子为序幕，放在中间的为过场戏。"题目正名"简要概括剧情，用于剧团演出前贴"招子"之用。

②演唱体制

元代前期，流行的宫调有五宫四调，通称"北九宫"。每折只采用一种宫调，四折的宫调不重复。后期，杂剧开始出现南北曲合套的演唱方式。一般由一人主唱，其他角色只有说白。也有的剧本打破一人主唱惯例。

③角色

元杂剧的主要角色分为旦、末、净、杂四大行当。末行扮演男性人物；杂行扮演陪衬性人物，男女均可。

④宾白

有韵白和散白两类，韵白为诗句，散白为散文。剧本中称为"背云""带云""内云"等。

⑤科范

"科"指演员的做工、歌舞等表演。

（4）元杂剧的分类

关于元杂剧分类：《太和正音谱》从题材上将杂剧分成：神仙道化；隐居乐道；披袍秉笏；忠臣烈士；叱奸骂谗；……烟花粉黛；神头鬼面。这种分类方法存在标准不统一的问题。有人在此基础上结合文学题材的分类方法，将其归纳：历史剧、爱情剧、伦理道德剧等。

现代研究者一般均按本色、文采分类来研究杂剧，通过讨论《西厢记》《拜月亭》《琵琶记》来规范元代戏剧特征。

元杂剧的发展历史大致可分为：前期，前期是元杂剧的鼎盛时期，剧作家也主要是北方人。诞生了伟大的戏剧家关汉卿，著名的杂剧作家高文秀、杨显之等人。他们创作出《窦娥冤》《西厢记》《赵氏孤儿》等优秀的剧作。这些作家对人生有着深切的洞察与体认，成文非同凡响。所写的作品多以公案故事、水浒故事为题材，反映了社会现实的种种矛盾，具有浓郁的生活气息和高度的审美价值。

元杂剧后期，是元杂剧由鼎盛逐步走向衰微的时期。这一时期大部分作品的思想性和艺术性都不如前期。优秀作品有《倩女离魂》《两世姻缘》等。统治者逐渐接受中原思想文化,剧作家多取材于家庭道德、才子佳人等主题,艺术上也越来越讲求曲词的华美典雅和情节的曲折离奇,南戏的迅速发展,元杂剧的衰落不可避免。

2. 元代散曲

(1) 曲与词的艺术特点比较

第一,形式上的异同:皆长短句,能在参差中体现出整齐与规律。

第二,音韵上的异同:词与曲同是押韵的诗歌。

第三,风格上的异同:词与曲的风格都比较多样化。

元散曲作家大概有 200 多人,现存作品小令有 3853 首,套曲 457 套。

保存元散曲的集子,除少数主要曲家的专集外,尚有选集:杨朝英的《朝野新声太平府》《阳春白雪》,明郭勋的《雍熙乐府》等。

(2) 元散曲的主要作家作品

元代散曲始终与杂剧保持着同步的节奏。前期作家的活动主要集中在北方的大都,大致可分为:书会才人作家,具有放荡不羁的精神风貌与反传统的叛逆性格;平民及官吏作家,抒发对昏暗世道的强烈愤慨,流露消极情绪;达官显宦作家,表现出传统士大夫的思想情趣。前两类作家继承了民间文学的现实主义精神,挥洒自如地写出了许多脍炙人口的作品,体现出理俗化的发展倾向。

元代后期,散曲作家的主体基本上由南方人或移居南方的北方人构成。与前期散曲创作相比,后期散曲的题材内容被不断拓展,使诗坛呈现并确立了诗、词、曲鼎足而立的新格局。前期散曲中那种愤激和幻灭的情绪已逐渐淡化,感伤情调成为时代的主流。由前期散曲的粗犷豪放逐渐走向清丽典雅,出现诗词化、规范化的倾向。

3. 宋元南戏

(1) 南戏的兴起和发展

①形成期

南戏的产生要早于杂剧,最早出现在温州民间。

②衰落期

元灭南宋之后，南戏一度衰落，但仍在民间流行。

③繁荣期

元末明初，南戏得到迅速发展。明代前期，南戏逐渐向传奇演进。

（2）南戏与元杂剧的体制差别

①从结构体制看

南戏称一场为一出，长短自由；题目一般先由副末开场，说明创作主旨。

②从音乐角度看

每出戏不限用同一宫调，而且不再限由一个主角主唱，也可以对唱、合唱。杂剧的伴奏器乐以弦乐为主，南戏以管乐为主。

③南戏也由唱、科、白组成

南戏的表演动作提示称"介"或"科介"。

④南戏的角色行当主要分为七类

比元杂剧的角色更为完备。

4. 元代诗文

元代诗文创作大致可分为：前期由北方作家和南方作家的不同创作构成的。此期是南北诗风交错的时期，诗坛呈现出多元化的艺术风格。

北方作家上承金代诗歌特别是元好问的影响，内容上较多地反映了民族关系和社会矛盾，风格偏于豪迈清放，但诗作往往流于平庸。

南方作家主要受南宋末年诗风的影响，内容上往往曲折地流露出故国之思和黍离之悲，风格偏于清婉秀雅。

就散文而言，此期散文继续沿着唐宋古文的道路发展。姚燧、卢挚等倾向宗唐；刘因、王挥等则推崇宋文。邓牧的政治批判散文在此期独具一格，表现出一定程度的民主主义思想。

元代后期，由于社会动荡，诗人的题材选择和风格追求都发生了很大变化。元代中期一度中断的干预社会的现实主义传统，大多数诗人的创作中又得到了弘扬；元代中期以温柔敦厚为皈依的正统审美观念被打破。

元代诗坛还涌现出一批成就较高的少数民族诗人，他们为元代文学的发展作出了重要的贡献，他们接受汉文化的熏陶，艺术也相当成熟，萨都剌以其特有的清新笔调，表现他对汉族生活的独特理解。

（三）元曲的批评文体

1. 元人元曲批评文体的文化背景和文化精神

元杂剧繁盛代表着元代文学的成就，所以要考察元代元人的元曲批评，要先考察元杂剧的繁盛。

从作家队伍和创作的作品数量看，元代有姓名可考的杂剧作家将近百人，流传至今的也有160种左右。足以说明元代杂剧的繁荣。

从元杂剧的表演来看，主要的传播方式是演员的舞台演出，演员是否职业化，演员艺术水平的高低，是衡量元杂剧繁荣与否的重要标志。通过《都城纪胜》《武林旧事》等书的记载，早在宋代就有较大规模的杂剧演出，有些节目已非三两人所能胜任，而是需要专门性的演出班底。

从主要演出场所看，瓦肆勾栏是有一定建筑规模的固定场馆。《庄家不识勾栏》等剧本中，均有明确记载。在都市中做营生的杂剧戏班，还要应付官场中的传唤。山西、河南等地的庙宇中搭建了杂剧演出的戏台，说明演戏和祭神活动相互依托。

近代学人对元杂剧的分类也有多种说法，常见的是以爱情婚姻剧、公案剧、社会剧和历史剧等叙说元杂剧的内容，这种分类大抵约定俗成。但都说明了元杂剧表现内容的丰富。

2. 元人元曲批评文体出现的文化背景

元杂剧的出现以及繁荣带来了元人对元杂剧的批评，元人的杂剧批评相对薄弱一些。比较重要的杂剧批评家：胡抵通、赵孟頫、周德清等七人。批评多用序跋、诗文散曲创作的批评形式。为他人的文章和文集作序借此表明自己的文学观点，是一种比较传统的方式。还有一种批评的形态是以"著录"为主。主要记录和整理当代的现实，源于中国传统的目录学。这种批评的文体可称为目录体。

序文体批评和目录体批评，都是元代文化的组成部分，这些批评本身是元代文化剧苑中一道亮丽的风景。

3. 元人元曲批评文体的文化精神

元杂剧的繁荣催生了元人的元曲批评，不管是什么文化，都是人的文化。要了解元曲批评就要了解批评者的心理结构。

元代是生产力较为落后的民族统治生产力较之发达的民族的时代。其特点是重武轻文，以野蛮摧残文明。这个民族无法以汉文化为工具来"修身、治国、平天下"。基于这样的认识水平，元蒙统治者停开科举近80年之久。一些汉族儒士被掳为"驱口"，这种贱视儒士的行为，对传统文化造成了不可估量的损失。直接后果就是儒士的社会地位暴跌。两相对照，儒士在宋是"白衣卿相"，在元则跌到社会的最底层。

在元代这个特定的时代，中国的封建文人第一次被逼到了生存的边缘，他们具有生存的边缘心态和价值的凸现心态。

生存的边缘心态体现在对必备物质的要求方面。元曲的评论者绝大多数或者终生不仕；就是做了元代社会的高官，那也只是表面上风光，实际上很受元代贵族的排挤。中国的封建文人受儒家思想影响极深，讲究立功立德立言，这就是他们终极的人生追求。元代的下层文人也一样，绝大多数沉沦于市井勾栏，唯一求生的武器就只剩下"笔"了。再加上元代统治者为蒙古族，具有十分强烈的尚武精神，仕进之路对于绝大多数文人来讲已不可能，使他们苦闷忧郁，愤愤不平。

二、明代的文学

（一）明代文学的发展概况

明代文学时期：自朱元璋即帝起，至明崇祯十七年明亡时止——中国文学的转型时期。

明初，大力提倡程朱理学，禁锢读书人的思想。采取高压手段，大兴文字狱。在文化控制下，"台阁体"一统文坛近百年，歌功颂德。

明中后期，思想界开始涌起一股反道学的思潮，"前七子""唐宋派"等文学流派纷纷登场，他们丰富了文学理论宝库，促进了明代文学发展。一大批优秀作品如群山之巅峦，代表了明代文学的最高成就。小说戏曲创作也日趋活跃，明确宣告了代表历史发展趋势的文学潮流的成功与胜利，中国叙事文学样式成为文学形式的主流。

在晚明文坛上，小品文盛极一时，另外被称为明代文学"一绝"的明代民歌，为后世留下了一份宝贵的民族遗产。

明初到成化末年定为明代文学的前期。这是文学史上一段相当漫长的衰微冷落时期。自由活跃的文学风气在明初的思想统治下戛然而止。高启唱出了由元至明的文人内心中的无穷悲凉。他一方面对杨维祯保留着若干好评，但更主要的是继承程朱理学的"文道合一"说。诗歌方面最有影响的是以杨士奇、杨荣、杨溥的台阁体和李东阳为代表的茶陵诗派。戏剧方面，以朱权、朱有燉为代表的皇家戏曲创作。无论是诗文还是戏曲，都宣扬封建伦理道德。这时期较有特色的是文言小说创作，不论是写艳情还是述鬼怪，大都叙述得委婉生动。

明中叶开始，文学创作开始发生变化，随着政治、经济和哲学思潮的发展，文学创作出现了一个崭新的局面。这种转变，与文禁的逐渐松弛有关，而更重要的是社会经济形态的变化所致。明中叶传统势力仍然是很强大的存在，文学的进展显得艰难。

中期文学的复苏，首先表现于："吴中四才子"和"前七子"两个文学集团。他们的诗文创作在思想内容、艺术特色上都能冲破传统的束缚，他们的创作成为晚明文学解放的先驱是很值得重视的。前七子大多科第得志，活动的中心又是在京师，其影响遍布于全国。

明代中期文学的另一个重要特征：俗文学的兴盛和雅、俗传统的混融。

顺应着市民阶层文艺需求的增长，出版印刷业出现空前的繁荣。主要从事诗文的作家而言，也普遍重视通俗文学。在《藏说小萃序》中可以看到吴中文士文微等人喜爱传写"稗官小说"的记载。明代中后期，由于社会财富的急剧增长，权势与财富大致相对应的社会结构已遭到严重破坏。权力阶层借权力占取超常财富的欲望不断膨胀。他们所承担的国家政治机能使得国家机器因腐败而失去它的有效性。明王朝所面临的是政治制度与社会发展不相适应的危机。张居正虽在整顿财政、赋税和吏治方面起了一定效用，却无法从根本上解决问题，最后由于政治腐败和大饥荒所激起的农民起义，摧垮了明王朝的统治。

王阳明心学的发展及其影响日益扩大，不同程度地张扬个性，促进了个性解放和文学解放，"童心说"直接影响了"性灵说"，成为文学解放的号角。

公安派提倡"独抒性灵，不拘格套"，主张创新，扫清了复古派在文坛上的影响。竟陵派在学习公安派的同时，试图以出深来补救肤浅之弊。到了明末，爱国作家忧患时事，亲身参加到抗清斗争中去，诗文创作具有强烈的现实意义。晚明的小品文创作，是一种短小精悍的散文，或写山水，或抒己的情感等，抒发性灵，取得了令人瞩目的成就。

明代后期短篇小说创作的兴盛体现于拟话本的繁荣，这类小说既有对宋元话本的改编，也有新的创作。这类拟话本小说具有鲜明的时代特征，内容主要是市民阶层的生活。

这一时代人们对于文学的基本观念，是贯通于"雅"文学和文学两方面的。这李赞在鄙薄六经等儒家经典的同时，推崇《西厢记》等通俗文学，而且以极大热情评点《水浒传》等作品，给予当代文人以很大的影响。

（二）明代的诗歌与散文

1. 文人诗歌和散文

明代统治者为了钳制文人的思想和网罗人才，大兴科举。八股将文人的思想限制在程朱理学的范围内，引起一些文人的不满，他们走上了模拟复古的道路。

无论是"茶陵派""后七子"，复古的思想都是一致的，只是对象略有不同而已。

刘基和宋濂虽兼作诗文，但更以文名世。刘基、宋濂和高启三人中，以高启的诗歌成就最高。高启的诗歌也擅长模拟，他能借拟古而振起元末纤弱柔丽之风。最能体现他风格特征的是诗歌创作中近体的绝句、律诗和七言长篇的歌行。

八股文的出现，使文学完全成了猎取功名的工具，引起了文人的反感，于是出现了提倡复古。他们都反对"台阁体"、八股文，企图以此恢复古典诗文的传统，但他们对所谓秦汉之文拟古到不越雷池一步的地步。

他们的所谓创作也就成了假古董，成了束缚人思想的新的形式主义。前后"七子"的创作中也有一些较好的作品。如，何景明的诗作《岁晏行》、王世贞的诗作《击鹿行》均清新可读。

前后"七子"的模拟复古之风，相继受到许多作家的反对，提倡文章应该学习唐宋古文的作家群体是"唐宋派"。归有光的成就最高。

归有光反对"文必秦汉"，斥王世贞等为"妄庸巨子"。散文朴素简洁，感情真挚。

2. 散曲和民歌

明代的散曲继承元末散曲的遗趣，已经没有多少发展的余地。明初散曲家有汤舜民等人，艺术上规矩元代散曲，无甚创造精神。中叶以后的康海等都有散曲名篇。

康海和王九思都是"前七子"中的人物，诗文成就不高，但戏曲和散曲都较有名。

作品只是抒发仕途中的牢骚，标榜自我，内容上未见高明，牢骚中有愤懑。王磐更是以散曲著称。正德年间，宦官当道，骚扰民间，《朝天子．咏喇叭》以讽。语言尖辛泼辣中杂以幽默游戏之风。

冯惟敏是明代最著名的散曲家，成就可比元代名家。他的散曲题材较为广泛，不少作品感叹民生艰苦、讽刺社会现实黑暗。

（三）明代的戏曲

1. 杂剧

明初的杂剧家较多，但其作品思想内容和艺术形式没有新的发展。《诚斋乐府》著杂剧三十余种，内容不外才子美人、风花雪月，供观众读者消遣娱乐而已。由朱有燉开始，杂剧逐渐打破了元代的体例和形式。

王九思和康海的戏曲都较有名。《中山狼》只有一折，形式仍是杂剧。《杜甫游春》较有名，但缺少故事情节，其内容上有借古讽今的意思。

康海，有杂剧《中山狼》，取材于《中山狼传》，批评世人没有原则的温情主义。全剧结构谨严，情节集中，语言流畅，谨守着元杂剧的体制规范。

康、王之后，杂剧的篇幅变得短小，曲调上也往往南北曲间用。这一时期和之后出现了不少杂剧作家。

徐渭，科场失意，生性不羁，明代杂剧当以他的成就最高，《四声猿》最为著名。这是一组剧，四个故事：《狂鼓吏渔阳三弄》：祢衡在阴间击鼓骂曹；《玉禅师翠乡一梦》：月明和尚度翠柳；《雌木兰替父从军》：木兰替父从军；《女状元辞凤得凰》，黄崇嘏中女状元。《四声猿》彻底打破了元杂剧的形式格套，表达作者强烈的愤懑之情。

杂剧作家及其作品还有徐潮的《兰亭会》《赤壁游》，徐复祚的《一文钱》，叶宪祖和他的《骂座记》等。

随着时代的变迁，杂剧毕竟衰落了，代之兴起的戏剧形式是传奇。

2. 传奇及其代表作《牡丹亭》

明代传奇是与昆腔一起兴盛起来的。昆腔之前的明代戏曲音乐，随着北曲的衰落而衰落。而昆腔原为南曲的一种腔调，后昆山歌人魏良辅对之进行整理改造，使之更为流利抑扬，遂迅速流行全国，明清两代流传不衰。随着昆腔的流行，以昆腔演唱的传奇剧本也盛行起来。首先是《浣纱记》，随后又形成了重趣和重律的临川、吴江二派。

梁辰鱼，不仅善作散曲，且以戏曲著称。杂剧《红线女》、传奇《浣纱记》，犹以后者著称。《浣纱记》通过范蠡和西施悲欢离合的爱情故事，歌颂了男女主人公的爱国主义精神和对爱情的忠贞。

《浣纱记》有骈俪化的倾向，结构也较松散。

三、清代的文学

（一）清代文学的发展概况

明万历四十四年（1616），努尔哈赤在东北地区建立了大金王朝。崇祯十七年（1644），李自成军攻入北京，明思宗朱由检自缢身死。清世祖福临继位，改元顺治，吴三桂助清人入关，夺取明中央政权。康熙二年（1663），清圣祖玄烨完全清除了南明抗清势力。

（二）清代的文学人物

1. 钱谦益

钱谦益，为东林党重要成员。南明弘光时官至礼部尚书。钱谦益博览群籍，善诗能文，而诗尤胜。钱谦益论诗文，一边倡导"情真""情至"，一边倡导学问以反对公安派的空疏肤浅。明亡后的诗篇，寄寓身世之感、家国之恨，尤有特色。

2. 吴伟业

吴伟业崇祯四年（1631）成进士，官至左庶子。后因与马士英、阮大铖不合，辞官归里。

吴伟业与钱谦益、龚鼎孳并称"江左三大家"。著有《梅村集》。

3. 朱彝尊

朱彝尊早年曾参加抗清活动。通经史，工诗古文辞，尤以词享名。

朱彝尊是浙西词派的领袖，在清代影响很大。他的诗是清代浙派的开山祖，与王士禛并称"南朱北王"。

4. 纳兰性德

纳兰性德，满洲正黄旗人，自幼敏悟，好读书。词集《侧帽集》问世时，年仅25岁。

纳兰性德的词作缠绵婉丽易于感人，其情思幽深，风格清新。与顾贞观尤为契厚，曾与之合选《今词初集》。

5. 袁枚

袁枚，乾隆四年（1739）进士，33岁即辞官，在江宁小仓山购置花园，度过了近50年悠游自在的闲适生活。

袁枚把性灵视为先天条件，把学识看成后天努力。其诗主要是抒写性灵，表现个人生活遭际中真实的感受，追求真率自然的艺术风格。他是乾隆朝的代表性诗人，与赵翼、蒋士铨并称"乾隆三大家"。

（三）清代的戏曲

清代的戏曲，成就最高的是清初。清中叶，地方戏曲开始盛行。鸦片战争前夕，地方戏曲得到很大的发展。

钱塘和曲阜，并称"南洪北孔"，最优秀的剧作是《长生殿》和《桃花扇》。

东南沿海一带，是戏曲演出最盛的地区。清初，吴县出现了以李玉为中心的思想倾向和艺术风格相近的作家，写出了成功的传奇作品。

作品中描写重大历史事件和当前政治斗争的内容增加,儿女风情的相对减少;现实主义的描绘加强。

(四)清代的文学作品

1.《官场现形记》

作者李宝嘉。小说从改良主义的立场出发,对清末官僚的迎合奉承、蒙混欺诈、贪婪暴虐、崇洋媚外等丑态恶习,做了大胆而详尽的揭露,具有较高的认识价值。

2.《二十年目睹之怪现状》

作者吴趼人。小说以主人公二十年间耳闻目见的怪现状为线索,连缀起众多短小的故事,描绘出一幅幅行将崩溃的清帝国社会图卷。

3.《老残游记》

作者刘鹗。小说通过江湖医生老残的行踪见闻,反映晚清社会吏治的黑暗残酷。作者站在封建统治阶级洋务派的立场上,批评清王朝的腐败,攻击资产阶级革命运动。小说语言清新流利,构成一幅幅优美的风景画和风俗画。

4.《孽海花》

作者曾朴。小说的前六回原为金天羽所写,后由曾朴修改并续写。

小说以状元金雯青和妓女傅彩云的婚姻故事为线索,对封建统治阶级的腐朽和帝国主义的侵略野心,做了揭露和批判。《孽海花》称得上是近代小说中思想和艺术成就都比较高的一部。

这时杂剧和传奇都已接近尾声,地方戏曲却大为盛行,《打渔杀家》《群英会》等,都是较有成就的剧本。京剧还在传统的基础上吸收新思想,编演了不少优秀的新戏。汪笑侬编过不少剧本,借历史故事宣传爱国思想。汪笑侬编演过时装新戏,是旧戏改良中的创举。

一种新颖的戏剧艺术为了适应现实斗争的需要应运而生——话剧。辛亥革命前后,出现过不少话剧团体,都演过反映群众革命要求的话剧。

保守的传统诗文主要在北京活动。上海出现了流派。鸳鸯蝴蝶派大都以爱情婚姻为题材,迎合了有闲阶级和小市民的口味。作品反映了一定的社会内容,但就其主导倾向来说是消极病态的。黑幕小说实际是不加批判地记录各种犯罪作恶的材料,鲁迅称之为"谤书"。

近代文学的发展,文学反映现实的领域空前扩大,现实主义和浪漫主义表现出明显的过渡状态。旧的封建文学虽已江河日下,但仍继续存在。旧形式和旧风格尚未完全突破,艺术形象不够成熟。但近代文学毕竟为新文学准备了一定的历史条件。

第三章 中国古代文学传播

第一节 文学生产、传播的理论架构

一、文学生产与文学传播

（一）人的心灵表达需求产生了文学

当"气之动物，物之感人"时，人们必须要将这"情"表达出来，这是人之本性。"情"表达只能是"言""嗟叹"等，表达的成果就是诗或舞蹈。心灵表达的核心是情的激荡，诗、歌、舞蹈之类的东西就自然具有感人性情的美感力量。这就是文学，就是艺术。

（二）原生态的文体概念：诗、言

这里的"诗"和"言"就是最早的关于文体的概念论述了。"诗"和"言"的区别主要是"情"的数量与质量。"言"就是"话语""口语"。所以，"诗"和"言"就是中国人原生态的文体概念了。

（三）文学的缘起和文学传播是同时发生的

文学的缘起和文学传播同源同流，相互交融。那些不知姓名的精神产品的"言说"者，成为文学传播的主体，承载它的物质形态及流通渠道也就是文学传播的媒介，那些精神产品，如，诗、歌、舞蹈、音乐具有感人心魄的力量，有了规范社会人行为的礼仪，这是文学传播的效果。

二、文学传播方式、途径

（一）口头传播

在文字产生之前，人类思想感情的传播只能靠口头语言和肢体语言进行，代代相传。《人类的语言似乎是由最粗糙的表达形式发展起来的。先有思想而后才有语言；先用姿态才有音节分明的言语。口头传播是前语言时期及大多数民间文学的主要传播形式。

诗歌、词、曲在民间以口头形式传播的具体情况可能有以下几种。

第一，"村坊小曲"、顺口可歌的"随心令"——歌诗，口头代代相传形成歌诗音乐性质的诸如乐府曲名、宫调等演唱形式的音乐体制，呈现出民族风格多样、丰富多彩的局面。一般是先有曲调，才有文辞曲词的。传播形式具有传播面广、速度快的特点。现在少数民族地区流行的很多歌曲只有曲子，就是很好的证明。

第二，文人可能是其中最活跃的传唱者，通过某种形式收集整理加工，使其歌诗音乐更适合大众传唱。出现了专门为某人某集团的生意。如，宋代大都市里的"书会先生"就是杂剧等团体的演出脚本的专业创作者。虽然有文人参与传播，但传播主体仍然是广大民众。

第三，文人们相互酬唱赠答，宗教祭祀活动等都需要音乐歌舞和诗歌吟唱表演，既有传统的词曲歌唱，又有大量的即兴创作。即兴创作大多数情况应该是口头吟唱吟诵。随着时间的沉淀，在口头传唱过程中大量的歌诗就流失了，影响大深受人们喜爱的少数作品可能以某作家之名得到记录。这种记录可能是吟唱者自己。这种情况的口头传播，是歌诗词曲文学创作的形式和途径。数量庞大的离别诗、赠答诗，就是最好的证明。

第四，小说文体成熟于说唱文学，戏曲等表演艺术早期也是活跃在家庭内部，并代代口耳相传。

（二）文字传播

文字的发明是人类传播史上有重大意义的事，文字的出现使人类传播有了新的特点。

文字使人类远距离的精确传播成为可能，还可以长久地保存信息，让后世了解历史。也使传播活动具有公开性和普遍性，所以文字是全民族共有的一种财富。不像口语受方言、地域、时间等因素的限制。文字自它产生起到今天仅仅属于掌握了它的少数人。一直到20世纪这种现象还在世界绝大多数地区存在，以致20世纪末，扫除文盲仍是第三世界国家繁重的社会任务。

经过长达半个多世纪的发展，综合国力等不断提高，但21世纪初，仍然还有部分文盲。所以在中国古代，这种情况就更加严重了。那时普通老百姓接受教育的机会非常少，掌握文字的权利仅限于贵族阶层。造成了中国民间对书、文字及读书人的迷信和盲目崇拜。今天文学作品以纸质等文本形式的大量出现，就是因为广大受众的文化程度普遍提高。文学只有以文字传播的形式，方能使其走向独立和繁荣。文字传播是文学传播的主要方式和途径。

（三）组织传播

组织传播，既表现为口头的传播，更多地表现为文字的传播方面。最早的书即是文字档案、历史典籍、典章制度等。抄书、藏书都明显地带有统治者的意志。从文学发生学角度看，作家的文学活动似乎是个体行为，其根源仍然要归结到政治和文化制度等方面。当历代的典章制度、著作以政府意志传播时，组织传播方式就开始了。优秀的文学作品在学堂作为学习的课本，是典型的组织传播。例如，唐代的《五经正义》，宋代的《太平御览》《文苑英华》，清代的《四库全书》等，更是文学组织传播的典型事例。

自由传播，是相对于组织传播而言的。文学形式在其发生初期大都是自由传播的。历代的统治者都对自由传播的文学进行规范，严加打击和限制，只有那些教化社会的好作品，才能得到提倡。因此，每个时代的文学由于承载的思想符合统治者治世的需要，而以组织者的方式进行自由传播。

（四）文学的直接或间接传播

直接或间接传播，主要是就传播的形式而言的。口头文学时期，原创者在大众面前的表演就是直接的传播。如戏曲文学等，大都是面对受众直接发生。诗歌在口头传播阶段属于自由传播，直接与大众的生活息息相关。作品内容丰富多彩，品类繁多。文字传播时，更多受制于统治者意志等物质条件，带有组织传播、间接传播的特点。这时候作品的内容受到限制和削减，传播的面也就相对狭窄。

文学的传播方式和途径，决定着文学的发展方向。当某种文体得到受众的热爱，它的传播方式和途径就多元化。多元化的传播方式和途径也促进着文学的发展和繁荣。考察文学的传播方式和途径，是我们认识文学发展的社会政治、经济、文化真实面目的重要层面。

第二节 《诗经》的传播

一、《诗经》的生产概说

（一）关于《诗经》的生产年代

要把《诗三百》的每一首诗出现的时代搞清楚几乎是不可能的，我们只能依据先秦的零星记载推断出大概的时间段。把《诗经》生产与传播的有关问题做一简要论述。

《诗经》中的诗是在包括迄至殷商的漫长时期里生产的。有了人类，就出现歌呼吟唱以表情达意的思想交流活动。待到有文明出现之后，慢慢积淀并通过采集等各种方式把它集中到一起。

每首诗在被文字记载前，在民间已经口头传唱了不知多少代了，并且不断地被加工改造。所以，很难断定每首诗歌的原始面貌。

《诗三百》中的每首诗不是同时著之于竹帛上的。经历了相当漫长的时间和文本化的过程。

孔子并非整理编辑《诗》的唯一最早的人。《左传-襄公二十九年》记载，在孔子之前至少已有了吴、鲁两国编辑整理的《诗》了。显然要早于孔子删诗的年代。孔子可能是把保留于口头的歌诗进行了统一的收集、删订，才有了《诗三百》。当他把《诗三百》付诸学馆，与自己的"礼乐制度"的思想结合的时候，使得《诗三百》得到统治者的认可。战国末年，《礼记-经解》将孔子编辑整理的《诗》列入之后，得到了后世的广泛传播。

《诗经》中产生时间最早的诗是最不容易分别的。《诗经》中最早的诗大约到殷代周初了，《雅》《颂》中有些时间很早，《风》的时代很难断定。其中，一些情歌的时代根据语言还可以分别。

（二）《诗经》作品生产的三个来源

朱熹《诗集传》的序言里谈到诗歌生产的动因时，《诗》是远古时期人的思想情感的自然流露，只有依靠先秦两汉《诗经》研究的成果，才可以描述出这 300 多首诗生产的过程。

最先研究《诗》的人应该是孔子，子游、子夏也是学《诗》最有成就的人。研究工作应该始于汉代。遂以汉代以来具有代表性的论点为例来进行论述。

《诗经》作品的生产，通常的说法是它源自于民间歌唱的歌诗，《陈风》及"二南"属于长江流域的楚地。

《诗经》的诗歌大致有三个来源：采诗、献诗、作诗。

二、《诗经》的传播动因

（一）《诗三百篇》里的有些诗歌是祭祀歌舞的歌词，是原始祭祀歌舞的产物

先民们坚信人的语言会产生神奇的魔力，反复吟唱，就能够实现自己的理想和愿望。所以，这类诗自然在生活的各个领域被广泛运用。

万物有灵决定了《诗》生产时代的原始思维方式。那个时代的人民认为语言都是有魔力的。原始思维的具象特征始终伴随着想象和拟人化的设譬隐喻。他们也只能用比拟、隐喻的语言方式来与之对话，表达复杂思想。这些就成了我们所说的"诗"。通过诸如祭祀等仪式，语言的魔力就开始发挥作用。今天我们所能见到的宗教，虽教义教理不同，但是都有诵经、祷告、祝愿等相同的仪式。语言能产生特殊魔力这一情感的心理基础是相同的，在今天仍然发挥着其诅咒、祝愿等语言的神奇功能。如，人们相信自己的诅咒能实现，痛恨的人如自己的诅咒一样会"不得好死"等。当思念亲人时就在喜庆日等特定的时间里，会对亲人朋友进行祝福。

每一种宗教里都有诅咒，诅咒都有非常神秘强大的力量。如，《西游记》中观世音菩萨授予唐僧紧箍咒，实际上就是一种诅咒语言，每当唐僧双手合十默默诵念时，孙悟空就会痛苦不堪。这神奇伟大的力量就来自语言的诅咒功能。再如，日常生活中我们都有这样的习惯，耳朵发烧，就联想到是有人在咒骂自己等。这是一种民俗习惯。

有诅咒自然就有祈祷，每遇佳节，人人都祝愿国运昌盛、祝福亲人平安吉祥。祈祷、祝愿的法会是宗教生活、工作的主体。今天的我们尚且如此，更不用说原始先民和古代了。

《诗三百篇》中肯定保存大量这样的诗歌。由于语言、词汇的变化，已经很难准确地还原每一首诗的原始意义，但运用人类文化学方面的知识，还能基本了解。《雅》《颂》中大部分是献诸宗庙，主要还是祈求祖先神灵能庇佑帮助他们实现愿望的诗歌。《雅》《颂》中用于祭祀的乐歌数量最多，或祭祀祈福，或祭祀田祖，用以祈年。《商颂》中的前三篇都是春秋时宋君祭祀祖先的乐歌，《周颂》全都作于周初武、成、康、昭一百多年间，大部分出于宫廷史官之手，少数是借用民间祭歌配乐使用的。

（二）《诗三百篇》是当时人们掌握生活知识、技能的百科全书，是进行乐教的"教科书"

《诗三百篇》是上古时期人们生活、情感的实录。从歌诗性质看，《诗》是民间的各种实用之辞的实录，包括敬天亲地的祭祀宴享的仪礼之辞，王德教化政治生活之辞，老百姓实用生活之辞、情感之辞。对死亡的恐惧，对灵魂的安慰等。

那个时代没有自然科学的概念，人们要掌握自然世界的知识，《诗经》就是最好的课本和唯一的科普读物。如，《国风》里有对各种生物、星相、山水等的命名。《大雅》中的《棫朴》《旱麓》《假乐》《卷阿》……不一而足。

《诗三百篇》作为周代社会主流音乐歌诗，从内容和用途方面看：用于天地山川鬼神祭祀用乐的歌诗；用于朝聘宴飨等国家礼仪用乐的歌诗；各级贵族的日常生活用乐的歌诗。正是由于《诗》在现实生活中的实际运用，得到了统治者的重视。各类歌词由于是当时人们生活的各种知识，《诗三百篇》未载诸文字之前就在民间代代口耳相传，以那个时代"百科全书"的性质广泛传播。后来它就成为培养各国主持祭祀礼仪的史官的教科书。

孔子删诗，以《诗》作为教科书，为各诸侯国培养建立和巩固礼乐制度的政治人物。这应该与我们今天的"黄埔军校"大致相类。"诵、歌、舞、弦《诗三百》"，是现在学校教育中德、智、体、美的滥觞。

（三）解经——传播思想、治世的政治需要

不论做什么，对"六经"的解释、遵从，就显得异常重要。历代对《诗经》

进行的解释，成为其后世传播的最重要的动力。

第三节 楚辞的传播

一、楚辞的生产概说

汉代是上古文学重新得到挖掘整理，也是先秦文化以文本形式得以"固定"和传播的重要时期。尽管这个时期诗歌散文的发展与其国力之强大不相匹配，或者说，文学作品的数量等方面的丰富性让我们感到一丝失望。有的学者认为，汉代是一个没有诗歌的时代。但它却是中国古代学术史上非常重要的时期。今天所见到的历史文化典籍，可以说是在汉代得以重见天日的。

先秦时期，文化典籍等以文字媒介得以保存传播是很有限的，大多数还是以口头传播媒介的形式。但秦火的浩劫使之近乎灭绝。汉代对古籍的系统搜书、重新书写，就是功在千秋的德行。

什么是楚辞？楚辞的生产情况如何？

楚辞，是战国后期产生于南方楚国的一种新体诗。"楚辞"实际上包含两方面的含义：指诗体，以屈原为代表的楚国诗人创造的一种新诗体；指一部诗歌集的名字，由汉代刘向编辑成书，主要收录有关"楚辞体"的作品。《楚辞》是中国传统文化的最具代表性的著作之一。《楚辞》标志着我国古代诗歌已进入文人自觉创作的时代，也是楚文化研究的活化石和百科全书。

"楚辞"是汉景帝武帝之间出现的学术上的名称。汉高祖重视自己民族的文化传统，楚辞的被重视和真正传播是在汉代。汉初几个皇帝都有过"征天能为楚辞者"的记载。

《诗经》一般说来产生于北方，代表中原文化；楚辞是我国南方文化高度发展的产物。《诗经》是我国最早的文学作品，虽然经过文人加工写定，但是大体保存了民歌色彩；《楚辞》保存了战国后期南方民间文学，是吸收了民间文学的营养加以创造性地提高的结果。屈原是楚辞体诗歌的创始人。

二、楚辞的传播动因

楚辞没有被列入经的行列，它传播的动因和传播的媒介等就更能引人注目了。

从最初的传播动因看,《九歌》等在民间祭祀活动中地位很是重要,以至于成为当时民间最流行的歌曲了。楚地百姓祭祀的实际需求,成为《九歌》等传播的动因。

《九歌》的盛行,其他浓郁幽怨失意情感的歌曲,"屈原以为神无形声,难……自伤履行忠诚,以事于君,……以危殆也"的寄喻等情感,引发人们失意情感的抒发和表达。楚辞被民间自觉传唱就成为必然。

楚辞在屈原活着的时候,早已经在社会上较广泛地流传。

司马迁《史记-屈原贾生列传》:"楚人既咎子兰,以劝怀王入秦而不反也,……其存君兴国,而欲反覆之;一篇之中,三致意焉。……令尹子兰闻之,大怒。卒使上官大夫短屈原于顷襄王。""一篇"作品,有人认为指《离骚》,有人认为是《哀郢》,姑且不论,说明他的作品曾在上层社会传播,为当权者所嫉恨。班固在《离骚赞序》中称:"屈原痛君之不明,……故作《离骚》。上陈尧、舜、禹、汤、文王之法,……西朝于秦。"王逸的《楚辞章句-离骚经序》中也称:"屈原执履忠贞,……乃作《离骚经》。……言己放逐离别,中心愁思,……下序桀、纣、羿……反于正道而还己也。"诗人在《九章·抽思》中说:"结微情以陈词兮,矫以遗夫美人"。虽然目前还没有证据说明当时楚国有"献诗"制度,但屈原的创作在当时不是密存的,在社会上也是有所流传的。屈原创作作品绝对是为了其政治目的的。在楚声楚歌之吟唱中,痛陈时政的得失,渴望君王的觉悟,希望通过自己的作品,使当权者警觉。

《诗三百篇》因为孔子的删订传播而成为中国封建社会的思想支柱,得到尊奉、重视和研究。但楚辞的整理者、作者屈原,只是一个普通文人。

楚辞的传播动因是什么呢?

第一,屈原的人格品质是儒家精神的典范,"九死不悔"的斗争精神,是中华民族精神的脊梁。楚辞正是他高洁人格、浓烈的政治情怀的载体。楚辞虽然不是儒家经典,却代代传播。

第二,楚辞是以屈原为代表的文人自觉地"发愤抒情"的自慰心理追求,既是屈原等文人激愤情绪的释放,也是满足民众情感的主要渠道,因而得到广泛的传播。

第三，楚辞最早被广泛传播的时代是在汉代。汉初几个皇帝都有过"征天下能为楚辞者"的记载。使得有关屈原作品从民间藏书集中于宫廷。以淮南王为代表的楚人自觉整理楚辞，传播楚辞就成为必然。刘安是楚人，但是作为有远大政治抱负的他，潜心于楚辞作品的搜佚整理，恐怕有其隐情吧。可以说，他是带着浓郁的失意情绪，来整理楚辞的。武帝对他整理楚辞大悦的表现，应该是一种政治上的需要，只是彼此心照不宣罢了。楚辞由于得到最高统治者的喜爱，是它得以传播的政治动因之一了。

第四，楚声发展而来的辞赋，更能表达人们丰富复杂的情感。因此，文人们就自觉地学习楚辞，并摹仿其文学形式向统治者献赋献策。也是楚辞传播的原因之一。

第四节 "六经"的传播

一、"六经"的传播动因

（一）建立统治思想需要是"六经"及儒家典籍传播最本质的动因

任何一个社会，都要有与之相适应的政治制度。若没有一个强大的主流思想来统一社会人的思想，生活在其中的每个个体也是痛苦的。这样强大的思想体系，需要各种思想的激烈交锋，客观选择某种思想作为其主流思想，达到相互融合。春秋战国时代，内因不仅仅是对物的追逐和占有，更是社会思想争霸之使然。所谓内道外儒，是社会发展的时代潮流的必然选择。作为儒家思想体系载体的"六经"的广泛传播，就自然而然了。政治家之所以称之为政治家，是因为政治家必须是一个思想家。他们会审时度势，在继承和批判前代思想的基础上构建人类思想的伟大体系。

"六经"是那个时代儒家思想的系统代表，它更加适合那个群雄争霸，更加有利于社会的发展和人民生活的需要。"六经"作为一种系统的实用的治世思想，加以发扬和光大。在儒家看来，一个社会只要人人爱人，就不会有纷乱和战争。要形成这样的思想，就必须以礼乐制度来加强。因此，礼乐制度就成为封建社会巩固尊卑等级制度。几千年来，中国文化就一直维系着自孔子而创建的礼乐制度，儒家思想成为整个封建中国的统治思想。封建社会不论如何改朝换代，都以儒家之经来巩固其政治秩序和思想阵地，对儒家经籍进行整理、讲说、传播。

战国时期和汉代的学派，是各政治集团之间的思想家们通过著书立说在意识形态领域里形成的思想文化集团。作者既有开拓未来和欲推动一切的雄心，又有目空无物唯我独尊的气概。子书大多是在他们死后由他们的学生、门人根据师徒编辑而成。往往掺杂他人的作品在内。所以，与其说这是上古文学的传播，毋宁说是古代思想的传播。

（二）封建文人读书做官的生存需要是"六经"及儒家典籍传播的直接动力

为了巩固统治的需要，历代的统治者必须培养大量的儒家思想文化的传承人。所以，统治者都以"六经"作为选拔人才的重要手段。

汉武帝时"独尊儒术"，于太学传习讲解经书。学经读经和传习经文，就成了利禄之途。从唐代开始，科举考试以"六经"及儒家的典籍为必考科目，极大地焕发了青年学子学习儒家经籍、传承儒家思想的热情。封建文人读书做官的生存需要，成了"六经"及儒家典籍传播的直接动力。

二、"六经"的传播媒介

（一）文字传播媒介

上古时期，书写材料匮乏，但最高统治者非常重视记载他们的言论。其言论的记载，作为国家最高的档案资料，由史官专职看管。

随着社会动荡的加剧，史官就不那么安分守己地专心于一国一君。他们在出亡时，将大批官书也一起带到其他国家。书的所有权就开始变化了。

春秋时期已经开始了私人藏书，后来周王朝衰落，诸侯强大，只好走向民间。一面授徒为生，一面到处找诸侯游说，去实现其政治理想。这种授徒和游说生活遂成就了文化学术事业的百家争鸣。这些走向民间的思想家，手里保存有先王之书；他们自己又著书立说，还研究别家的学说，私人藏书应运而生。如：同时，民间若能得到某书，都是一种地位身份的象征。传抄经籍和相互赠送成为早期经书传播的媒介。

"六经"及儒家的典籍都是以文字为媒介的，保存在朝廷的专门机关，以政府意志传播的。汉代尊经，为了与其他书籍的区别，所使用的竹简最长。

由于统治者们依据"六经"及儒家典籍来选拔人才，以更好地统治人民，所以这些作品在民间就被广大的学子们广泛传抄。汉武帝的太学里，太学生们往往把自己的书与同学交换。书就从此开始作为商品进入了市场。有钱的人，也能有机会不必抄书而得到书籍；经济拮据的穷人子弟，也可以随意浏览。王充小时候曾入学学习《论语》等儒家经典，后曾一度流落洛阳街头。他就经常到书肆"阅所卖书"，使他得到了很多学问。回家后淫读古文，潜心积思专志于著述，成就了八十五篇二十多万字的《论衡》。

印刷技术成熟后，佛教经籍首先被印刷，后来印刷的就是儒家经籍。文字传播媒介就成为"六经"及儒家经籍的主要媒介。

（二）"六经"及儒家经籍特殊的传播媒介

汉武帝时"独尊儒术"，设"五经博士"在朝廷讲经，对出现的对经书进行"匡正谬误，修理篇目"的传注和考据、校勘几门学问等，都是"六经"及儒家经籍特殊的传播媒介。

（三）汉代的搜书、校书活动可谓又一种特殊的传播媒介

秦始皇焚书和秦末战火使先秦书籍几近灭绝。汉惠帝四年（前191）在全国范围内进行搜书活动。文、景二帝到武帝时，搜书整理工作的规模更大，在搜书的基础上开始校书。成帝于河平三年（前26）刘向校经、传、诸子、诗、赋，太史令尹咸校数术。

搜书使遭劫而失却的书重见天日，有书可传播；校书使"六经"及儒家经籍的传播走上了一条正确的道路。

（四）汉代的和亲政策又是"六经"及儒家典籍向少数民族传播的特殊媒介

西汉文景时，处理汉与匈奴的关系主要依靠和亲政策，庞大的和亲队伍将中原文化传播到少数民族地区，文化的交流融合使文学得以传播和升华。后来的历代帝王，也经常把公主远嫁吐蕃或匈奴，带去了大量的儒家经籍。

这些少数民族的传统经籍也被输送到内地。少数民族的和亲政策也成为"六经"及儒家经籍传播的特殊媒介。

第四章 中国古代文学与社会文明融合

第一节 中国古代社会文明的特征

一、中国古代社会文明的总体特征

考古学家张光直认为，中国文明主要通过意识形态来调整社会经济关系，通过政治程序操纵劳动力来实现财富的集中而发展文明，而西方则是通过生产技术革命和通过贸易输入新资源来实现财富集中而发展文明。由于前者是借助的政治程序（即人与人之间的关系）而不是借助技术或商业的程序（即人与自然之间的关系）来实现的，可以在不导致生态平衡破坏的情况下发展。前者是连续性的，后者是破裂性的。在这样的社会文明之中，中华民族形成了敬天法古的宇宙观与历史观。自然界万物之间、人与自然之间、历史与现在之间是一个有机联系的整体，人是这个宇宙整体的组成部分，是一个参与者而不是征服者。自然的化生力量、人类的历史经验、古代的文化传统受到极大的推崇。中国历史文献的丰富和详细，更没有其他民族的记载可以相比。自公元前722年春秋时代以来，直到今日，几乎没有一年缺少编年的记录。不仅是历史，中国的制度、器物、文学艺术等也非常重视继承和演绎传统。所以，历史悠久和持续稳定的文明给中华民族积累了丰厚的文化财富，也为人类奉献了丰富的文化资源。

广土众民、多元一体是中国社会文明的另一特征。中国文化的地理空间既广袤又孤立。中华民族的捋成、繁衍和历朝历代的经营，形成了亚洲面积最大、人口最多的政治和文化地域。其文化影响力也达到了与之毗邻的朝鲜半岛、日本、东南亚等地区。由于东部为太平洋所隔，西部、北部为高山和沙漠所阻，中国是一个半封闭的大陆，因此，中国文明的崛起不像古印度文明那样与西亚、欧洲有密切的交流，而是"独自创发"的。中国文化显示出整体统一的的特征，但其广阔而深厚的内部组成又是多元而丰富的。辽河、黄河、长江、珠江等水系流域都是中国古代文明的发祥地，不同地域的古代种族也有差别。这些文化尽管自有其渊源和体系，但又相互影响，经过裂变、撞击和融合，不断组合或重组，突破了区域文化和血缘族群的体系，形成了多元一体的格局，共同构成了多民族的文化传统。秦汉以后，中国形成了统一郡县制下的政治与文化实体，尽管有地区和时代的差异，尽管有所谓"夷"和"夏"的文化区别，但在中国的历史文化舞台上，汉族和匈奴、鲜卑、羯、氐、羌、契丹、女真、吐番、党项、蒙古等民族交迭登场，农耕文明与游牧文明相互融合，他们均认同于华夏文化并以这种文化的继承者自居，以自己的民族文化，巩固、丰富、完善了中国社会文明的整体。中国的历史经历了许多朝代，在朝代间的政治和文化变迁中，统一的时期多于分裂的时期，统一的力量大于分裂的力量。可以说，中国文化的多元性根源于不同民族的文化创造能力，而这些多元文化的差异性在中国的历史上更多地形成了融合和创新的局面而不是分裂和排斥的局面。中国的祖先宗拜和天下大同的文化理想，使得植根于中国社会的血缘宗法观念，升华为"天下一家"的文化认同观念。这正是中国社会文明的凝聚力和融合力的体现，也是其吸纳、兼综不同文化的动力。

农耕为本、伦理至上是中国社会文明的又一特征。在季风气候中产生的农耕文明是中国文化生存的根基，中国农业技术的精髓在于因地制宜，采用多元的耕作体系，通过培育高产农作物品种，循环增加土壤的养分，有效利用水资源，凭借耕作技术熟练程度高的集约型劳动方式，提高土地可持续发展的能力，在较少的固定耕地上养活了世界上四分之一的人口，形成了人类充分利用自然来满足自身需求的自给自足的文明。大自然的四季变化，寒来暑往与春种夏长、秋收冬藏的农业生产经验萌发了循环不息、天长地久的自然观和安土乐天、祈求和平与繁荣的幸福观。农耕文明注重经验，务实简易，也造成了中国文化以及文学艺术不尚玄想与抽象的思想趋向。由于固定耕地上的集约型农业需要大量的人口和劳力，家族、村落和土地有机地结合在了一起。其中，家庭是农业的基本生产单位，人口的繁衍是农业的生产的保障；同时，经验的积累、文化和教育又是这种生活方式得以延续发展的保证。中国古代社会向以耕读传家为生活理想，以士、农、工、商为社会职业品级，而士阶层又大多来自农民；社会国家的组成，风俗习惯、社会活动和国家行政均遵循季节和农业生产的周期。在汉语中，社稷是国家的代称，社是土神；稷是谷神，社稷崇拜是农耕文明构成社会和国家的象征。

以家为社会生产的基本单位，造成了以家族为本位的宗法群体主义文化。尊祖敬宗是核心伦理，孝是本位道德，以此生发出仁、义、礼、智、信等道德内涵，建构起父子有亲、长幼（兄弟）有序、夫妇有别、朋友有信、君臣有义的社会伦理结构，其中，既有亲亲之情，也有尊尊之义。在中国人看来，人类社会的理想状态就是所有的人组成一个和谐的大家庭，所谓"老吾老，以及人之老；幼吾幼，以及人之幼"，"人不独亲其亲，不独子其子"。在这样的伦理至上的文化中，个体的利益和价值只有在伦理关系中通过承担和履行其伦理角色所规定的道德责任来实现，个体服从群体，权利服从义务。个体的超越必须在履践道德和自我反省的过程中实现，向往外在世界和追求自由的传统相对微弱。即使在现代中国乃至东亚社会中，家族伦理、群体主义等价值观念仍然影响并存在于家庭、行业、社群、企业乃至国家文化之中。总之，中国社会文明属于内在超越型的文化而不是外在突破型的文化，它追求在自然中发展人类，在群体中实现个人。

二、中国古代社会文明的结构

中国的科技思想中充满了伦理因素，主张道技结合，加之中国文化将宇宙看成一个有机的系统，事物之间存在着辨证的联系与变化，这将对现代科技发展面临的伦理困境以及生态平衡等问题的解决提供有益的参考。

其次是精致的制度建构。既然中国文明更多地是靠政治程序聚集财富和资源发展起来的，中国在社会组织、政治制度、文化制度方面经过不断地取舍、变革、重组，日趋完善。西方学者普遍承认中国古代文明非常先进的重要因素在于中国精细的政府机构和文官制度都比西方出现得早，甚至认为中国古代经世治国之术对世界文化的贡献超过纸和火药的发明。中国古代创设的制度笼罩政治、经济、法律、教育、选举、礼仪和兵制等各个方面，其总体精神是礼治主义而不是法治主义，儒家的《礼记》、《周礼》等经典一直是设计国家高层制度的根据和理想。礼是天道运行和道德原则在社会行为模式中的体现，所谓"夫礼，天之经也，地之义也，民之行也"。它追求形式上的合理甚至追求虚文缛节，但它更多地是在仪式的过程中训练人的身心，倡导人们应该如何行动，而不是禁止和惩罚人们的行为。礼的历史根源是西周以宗法为依据的封建制度。在由贵族阶级组成的共同体内部，实行以家族宗法伦理为基础的礼乐政治，所谓刑不上大夫，礼不下庶人。春秋时期，礼崩乐坏，经过战国和秦朝的政治与文化变革，阶级社会转变为全民社会，封建王国变成统一的郡县帝国，实现了职官、货币、计量标准、文字、法律、赋税、兵役的统一与精确化。道家、法家的思想为建构这些新的制度提供了道治和法治的理论与技术指导。汉朝借鉴秦朝极端法治和反传统的教训，霸、王道杂用，礼与法并举，在意识形态上独尊儒术，推崇尧舜，在制度上以儒家思想重新阐释、修饰郡县制度，并且在国家祀典、学校、选举等文化教育制度方面有所设计与创新，实现了传统文化与新制度之间的融合，使得统一郡县国家的各种制度得以成熟、巩固，经过历代政体的改革与完善，一直维持到近代。

选举制度与文官制度也是中国古代文化制度的一大特色。从汉代的察举制、魏晋的九品中正制直到隋唐的科举制，基本上能够保证政权向受过儒家思想教育的平民开放，基本上能够保证文官集团的道德水平与知识能力，同时还造就了中国古代文学艺术的创作主体。但是，中国的政治制度有着极其黑暗的一面，那就是上层统治集团的私欲始终对制度造成破坏，有的历史学家将此现象归之于封建制度的"宗法基因"其使得后世的帝王们以国为家，将天下视为私产；帝位凭借血缘宗法传递，而通过选举参与到政权之中的士阶层，只能分享"治权"而不是"政权"。权力过度集中于帝王及其私利集团，又使得地方和社会自治能力微弱，虽有民本主义的文化理想，但缺乏民本主义的制度建设，民主文化资源的馈乏成为中国社会文明发展的消极因素之一，也妨碍了中国社会文明向现代国家的顺利演进。

其三是博大精深的精神和艺术成就。中国文化在思想、宗教、文学、艺术等方面均取得了极高的造诣，在世界文化中独树一帜，很多形式和内容日久弥新，极具生命力。中国的思想一方面激烈辩论，水火不容；另一方面百虑一致，殊途同归，都是入世或经世之术。中国的宗教一方面开宗立派，门户林立；另一方面互相启发，入室操戈，儒释道三教可以论衡而融合，九流十家可以并行不悖。中国的文学艺术注重蕴藉道德，抒发性情，不重感官享乐与客观描写；注重感悟传神，不重摹仿炫耀。总之，中国社会文明中的精神成就丰富多彩，在对传统的继承、阐释中变化演进，表现出综合创新的特色。

三、中国古代社会文明的精神

贯穿于中国社会文明的特征与结构之中的，还有一个积极的精神与思想的传统，形成了文明的发展动力。这个传统主要体现在以下三个方面。

其一，天人合一。在中国文化中，天的概念非常广泛。宇宙万物是自然之天，父母男女是社会、伦理之天，血气身体是自我之天，因此，天人合一还应该包含人我合一、身心合一的内容。尽管中国古代有天人相分或天人相胜的思想，但天人合一是最具影响的宇宙观和人生观。天人合一的思想，一方面强调自然对人的决定性和人与自然的统一性，但更加深刻之处在于强调人对宇宙的道德责任，人道对天道的延续与拓展。天人合一的根本途径是通过自我完善而知晓天命、完成天命。这样，便在宇宙的整体中确立起人文主义的精神追求与价值理想。总之，天人合一是非人类中心主义的人文主义思想，对现代社会处理人与自然、人与社会、人与自我的关系均具启发意义。

其二，知行合一。中国文化特别提倡知识与实践，学问与美德必须合为一体，集于一身。格物致知的主要目标不是获取关于感官世界中客观事物的知识，而是对内心本来就存在的道德与天理的觉悟，这种觉悟不是一种客观的知识，它只能在践行中获得。中国文化中的"知行合一"思想尽管专注于道德的修养，但它强调理论与经验的统一，功能与价值的统一，知识理性与实践理性的统一，真与善的统一，这对反思现代文化中唯科学主义、唯理性主义和功利主义具有相当大的启发作用。

其三，中和刚健。在中国文化中，宇宙和人类社会运行、发展、繁衍的理想状态是和谐、平衡、自强不息。和谐是宇宙万物生存发展的基本道理，其精义在于"和而不同"。要达到多元统一的平衡就是保持中和，天道变化，万物各得其禀赋而生长。保持住太和的状态，有利于贞吉。

达到中和、太和、大同的各种不同因素可以归纳为两种最基本的因素，即阴阳，或者叫刚柔、动静。它们相生并济，构成宇宙和谐的运行过程。太和的状态决不是静止不动，而是内涵因素的相对运动。这种运动自行自为，永不停止。道家认为，阴柔静止是宇宙存在的根源与本质，主张贵柔守雌。儒家则认为阳刚运动是宇宙运动的主导的力量。当然，刚健的精神中还包含变革的力量，所谓"乾道乃革"。当阴阳刚柔等力量不再能够和而不同，对立统一，天道的运动就造成了变革。

第二节 中国古代文学艺术与社会文明的构建

一、文字与社会文明的形成

汉字是中国社会文明的重要建构工具。文字是人类社会从野蛮进入到文明的重要标志之一，而汉字是中国古老文明的重大创造。作为中国古代社会文明发生要素之一的文字，其创造原则是先依据象形的原则"画"出符号"文"，再将不同的符号组合起来，分担文字的形与声，衍生出"字"。"字"的原意指人类哺育后代，进而引申为文字，意味深长地表达出中国文字与文明传承的关系。中国的文字是"一种意义的符号，不是语音的记载"。汉字既保持了象形文字的特性，又借"形声相益"的途径摆脱了象形文字抽象性、符号性薄弱的缺陷，没有沦为单纯的记音符号，不追逐语言的变化而独具其象征意义和审美价值。这种审美价值不仅在于文字本身的形、音、义构成了内涵丰富的喻体，而且其字体及书写技艺也是书画艺术的表现。更重要的是，用这样的文字书写而成的文本具有超越性，赋予中国古代文学以巨大的社会历史影响力。从历史上看，"书同文字"是中国人的政治文化理想，中国人的社会文化统一工作，往往伴随着文字统一工作。文字是文学的重要工具，文字的统一对于文学创作和文学的社会功用均产生了极大便利。

二、文学艺术与社会文明史

中国古代文学艺术是中国社会文明发展的宏伟史诗。中国古代文学艺术注重叙述、见证不同的历史时期,展现人类在社会历史中的社会活动和精神活动,体现了强烈的社会历史意识和温故知新的文化意识,许多杰出的文学作品都具有兼备史笔诗心的境界。

最具抒情意味的中国古代诗歌,与其他文明相较,尽管在体裁上特别缺乏长篇史诗或叙事诗作品,但以诗为史却是中国诗歌的独特传统,《诗》甚至是历史的先驱。按照风雅颂的礼乐次序编纂的中国最早的诗歌总集《诗经》,其三百零五篇诗歌,同时贯穿着一部政治兴衰史。

中国的历史书写以叙述人物事迹为主要形式,不但是对史事的叙述,而且是对世道人心的刻画,令人读后感动兴起。

由历史散文奠定的文学的性格也影响了其他的文学艺术类型。中国的小说,尽管题材丰富,但发端于讲史与志怪,进而又以作史的角度叙述世俗人情,感怀世道人心的变迁;中国的戏曲大多以历史与小说题材为剧本,并自号"传奇"。中国的书法艺术并非纯粹的抒情或表现艺术,已经构成了书法艺术的悠久传统和古典范式。同样,在花鸟、山水等文人画出现以前,中国美术的杰出巨制大多是宗庙、陵寝、石窟、寺院的壁画、画像石、画像砖和雕塑。其中表现的内容大多是宇宙、历史、宗教故事和日常生活场景,可谓历史的画卷和纪念碑。

三、文学艺术与社会文化认同

中国古代文学艺术是中国社会文明的凝聚力量。任何艺术实践和审美实践活动都既是个人的,又是社会的。任何文化都会通过文学艺术对其社会成员实行教化,建构意识形态,传承价值观念。文学艺术具有公共性和娱乐性,因此它们是通过培养社会成员的情感共鸣与审美通感的方法,在人性和情感的真实基础之上使得社会成员对社会文化产生认同,从而形成精神上的凝聚力和塑造力。

诗教或乐教,是中国传统文学艺术传承文化价值的典型体现。现代学者朱东润的研究认为,《诗经》的编纂时代,正是春秋中期以降,诸夏国家联合抵抗北方戎狄和南方楚人入侵之际，其编纂及体例，体现了强烈的华夏文化意识。这一文化意识就是礼乐文明与伦理道德。

如果说诗教、乐教可以打动人心，启迪良知，变化性情，而散文则属于文章的范围，与礼法政教关联密切，其功能更多地体现在论道经世。诗、乐皆可归之于礼教，但就其区别而言，诗乐之教更多地基于内在的人类情感，礼教则更多地基于外在的社会规范，包括政制、道德、典章、礼法以及历史文化传统等。

四、文学艺术与社会文明成果

中国古代文学艺术是中国社会文明成就的高度体现。任何社会文明所达到的成就都以其文学艺术宗教哲学等精神成果为标志。在悠久延续的中国古代社会文明发展历史中，文学艺术精采纷呈，诗、骚、史传、诸子、赋、骈文、乐府、律诗、古文、词、曲、戏曲、小说、金石、法帖、壁画、造像、水墨画、园林，诸多艺术形态皆随世而变，一代有一代之胜，生动地反映了中国古代社会文明的兴替与演变。

如果将中国古代文明按照长时段划分，大概以中唐为一界限。中唐以前堪称古典时代，其特点在于形成了一整套的社会文明范式、传统和核心价值。在这套丰富的文献之中，就包括了诗骚、辞赋、诸子、史传、乐府、歌诗、金石等文学艺术成果，礼乐、建筑艺术也酝酿于制度化与礼仪化的社会生活之中。因此，古典时代创造的文学艺术作品也是后世文学艺术的典范。

至于书法、美术、音乐等艺术形式的典范，也都确立于古典时代。篆、隶、章草、行书、草书、楷书诸体在这一时期都达到了最高的成就，而以王羲之为代表的具有个性与抒情特征的书法又在以后的时代得以发扬。美术也是如此，一方面，商周以来的玉器和青铜器达到的精美的工艺水平奠定了中国工艺美术十分注重各类器物造型与装饰的传统；另一方面，写实与想象题材的纯粹绘画也十分发达，并实现了华夏美术与西域传入的印度与中亚美术的融合，特别是人物画、山水画、文人画等重要的画种也在古典时期成立。书法和绘画还具有共同的表达方式，即运用毛笔，注重笔法的原则。音乐方面，庙堂礼仪与风俗生活共同形成了雅俗兼备的音乐体系，在这样的框架中又融合了华夏与异域的音乐，影响了今后的音乐创作。

中唐直至宋代，中国社会文明渐渐进入并确立了"近世化"的时代。狄百瑞指出由唐入宋，中国社会发生了重大变化，可以概括为"近代早期"。这些变化可概括为：精耕细作的农业的进一步发展；工业和商业的增长；纸币的使用；人口的大量增长和大规模的城市化；富裕的提高；新技术，特别是对文化传播最为重要的印刷术；出现了新的文人阶层、官僚和文化的精英，政府提倡文治，鼓励各种有关形式的学术和世俗教育；文官考试制度扩大……法国汉学家谢和耐甚至用"文艺复兴"来概括11—13世纪的宋代社会文明，比如复归古典的传统、传播知识、科学技术的发展（印刷术、炸药、航海术的发展，排气钟……）、新的哲学和新的世界等方面，认为这是"一个新的社会诞生了，其基本特征可以说已是近代中国特征的端倪了"。

而这个时代的到来，也受到中唐古文运动的强力推动，这个运动之前，佛教界已有新禅宗思想，使得佛教进一步中国化，摆脱庄园经济方式和繁琐的宗教学说，走向平易、世俗，强调个人精神上的自觉与日常生活中的实践。当安史之乱动摇了强盛的唐帝国，传统的以礼制和经史之学为特征的文化无法影响现实，儒学走向式微，于是古文运动成为一场新文学加上新思想的运动。由于唐代实行诗赋取士，文人思想的主要表达方式已不再是经史诸子之学，而是诗文创作，在变革文学形式的过程中创造新的社会文化思想。他们以继承孔孟道统自居，强调以文载道，复兴了古典儒家的精神传统并赋予极具活力的当代性，成为北宋新儒学的先驱。可以说，中国古代从魏晋以降，文学已具备了独立的形式，不再附庸于经史诸子，诗赋骈文成为文学体裁的代表。古文运动使得古代的诸子、史传中的文化精神而不是外在的形式依靠文学得以复兴，因而文学又具备了独立的思想文化价值，古文家运用和创造的散文体裁极为丰富，大大拓展了散文表达社会与个人思想情感的功能，这一转变说明文学成了建构社会文明和世俗生活价值观的积极与活跃的力量。诗歌也在律诗的基础上，发展出词、曲等更加个人化、情感化的形式，在审美情趣上，也越发趋向于内敛与平淡，甚至"以俗为雅"。白话小说与戏曲则更是世俗和平民道德与艺术的代表。白话小说脱胎于民间说书艺术的"话本"，经过民间文人的加工之后，以其能够打发时间的长篇巨制和引人入胜的传奇情节，成为雅俗共赏，供人娱乐与消遣的读物。宋代戏剧将文学、音乐、舞蹈、说唱等艺术综合在舞台上。到了元代，"采用了更加多样化的音乐旋律，同时用直接叙述代替了间接叙述"，而明清两代戏剧的代表性作品是浪漫戏剧，剧幕场次又突破了元代的四幕格局，这一小小的舞台已经没有办法让浪漫的剧作家来充分表达自己，没有办法让他们充分表现故事情节，他们所写的戏剧，最长的有50—60幕或场。另外，南方的博学的戏剧诗人们在其歌词和对白中还可以自由地使用方言土语。小说戏剧的发展与兴盛，正是"近代化"文化发展的结果。

文学的发展也影响了其他艺术，唐宋以后的书画艺术渐渐摆脱了为道德训诫和宗教服务的实用目标，朝着个性化和体现文人审美情趣的方向发展。继王羲之之后，怀素的草书、宋四家的行书以及元明代书家的行书草书已经构成了纯粹抒情的艺术形式。自王维以后，文人画也蔚为大观。主要题材也由人物、神仙佛道美术向山水花鸟转变，技法也趋于以写意为高尚。不求形似，追求传神与抒情，甚而至于营构意境，正是此时的诗书画等艺术所达到的最高成就。现代美学家宗白华推究人类这种最高的精神活动，艺术境界与哲理境界，是诞生于一个最自由最充沛的深心的自我。宋元以后，戏剧的发展及其与民间音乐的结合，也使得大型的音乐活动从古典时期的政治、风俗与宗教的礼仪场合转向单纯的社会生活娱乐与艺术表现。综合了建筑、文学、园艺、绘画、书法等诸多艺术形式的园林更是明清以来达到的艺术巅峰之一。园林以道家自然哲学为理想，将心灵中的自然和宇宙意境转变成了真实的生活与艺术空间，与以儒家宗法礼制为灵魂的宫殿和民居建筑形式构成了鲜明的对比与文化互补。

第三节 中国古代社会形态与文学艺术形态

一、封建礼乐制度与文学艺术

文学艺术既是社会文明的重要组成，其形态一定受到社会文明之中不同的政治制度、仕进制度以及社会生活方式的影响。

中国古代政治制度先后可划分为封建制与郡县制两大类型。封建制及其早期的氏族邦国被认为是夏、商、周三代的国家形态，它们之间的关系并非如后世朝代之间的一线传承或先后取代的关系，而是三个具有不同文化传统与氏族联盟的同时并存的政治与文化集团（同时还有其他古代氏族构成的地域与政治集团存在），张光直形容夏、商、周是年代上平行的或至少是重叠的政治集团，它们在各自氏族政权的基础上先后崛起，成为天下所有氏族政权的宗主。新的宗主出现之后，天下经过重新封建或联合，仍构成新的大国叠压在诸国之上的政治共同体，原先的宗主国也降级存在。一般认为，周公东征之后的封建，使封建制度臻于完善。所谓"封建亲戚，以藩屏周"，以宗法血缘关系（包括婚姻关系）作为中央天子控制诸多封建国的笼络手段，天子所在的王畿成为各封建国的宗主国。在周代王族中，各级宗法（大宗、小宗）中的嫡长子们依次成为天子（宗主国）、诸侯（封建国）、大夫，而次子及庶孽（公子集团）则降级封建，或成为参政的卿士。异姓诸侯与王族诸侯之间以通婚的形式建构血缘等级，其内部结构与同姓诸侯国基本一致。

二、仕进制度与文学艺术

在复杂的社会文化层次中，一般存在着两种文化传统。美国人类学家罗伯特－雷德菲尔德（Robert Redfield）提出有所谓大传统与小传统，大传统指的是社会上层与知识分子的文化，以都邑城市为中心；小传统则是由农民代表的文化，以郊野乡村为中心。前者处于统治与引导地位，后者处于被统治地位。此后，西方学界又有所谓精英文化与大众文化的区别。前者必须通过教育制度传授，相对封闭；后者则是在民间未受过正规教育的民众之中流传。学界也在中国古代社会文化中找到与上述西方文化学大致对应的现象，即雅、俗两种文化传统。不过，不同文化中，这两个文化层次或传统之间的存在与交流方式应该是各具特性的。一般地说，大传统和小传统之间一方面固然相互独立；另一方面也不断地相互交流。所以，大传统中的伟大思想或优美诗歌往往起于民间；而大传统即形成之后也通过种种管道再回到民间，并且在意义上发生种种始料所不及的改变。相对于欧洲大传统与一般人民比较隔阂，呈封闭状态的事实而言，我们可以肯定地说，中国大、小传统之间的交流似乎更为畅通，秦汉时代尤其如此。他进而分析这种现象的原因一方面在于中国文字的统一，使得雅言传统与方言传统之间能够相互沟通；另一方面在于中国文化中很早就认识到"缘人情而制礼"、"礼失求诸野"，自觉到大、小传统之间的共生共长的关系。更重要的是，汉代不再是一个贵族阶级社会，而是士农工商组成的四民社会，大小传统更趋混杂，汉儒更是自觉地承担起观采风谣和以礼乐教化民众的历史重任。

中国古代的精英或者是士阶层自觉沟通大、小传统的活动之中，文学艺术活动是突出的一项。几乎所有杰出的中国古代文学艺术成就，都出自士阶层之手。在贵族、庶民等级分明的封建礼乐社会中，君子一方面用雅言创作、咏唱诗歌，也用雅言记录、整理各地的风诗，其目的在于观察民风，所谓"天子听政，使公卿至于列士献诗"。屈原的作品渲染着楚地文化风俗的色彩，其中的《九歌》传说是他根据湘沅一带的民间祭歌改写而成。诸子们的著作中充斥着当时的寓言、神话、传说，其中不乏民间文艺的背景。荀子还借鉴民间的说唱与俗赋，创作了《成相篇》和《赋篇》，以通俗的方式宣扬礼教思想。司马迁写《史记》，除了根据历史典籍和文献档案之外，还周游天下，考察民俗，采集传说故事，增加了历史的真实性和生动性。五七言诗歌的形成，与汉魏民间乐府的流行有着深厚的渊源；词曲的成立，也直接脱胎于民间歌曲。白话小说与戏曲的艺术高峰，更是文人欣赏并介入说唱艺术的结果。

三、社会生活方式与文学艺术

社会生活是文学艺术描写的重要内容，而作家作为社会的一员，处于不同的社会经济与文化集团之中，他们的生活方式也会影响他们的创作与审美趣味和艺术理想。

传统中国以农耕立国，其生产方式有集体耕作的，比如，封建时代贵族封地内的农村公社，即所谓的井田制，以及中古时期大地主庄园制；也有以家庭为生产单位的自耕农。郡县制或中央集权程度高的制度下，自耕农会更多地得到国家的授田，因而国家也能征收到更多的赋役租税。当然，农业社会的生活方式给中国古代文学艺术更为深层的影响是中国古代士人的审美情趣、艺术理想。因为中国古代推行重农抑商的政策，士阶层主要来自乡村社会，一等人忠臣孝子，两件事耕田读书，正是士大夫的人生理想。乡村生活没有很多感官的刺激和新奇的发现，只有四时循环以及与之配合的人生与风俗的周转，质朴而内在的生活使得成长于其中的士大夫和"饥者歌其食，劳者歌其事"的农夫一样，选择诗歌作为主要的抒情与自我表现的艺术。《诗经》开创的赋比兴是中国古代诗歌最基本的创作手法，其中又以比兴最为典范，成为中国诗歌的独特传统。比者能近取譬喻，兴者触物兴情，皆就切身情事、四时风物加以吟咏寄托，情景交融而含蓄蕴藉，而不是狂热奔放，驰骋想象。《诗经》的风雅传统同样塑造了中国诗歌关注日常生活，抒发人生真实感受的性格。而各种体裁的散文，则往往是士人承担各种社会工作和道德责任的工具。对于中国的士大夫而言，诗是相对内在的，文则相对外在，诗文之所以成为中国古代文学的两大主要体裁，与士大夫的社会生活方式及其与乡村生活的渊源密不可分。

中国古代的都市大多不是自发的贸易集市，而是政治、军事与宗教文化中心，但由于多在交通要道与枢纽，因此往往也是贸易、工商集聚的中心。由于在中国古代四民社会中，手工业者和商人的身份和地位较低，在政治上也受到限制，在这种都市中，商人与市民文化尚不能构成都市文化的主体，汉魏乐府和南朝吴歌、西曲中有一些反映市民生活的内容，但尚未蔚为大观。主要从事文学艺术活动的人员是士大夫中处于皇帝、皇子、诸侯身边的言语侍从之臣以及宫廷艺人们，代表都市特别是京都生活方式的文学可谓宫廷文学。汉代的辞赋大多具有想象丰富、藻采夸饰、铺排骈偶、侈陈形势、抑客伸主、为文造情等特征，其目的在于满足读者耳目愉悦，诉诸感官的享乐情趣。武帝好神仙，司马相如奏《大人赋》，云列仙居山泽间，形容消瘦，非帝王仙意。总之，宫廷文学艺术是都城与宫廷生活中重视物质享乐，充斥占有欲望的反映。尽管取得了一些修辞与技巧上的成就，但由于审美上追逐感官的满足，夸耀词藻，内容上劝百讽一，近似俳优，往往受到道德方面的指责，其实这也是包含着质朴的乡村文化与雕琢的都市文化之间的冲突。

第四节 中国古代思想与文学发展

　　思想学说是社会文明的精神成就，其中包含了文学艺术思想，同时也影响文学艺术的创作倾向、审美理想等方面。就中国古代思想学说而言，每一个思想发展阶段都与文学艺术有着不可分割的关系，有的思潮和学说的发生甚至是由文学艺术引发。

　　产生于轴心文明时期的先秦诸子是中国古代思想学说兴起的第一个阶段，生活在公元前551—前479年间的孔子恰恰是中国文明进入轴心时代的代表人物，他处在中间点和转折点上：中国文明出现到孔子，孔子到我们现今的时代，前后各2500年左右。孔子以前，中国有思想但没有思想家；孔子以后，中国古代思想家层出不穷，留下了丰富的思想遗产。按照《汉书－艺文志》的总结，先秦诸子的流派有所谓的"九流十家"，即儒、道、阴阳、法、名、墨、纵横、农、杂、小说，小说家不入流。其中，以儒、墨两家影响最大，也是最早兴起的两家学派。就对中国古代思想文化包括文学艺术的影响而言，却以儒、道二家最为重要。

　　文学艺术是运用语言符号等工具创作的艺术。就此而言，从禀承古代贵族君子的"立言"传统，到记录和整理出来的、堪称"成一家之言"的先秦诸子言论，具有丰富而有个性的修饰风格，成为后世散文的典范。值得注意的是，先秦诸子的语言修辞方式，整体上看，是文学的而不是逻辑的或是哲学的，因为他们并不一味抽象地阐述道理。中国的哲学家表达自己思想的方式，与西方哲学家著作相比，还是不够明晰。

　　先秦诸子处在百家争鸣的时代，因而修辞辩论之术发达。即便提倡"讷于言而敏于行"的儒家不好辩难，但到后来也不得已而为之。所以，他们不仅在修辞艺术实践上取得了卓越的成就，而且在理论上，对于语言和修辞语言或修辞与其所要表达的思想、真理之间的辨证关系都有独到的见解。他们虽然能言善辩，但都强调语言与修辞的真实性。儒家继承了古代贵族君子修身原则中将"言"视为"身之文"的精神，在身、心、意与言辞之间，言辞与修辞或文字之间作出了明晰的区分，从而要求君子不仅自己能够以德立言，不虚伪巧言，而且要知言知人。

无论形而上的道在诸子的学说中有多大的分歧，也无论诸子运用语言的策略有如何的不同，他们都认识到语言文字修辞甚至一切文学艺术的性质与作用，在于尽可能真实有力地发明道德，表述道理，影响社会。他们还认识到，文学艺术不完全是一种修辞技巧，其优劣决定于人生的道德实践程度和精神修养境界。

文学艺术是人生的艺术，由具体的人或事表现出人类共同的情感与美感。因此，对宇宙和人生的认识，也是文学艺术的重要思想内涵。儒家阐明礼乐之教，必先从分析心性入手。心性之关系在先秦有多种说法，但心性为一体的看法是当时的共识。大约性情是人的自然气质禀赋，其受到外物触动时会自然反应为诸多的情感好恶，而心则是人的自然感官功能，它或是因为天生的完美（如孟子的观点），或是因为受过教育与训练（如荀子的观点），所以能够顺应或抑制人的性情欲望，表现出不同思想取向，这种取向便是"志"。

第五章 中国古代文学与中华民族的融合

第一节 中华文明的多元化与中华民族的融合

秦汉以后的两千年，则是整个中国世界更大范围内的"华"、"夷"融合，即以农业为主的区域与北方、西北、东北游牧渔猎为主的区域，以及西南、南方以山地游耕为主的区域之间的各族群的大迁徙、大重组、大融合。其中，农业区域与游牧区域的融合是主流。

在中国世界的共同范围中，无论地区远近、文化高低，族群融合是一个必然的趋势。所有的族群，包括所谓的中原"汉族"，无论其原始来源还是发展过程，都是一个融合而且是一个始终不停的融合结果。"来中国则中国之"的文化涵化，并无主动与被动之别。因此，最后形成拥有共同文化价值核心的诸族共和体并成为清王朝覆灭后现代中国的"国族"（State-Nation）——中华民族，既是一种观念认同的"自觉实体"，更是一种几千年的历史过程形成的"自在实体"。

正如当代学者伍雄武所指出的，事实上不存在着某种两难：要肯定中华民族是一个民族实体，就要否定各少数民族是一个民族实体；要保证少数民族的权利和地位，就要否定中华民族是一个民族实体、否定"中华民族"的概念。这是因为：一方面，如前所述，中国历史上所有的族群都始终在融合之中，"你中有我、我中有你"是不争的历史事实，中华民族实际上也是一个融合的结果，并且是一个文化认同的"多元一体"单位，它符合一个独立族群的全部内涵。另一方面，在政治、法律及国家意义上，中华民族可以表述为"国族"，是一个最大范畴的族群单位。凡是这样的国族，它可以包括亚文化族群，其中也可以存在主要族群、少数族群，所有这些一起构成一个文化共同体。当代世界上的民族国家95%以上都是"多族群国家"，在全球化日益明显的今天，即使再纯粹的民族国家，也不可避免地产生少数族群，但这些并不妨碍最大范畴族群共同体的成立。

中西进入现代化国家的途径有所不同。西方摆脱古代政教合一的王朝大一统政治，缘起于民族意识的凸显，因而兴起建立独立民族国家的内在动力。欧洲及北美现代化的过程，就是削弱家庭形式、职业、地方属性而代之以加强民族、国家认同的过程。中国早已建立起超越民族的"天下"观念，不存在突出的种族和文化差异问题，故而缺乏这样的需要。中国近现代民族国家的建立，从根本上说是在西方列强侵略与扩张的背景下，不得不应对西方现代化以后的强势力量，从而达到保存自身生存、发展目的的结果。尽管如此，这种被动的应对仍然保持了中华文化的特色，"中华民族"与其说是一种伟大的创设，无宁说是一种符合历史事实与文化精神的自然归属。在这个意义上，追随西方现代理论，削弱"中华民族"的事实与观念，既不符合历史实际与文化精神，也有害于中国的现代化进程。

第二节 中国古代文字及文学书写方式的统一

一、文字与文学书写方式的统一

早期文学主要是口头文学，经过长期的流传，方被书写，载之竹帛。自此文学便逐渐分为两途：一是口头文学，主要表现在民间；二是书面文学，主要为知识分子所创作。中国古代传统十分强调文学的书写性质。书面文学形成的充要条件，是文字的产生与书写条件的成熟。

中国文化区域里很早就产生了文字——汉字。早期仰韶文化和大汶口文化的图形符号姑且不论，现存最早的文字是甲骨文，即商代时期书写或契刻在兽骨和龟甲上的卜辞，时代大约是从公元前14世纪后期到公元前11世纪之间。甲骨文已经是较为成熟的文字，可以推见，在此之前汉字已经走过一个相当长的发展过程。定型以后的汉字是以表形为基础、表意为主导而兼有表音因素的表意体系文字，它并没有像世界上其他文字系统那样早在公元前十几世纪就逐渐朝拼音方向发展，而是长期停留在表意为主导的阶段。造成这一结果的原因十分复杂，但根本原因在于汉字能够适应对汉语的记录，特别是能够适应中原农耕文化不断扩大而形成的一个多元融合型文化的语言的记录。汉字使幅员辽阔、风俗各异、方言众多的中国区域突破了语言的障碍，达成了统一的语言记录，并反过来约束了方言的分化，加强了区域文化及不同民族之间的融合。

按照一般规律，文字若不表音，则记录语言的基本宗旨既失，文字所欲实现的人与人之间特别是族群与族群之间的跨时空交流必成问题。但如果单纯地记音也即"随宜记注，造作书字"，在范围广大、区域文化繁富、方言众多的中国文化区域，势必导致文字系统的不同，进而促生方言的进一步分立，文化、社会分裂的"巴别塔困境"也将必然出现。然而，上述困境在中国却均未产生，原因就在于汉字。在言人人殊的文化条件下，在农业区不断扩大的客观局势中，只能放弃专主记音的文字而转而采取一种别样的沟通方式，这就是表意为主的书写符号及随之发展起来的书面语言——汉字及书面一种不以声音为根本要素而是以约定俗成的"典范"规则为核心的交流系统。以周代商这一中国文化史上人文长成的关键阶段为例，周人来自西方，与商人的语言不可能完全相同，但周铜器文字与商代前后相承，铭文语法与商代卜辞也没有根本性差异，说明周人继承了商文化的书面语并有所发展，这显然是一种符合客观态势的必然结果。由此，随着社会与文化的发展，在以黄河中下游为中心的一个广袤的地区内，方言得到趋近与融合，区域共同语得以进一步完善，而以此共同语为基础并有所超越的书面语，历经春秋、战国至汉，最终成为一个稳定的系统，它的基本框架几千年来没有根本性的变化。所谓"雅"者，即是上述之书面语；雅、俗之分，实即语、文分离，它使得文字具有超越空间、时间的无穷可能性。

中国的书写、载籍传统同样源远流长。刻于甲骨、陶器、金石之上，尚还不能算作是真正意义上的书写文献，中国文献典籍源起于以竹简、木牍为材料，以毛笔墨书，并编以韦或丝绳，聚简成篇。

汉语书面语典范很早就已经出现。商代的甲骨文辞已经有了简单的叙事，及至周代的青铜铭文，更有了长足的发展。史载早期有多种典籍出现，如"三坟"、"五典"、"八索"、"九丘"等，但均已不传。现存最早的书面记载文献《尚书》中的部分篇章，是上古史官记录帝王诰命的文件汇编，它的内容时代虽不能完全确定，但至少有相当一部分成于西周时期。《尚书》的初始形态可能是口耳相传，但形诸文字仍然较早，就先秦时期的一些引述来看，当时的《尚书》已经是较为成熟的书写。《周易》也是一部较古老的经典，内容时代不晚于西周，它虽然是一部占筮之书，但蕴含了丰富的经验性知识和哲学思想，象喻精微、言辞简赅，并融纳了不少原始歌谣，同样成为后世的文章典范。

春秋以降，王官失守，私学兴起，书面语在春秋末年到战国时期不仅成为更广区域内的共同文化因素，而且其质量发生突进。就最能反映书面语水平的词汇而言，在此以前，有关生产活动及日常生活的词汇占很大比重，抽象名词，概括性的词汇，特别是社会意识形态方面的词汇，比重较小，而春秋战国时期，这一类词汇大大增加。另外，甲骨文时期，虚辞还不怎么发达。到了春秋战国时期，古汉语中的虚辞基本上都产生了，后来形成一套文言虚辞，在书面语言中具有很强的活力。这一时期的史传及早期诸子文本，已经取得较高的语言文学成就。现在可以确认，《春秋》是春秋时期鲁国的编年简史，无论是否经过孔子的编订，它的时代不晚于公元前5世纪末。稍晚的《左传》、《国语》，主要内容形成于战国早期。《老子》和《论语》虽然最终编订的时代可能在战国中晚期，但它们都是一个长期汇集的成果，《论语》的绝大部分文字是由孔子再传弟子们真实地记录。此类史传及言论记录，在叙事、说理、修辞及篇章结构、话语逻辑方面，都达到了一个空前的水平，并被后世奉为经典，直接催生了战国时期诸子文章的成熟。经典的不断产生，不仅是知识思想积累与新创的反映，同样也是中国书面语言基本面貌与基本范式形成的标志。

文字及书写方式的统一，书面语言与典雅文学的典范作品的出现，共同促成了一种源远流长的文学传统，使汉语言文学成为不同民族之间的共同财富并发挥其巨大的影响力成为可能。

二、《诗经》的书写、接受、传播与西周、春秋时期的文化交融

从西周到春秋，在文学作用于华夏各族群共同意识的加强的意义上，最具典型事件的是诗歌作品的书写、整理与结集，即《诗经》的产生。

《诗经》作品，从性质、内容及创作主体、创作时间等几个方面综合考虑，大致可分为三大类型：郊庙祭祀、纪祖颂功、朝会燕享之歌，劝谕讽谏、抒怀言志之歌，各诸侯国"风诗"。其中前两类可谓"宗庙诗歌"，创作主体是宫廷乐史之职、瞽矇之工及公卿贵族之士；而后一类则为"民间诗歌"，"饥者歌其食，劳者歌其事"，创作主体主要就是各地百姓。史载古有献诗、采诗之制，献诗如《国语-周语上》："故天子听政，使公卿至于列士献诗，瞽献曲，史献书，师箴，瞍赋，矇诵，百工谏，庶人传语，近臣尽规，亲戚补察，瞽、史教诲，耆、艾修之，而后王斟酌焉，是以事行而不悖。"采诗如《汉书》："古有采诗之官，王者所以观风俗，知得失，自考正也（《艺文志》）""孟春之月，群居者将散，行人振木铎徇于路，以采诗，献之大师，比其音律，以闻于天子。"（《食货志》）对民间诗歌而言，"采诗"是其被书写的关键因素。通过不断地"献诗"与"采诗"，周王朝乐官随时编纂，形成了《诗经》的初步文本。降至春秋，"诗三百"的规模大致形成。孔子可能对其进行过整理，《论语-子罕篇》："吾自卫返鲁，然后乐正，雅颂各得其所。"但从各种证据来看，如《左传》载鲁襄公二十九年，吴季札到鲁，请观于周乐，襄公使工为之歌周南、召南、邶、鄘、卫、王、郑、齐、豳、秦、魏、唐、陈、小雅、大雅、颂，类别与今本《诗经》大致不异，足证《诗》三百篇，在当时已经有一个初步结集的本子。因此，在孔子之前，至少不晚于公元前6世纪中叶，与今本《诗经》类似的一个诗三百篇结集就已经在流传。

《诗经》十五"国风"的采录、书写、编纂、传播与接受，集中反映了西周、春秋时间的文化交流与族群融合。

《诗经》标志着春秋、战国文化共同体的形成。《诗经》开创了中国文学"诗的国度"的局面。《诗经》奠定了中国文学的抒情传统，以及表现现实、强调文学的社会功能的教化主义传统，直接影响了后世的创作，作为中国文学的"光辉起点",开万世之风。在思想上,《风》、《雅》成为古代诗歌的品评标准。在艺术上,赋、比、兴的表现手法,其比兴之义,敷布之用,从容婉顺之致,往复抑扬之趣,旁溢侧出,犹足资策士之游谈,助楚臣之讽谕,下及汉庭之赋、唐代之诗、两宋之词、金元之曲,莫不由此斟酌挹注焉,可谓衣被词林,冠冕文囿者矣。在形式方面,《诗经》创造的四言句式为主的诗歌书写,由于不甚适应诗歌展现的需要,而渐被五、七言代替,但四言句式对辞赋、颂、赞、诔、箴、铭等韵文影响甚巨,形成中国书写叙事散文以外的另一个重要体系——骈文系统。在语言上,《诗经》所创立的句式、成语、比喻、象征、表达方法与修辞手段等,无不成为中国语文的重要基石。

第三节 中国古代文学传统与多民族的形成

一、文学艺术传统与书写传统的奠定

《诗经》以后,《楚辞》作为一种地方文学形式的兴起,丰富了古典诗歌的表现形式、美学追求与思想内容。楚辞与《诗经》最后共同成为中国古代文学的最高典范,一是因为它们都来自民间文学传统,而又经过深刻的加工与熔铸;二是它们具有极高的思想性与艺术性,是都被成功地书写、传播并接受的元典文学;三是因为它们在文学创作、文化交流、民族融合的历史过程中发挥了重要的作用。

关于楚族的起源,有不同的说法,如楚夏同源说、西方民族说、东方民族说、楚地土著说等。无论如何,到了周代,楚地范围已广,楚人本身就已涵融了多个族群,并且与中原文化发生了密切的交流,实现了文化的提升。至战国时,楚国奄据整个南方,已经实现了更大程度上的民族融合。长期以来,尽管与中原文化始终相互影响,但楚文化区域仍然呈现出与中原农耕文化不同的特色。在此基础上发展起来的楚辞,经过屈原等人的努力,成为一种独特的诗体,在内容上,多灵魂观念、多自然神、多萨满教因素,保留了很多远古神话甚至史诗,以及对宇宙自然的朴素认识;在美学上,则呈现出一种更为浪漫、绚丽的色彩。汉帝国的建立,使南方区域的文学走向了全国,并被成功地融

合进文学的传统。

推翻秦王朝的主要力量陈胜农民群体和项羽集团,以及汉王朝的建立者刘邦集团,都属于宽泛意义上的"楚人"。史载高祖"乐楚声"(《汉书·礼乐志二》),并能自创楚歌(《史记-留侯世家》)。戚夫人《舂米歌》、唐山夫人《房中乐》等,以及汉武帝《白麟之歌》、《宝鼎之歌》、《天马之歌》、《瓠子之歌》、《芝房之歌》、《盛唐棰阳之歌》、《西极天马之歌》、《朱雁之歌》、《交门之歌》等,无一不是带有楚辞特征的韵歌。

楚辞对中国文学和中国文化的影响极其深远。独特的美学品格与形式范式以外,楚辞特别是屈原的作品中所蕴涵的追求崇高、忠贞的精神,坚韧不拔、九死不悔的品质,是传统人格最耀眼的闪光之点。

轴心时代的文学,呈现出鲜明的特点。在审美追求方面,强调形式,形成诗的传统;注重修辞,如赋比兴、兴象、比喻与托讽,风格上现实主义与浪漫主义相结合;追求真实、崇高的意境。在思想内容方面,注重文学的言志、抒情以及"兴观群怨"的教化功能,它从文学以抒发情志为宗旨这一基本点出发,强调情与礼的和谐,最后注重文学的教化功能——正得失、动天地、感鬼神,莫近于诗。先王以是经夫妇,成孝敬。已经体现出中国古典美学"善"与"美"、"情"与"理"相互统一的民族特征。

在表现形式方面,以楚辞为代表的诗歌与叙事、说理性散文并行发展。特别是说理性散文的崛兴,各种思想交流碰撞、跌宕起伏,使得言论空前活跃,在继承发扬春秋时代所取得成就的基础上,文辞表达臻于一个极高的水平,盖至战国而文章之变尽,至战国而著述之事专,至战国而后世之文体备。形成于战国早期的《老子》、《论语》及稍后的《庄子》、《孟子》、《荀子》、《韩非子》是其中优秀的代表,在语辞风格上,《老子》之隽永,《论语》之凝练,《庄子》之深远,《孟子》之气势,《韩非》之排奡,《荀子》之平易,各擅胜场。战国诸子说理散文,出于阐发主张、辩难论驳的需要,大体上都已经是较长篇的有计划创作,逻辑谨严,结构整齐,气势流畅,机趣横生,取譬巧妙,寓言深刻,语汇凝练,修辞奇特。战国说理散文的文辞成就,和史传叙事散文以及后期发展起来的骈文,共同构成了古代中国的书写基石。

共同的书写方式"文言文"的强大表现力和深厚的承载力,使之形成一种"第二语言"或"高级语言",从而避免了方言的局限,已经超越了"文学"的范畴,使文化的传承得以保障,使中国文化成为一种自始至终未尝断裂传统。

二、审美追求、书写方式的进一步认同与秦汉的统一与发展

(一)文学艺术审美追求的认同与民族心理

战国时期,各国疆域的扩大与彼此交流开阔了人们的视界,种族的观念渐淡,"中国"的意义与范围则被逐渐放大,成为秦统一中国的基础之一。同时,民族文化心理的趋同也是政治统一不可或缺的重要条件。其中审美追求的认同,是民族文化心理最重要的因素之一。

(二)共同文学书写的成熟与国家统一

春秋战国以来,由于各诸侯国的政治独立性,政府主导文字书写系统,六国文字在形式上发生了一些差异。这是极为正常的现象。尽管如此,文字发展的内在脉络却总体一致,从古文字到今文字的转变已经势无可挡,"书同文"需要的迫切性或许正是秦一统天下的原因之一,而不仅仅是结果。实际上,秦始皇"书同文"之所以能够在短期内实现,正是这一措施不仅顺应文化共同体的需要,同时也符合文字发展的根本规律。从六国文到小篆,再到汉代隶书,"今文字"系统终于形成。隶书的特点是笔画横平竖直,构造进一步简化,使书写速度大大加快。

在书写材料上,战国秦汉时期简帛并用,汉代国家藏书经过整理以后往往使用缣帛,可以使书籍承载更多的内容,也颇便于典藏、传播。纸在东汉时期出现,使用也渐次展开。书写工具——毛笔、墨等进一步完善。所有这些条件,使应用书写(政府文牍、社会写作)、思想、知识书写与文学书写都达到了一个可观的水平。

秦始皇焚书,使文献积累遭到相当严重的破坏,但汉兴以后着意改秦之败,大收篇籍,广开献书之路。至汉武帝时,建藏书之策,置写书之官,下及诸子传说,皆充秘府。成帝时,又诏谒者陈农求遗书于天下,并命刘向等校理群书,编制目录。西汉末期的国家藏书包括经传、诸子、诗赋、兵书、数术、方技六大方面,总计约一万三千余卷。无论数量还是质量,都在当时的世界

处于领先地位。

书写的发达使知识积累、文化传播得以更加深入地展开,由此造就了汉帝国的统一与兴盛,鼎盛的汉武帝时期。作为内部统一性的根本要素——文化意识,实现了高度的认同:精英传统方面,以"六艺"为代表的各种早期思想知识积累完成了整理与阐释,确立了"经典"的地位,哲学思想、政治思想、伦理思想等国家意识形态趋于——统一"罢黜百家,独尊儒术"——"春秋大一统",并应用到各种实际领域,同时也渐渐地渗透到普通人的意识与生活中;民间传统方面,尽管各地祀神仍然繁杂多样,不像国家祭典一般整饬有序,但一般信仰的核心也渐趋合一,敬天是为法祖、叙伦旨在尚德的价值观得到了进一步的确立。

第四节 中国古代文学艺术与中华民族进步

一、魏晋南北朝时期文学的自觉与文学、艺术的融合发展

各种积弊和内外危机导致汉帝国的崩溃,中国进入了一个分裂的时期。但这种分裂只是政治上的割据,而不是文化与族群的隔离。正相反,从公元3世纪初至6世纪末近三百年的时间里,政治集权一统的局面被打破以后,思想禁锢亦复不再,从而使各种观念多元发展,文化创造空前兴盛。同时,在各区域文化之间的对抗交融中,农业文明进一步拓展,使中国世界的文化舞台不断扩大,各种新的元素持续融入,为中国文明的更大提升奠定了基础。

"文学自觉"最根本的标志,是人们已经有意识地追求文学的审美特性,并开始探讨文学的本质,诞生了相当数量的文学批评著作,《文赋》、《诗品》、《文心雕龙》是其中最杰出的代表。佛教的传入和佛经的翻译,促进了文学观念的扩大与文学形式的借鉴。由此,文学形式得到发展,声律的认识与运用,用事、骈偶等修辞手段的实践,五言诗的成熟与七言诗雏形的出现,对后来的文学产生了重大影响。

这一时期的艺术在审美认识及形式追求等方面也得到了空前进步。书法得到了独立的地位,绘画、雕塑、音乐等门类在文化交融中不断吸纳各种新

的养分，思想内涵扩大，表现手段丰富，技巧更为成熟。

　　文字创始以后，就具有丰富的符号象征意义。中国古代早自图形文字阶段，为了标识区别的实用及传达思想的需要，其在整体构造与形状描画方面，都已经开始了有意识的创造。文字在青铜礼器上不仅表达意义，而且同纹饰一起成为某种符号而传达着先人们的宗教与思想观念。中国成熟以后的文字——汉字，以象形为基础，在客观上具有成为艺术的必然性，特别是今文字系统"隶书"字体，容易形成不同的个人书写风格，这一趋势在魏晋时期终于形成了结果，更能发挥艺术创造空间的楷、行、草字体的出现，使书法成为独立的艺术门类。

　　绘画方面的变革同样明显。两汉时期的绘画基本还是作为装饰存在，题材内容主要是神话、宗教、仪式以及生活场景两大类。魏晋以后，许多贵族与士人主动进行绘画创作，出现了专门的画作，根据史料记载，有杨修《严君平卖卜图》，嵇康《巢由洗耳图》，顾恺之《列仙图》、《三天女像》、《女史箴图》、《洛神赋图》，戴逵《五天罗汉图》、《嵇阮图》、《吴中溪山邑居图》，明帝《洛神赋图》，魏高贵乡公《盗跖图》、《黄河流势图》等，题材从宗教转向人物、山水等，表达出士人意趣与精神追求。从现存的后人模作顾恺之《女史箴图》、《列女传图》和《洛神赋图》来看，其艺术技巧达到了极高的水平。这个时代的艺术作品特别是文人画作，无论是审美情趣还是思想内容，同当时的哲学思潮与文学精神，已经基本一致。

　　古人视死如视生，营造墓室使如生前是一个基本的民俗信仰，因此墓室壁画较多，以表现在世生活或天堂图景为主。另外，由于佛教的普流东土，展现宗教的艺术如石窟、寺庙壁画、雕塑等，更获得了空前的发展。南、北方的佛教艺术均很发达，它吸收了众多的外来因素，同时又融合了传统审美观念，创造出丰富多彩的宗教艺术壁画与雕塑。据当代学者的研究，在佛法东来的传播路线上，从新疆库车、拜城、吐鲁番石窟壁画到敦煌壁画，彼此之间都存在着一定的联系；其中的一些艺术形象，与巴基斯坦、阿富汗的佛教艺术甚至罗马初期的基督教艺术，也有关联。墓室壁画方面，如嘉峪关魏晋墓画与东北辽宁汉墓壁画，集安高句丽古墓壁画与麦积山、敦煌壁画，并有类似之处；河南邓州学庄墓画像砖，其画风不但近似东晋顾恺之，而且与山西大同北魏司马金龙墓木板漆画、敦煌莫高窟第285窟西魏供养像也有很近似的地方。凡此之类，不但说明这些绘画具有传统风格，也说明这个时期我国文化艺术，从东到西有着明显的共同点，南北之间也没有因为政治割据而完全隔断艺术交流。从此，壁画与雕塑成为宗教艺术、民俗美术的主要题材，艺术成为分享共同的宗教信仰与文化精神的载体，在民族融合的过程中发挥了重要的作用。

在南方，众多学者不仅对乐律继续予以研究，而且对音乐本质进行了深入的探讨；在北方，人们通过对不同音乐的吸收与融合，在实践中发展了创作理论，南北方都从不同层面展现了对音乐艺术的高度自觉。

文学艺术的自觉，是其能够得到持续深入发展，最终达成其悲天悯人的根本目标的必然前提与充要条件。魏晋南北朝时期的文学艺术自觉及其创作成就，是中国文学艺术民族性赖以形成的重要组成部分，继先秦奠定、两汉确立共同的文学书写形式与基本范式之后，为中华民族共同体的扩展提供了又一笔丰富的文化资源。

二、文学典范的不断创生及其意义

在文学史上，存在着客观意义上的"杰作"或"伟大作品"也即文学经典——经过长时期的选择，在一个较为普遍的意义上被接受、认可与推崇的典范。"文学典范"既具有"经典"的种种特性，同时有着自己的具体表现，其中最重要的是，它们在语言、文体、表现形式以及思想向度上成为一种典型，像雾海灯塔一般，教育并规范着后来的创作，指引前进的方向，诱发不断的创新。

中国古代文学的发展史上，文学典范层出不穷。

当共同的书写方式成熟，基本范式与基本精神确立，在魏晋南北朝文学自觉以后，又经历了唐、宋、元、明、清的发展，文学创作推陈出新，各种文体都已经基本定型，典范作品均已出现，并得到高度的认同。

文学的民族性特征，形成文学的传统。文学传统一旦形成，就成为一种极为稳固的因素，而不断受到后人选择：它的核心部分被保留下来，流传下去，成为文学创作的广泛的参照系数，而被继承下来，这是一方面；另一方面，传统稳固下来，又会成为一种排它的惰力，显示出它的保守方面。因此，文学本体要获得生命与发展，就不应把民族性视为一成不变的东西，而应看作一个过程，即民族化过程，民族化的进展，就是不断地现代化的更新过程，使文学传统不断适应时代的审美需要，从而不断变更自己的观念，充实与完美自己的语言、形式、技巧，形成创新。文学传统的表现就是文学典范，它们在文学审美的普遍性感化力中发挥着先驱者、带领者和模范者的作用。文学典范的选择与推移，就是民族文学不断更新发展与深入认同的过程。

文学典范不仅反映着民族文学的审美追求，也承载着文化价值内容，因此文学典范的认同与文化认同是高度契合的。元好问的文学成就才能与金源一朝的文化成就恰成正比。

文学典范不仅在审美上，而且在语言文字教育以及其他知识教育中扮演着极其重要的角色，成为文化涵化的主要内容。文化涵化是两种或多种文化互为融合并共同组成一种共享系统的具体过程，它表现为种种强制的和自发的行为，比如教育。教育特别是语言文字教育必须借助某些公认的传统经典和播在人口、传诵不绝的杰出作品，通过它们的传播达成对某种生活方式与精神世界的理解与赞同。文学典范的不断形成，给教育内容提供了不断的源泉，从而加速了文学对于文化涵化的推动作用。文学在精英教育层面上的作用已可不论，就从大众传统来说，在古代中国后期，作为文学教育内容的《千家诗》、《唐诗三百首》、《声律启蒙》与《三字经》、《千字文》、《神童诗》等一同成为最重要的童蒙课本和普及读物，它们的影响之巨，大大超过了统治阶级自上而下的宣喻与教化，展现了文学资源在文化传承发展中的无与伦比的力量。《唐诗三百首》是一个非常典型而生动的例证，"熟读唐诗三百首，不会吟诗也会吟"，这样一部普通的读物对汉语诗歌及其审美趣味在全社会中的普及与认同所起到的非同寻常的作用，也正是唐诗这一古代文学最优秀典范的崇高价值的体现。

三、文学、艺术的共同追求与族群融合和文化融合

（一）魏晋南北朝时期

在魏晋南北朝时期，主要表现在两个方面。

其一，各个族群特别是北方内迁诸族有意识地使用同一种文字与书面语进行文章写作、思想表达，以及文学创作。汉文学的典范影响着各族文人的思想、情感与写作。

尽管一直到北朝后期，内迁诸族的统治者也一直存在着强调族群本位，对胡汉融合缺乏认同的保守心理，从而在政治上、文化上采取隔离政策，比如，官方语言仍以鲜卑语为主，号称"国语"，以致汉族士人"生男要学鲜卑语"，用以取媚当时的鲜卑统治者，但胡族整体上融合农业文明的趋势已无法改变。故北魏以降，汉语虽然"南染吴越、北杂夷虏"，仍然是一种"征服者"受"被征服者"同化而不得不采用的语言。而书面语更已成为唯一有效的"统一语言"，北、南双方分享并同时在不断发展着这样一种文化资源。

当时的北方文学尽管自具特色，但相对而言较为弱势，存在着模仿南朝文学的倾向。当公元 6 世纪中叶梁末大乱及江陵覆灭以后，很多梁朝文士精英被罗致到北方，北朝的论述与话语在得到了一场大规模的"南朝殖民"的同时，实际上也使双方在文学审美上得到了进一步的交融，从而为隋唐文学创作的突进与新变创造了条件。最突出的例子当然是南朝杰出的诗人庾信之入北。梁侯景之乱后，萧绎在江陵称帝，但不久既为西魏所灭。庾信因以使臣出使长安，不得南归，先后出仕于西魏及北周。"庾信文章老更成"，"暮年诗赋动江关"，他以后半生的羁旅流离，加之魂牵故国的悲苦思绪与感世伤生的忧悯情怀，创作了像《拟咏怀》、《哀江南赋》这样杰出的作品，"穷南北之胜"（倪璠《庾子山集-题辞》），达成了当时的最高成就，成为南北文风统一融合的最佳代表，实启唐代文学之先鞭。在另一方面，北朝文士固取法南朝为多，但北朝族群融合所产生的一些新的文艺形式如音乐新调，则亦为南朝所吸收，并影响到南方的诗歌特别是文人拟乐府诗的创作。

其二，从西汉至魏晋南北朝，政府建立专门的音乐机构，对各地民乐、民间诗歌予记录、整理及演诵。这一历时久远的"采诗"行为，客观上使各民族、各地区的民间文学得到了大融合，雅俗文学之间的交流与互补实现了一种质的飞跃。

乐府官署之设，起于汉武帝，"乃立乐府，采诗夜诵，有赵代秦楚之讴"

（郭茂倩《乐府诗集》卷九十）。这里的"采诗"，是"采歌谣，被声乐"；"赵代秦楚之讴"，即是当时的俗乐与民歌。尽管汉乐府中一些直接采自民谣的篇章，像《东门行》、《孤儿行》、《陌上桑》、《上山产靡芜》、《焦仲卿妻》等，既未被《文心雕龙·乐府》肯定，也未被《文选》收录，但因为毕竟为乐府所采，故而得以记录传世。自汉以来的"乐府"之设及其客观功能，对民歌的整理与纪录具有莫大之功。"感于哀乐，缘事而发"的里巷歌谣和各地民风被采纳记录，使民间文学的优秀因素再一次注入到古代文学宝库之中，其形式与精神，都对后世的文学创作产生了极大影响。宋郭茂倩所辑存乐府中，"鼓吹曲辞"、"横吹曲辞"、"相和歌辞"、"杂曲歌辞"四部分尤为民歌菁华之渊薮，从音乐到歌辞语言、内容，都包含各自的地方特色与民族特色。尤其是南北朝时期，南朝"吴歌"产生于江南，"西曲"则出于荆、郢、樊、邓之间的长江中游地区；北朝民歌来源亦广，只是现存者多为北魏以后传入南方为梁代乐府记录，故以鲜卑语而翻译为汉语者居多，但仍有直接以汉语创作的作品。南北两朝民间乐府呈现出显著的不同风格：一缠绵婉约，一慷慨悲凉；一近于浪漫，一趋重实际；一以辞华胜，一以质朴见长。但是它们"感于哀乐，缘事而发"的精神本质，则无二致。北朝民歌如《敕勒川》所创立的一种质朴天然、慷慨豪放的风格，并为后世所景仰。

（二）隋唐时期

融合在很大程度上消除了族群冲突，而社会进步则缓解了阶级矛盾，广泛的中外交流又带来了丰富的文化因素，遂使唐王朝成为当时世界最强大的帝国。这是一个波澜壮阔的时代，思想解放，精神昂扬，社会生活丰富多彩，由此，唐代的文学艺术达到古代中国历史上的一个高峰，固非偶然。而反过来对族群融合的促进作用，同样卓著。诗歌创作尤其典型。

诗歌自《诗经》以来历经汉晋南北朝的发展，已经奠定了其文学大国的基础。唐代社会文化的发展，进一步促使其渐渐走入康庄大道，开始散发出璀璨的光芒。能够进行诗歌创作，从此成为一种社会普遍认可的文化价值标准。汉语五七言诗歌是那个时代不同族群、不同阶级身份共同的表达感情、描写世事的工具。诗人出身源出多族，更不必论，如李白、白居易之先世皆出于西域，元结、元稹、独孤及等出于鲜卑，刘禹锡先世出于匈奴。

在唐代，文学进入政治教育领域，并成为政治教化的一部分。唐代社会进步的一个显著特征，是科举制度的确立。科举考试在很大程度上打破了世袭的贵族官僚制度，开启了阶级升降之门，成为社会的一大进步，从而对古代政治、社会及文化产生了重大影响，并由此沿续千年之久。因此，无论是以儒家经学抑或是以诗赋为内容，科举制度本身对统一的民族文章、文学的促进作用，其效甚伟。唐代科举分常科、制科，而尤以常科中的进士科最为重要，草泽望之起家，簪绂望之继世，孤寒失之，其族馁矣；世禄失之，其族绝矣。进士科在开元年间开始试诗赋，此后渐成为主要的考试内容，试子必须努力于诗歌创作，并温卷求知，不断提升自己的文学水平与社会声誉。中央国学到乡校村学的教育体系中，也无不如此，诗歌水平又成为阶级晋身的社会普遍标准。虽然文学的思想性并未直接由此得到提高，但诗歌及其文学内涵在科举制度的外力作用下进一步被广泛接受并成为一种共同价值取向，则毫无疑问。

诗在唐代或题壁、刻石，或书写寄送，或行卷求知，或付声妓传唱，成为一种极其有效的交流媒介与思想、情感的传播工具。诗歌作品广泛而生动地展现了不同族群文化及外来文化的内容，如李白的《幽州胡马客》对胡族马客生活习俗的描写，李白的《上云乐》、杜甫的《观公孙大娘弟子舞剑器并序》、白居易的《西凉伎》《胡旋女》对西域艺术的描写，高适、岑参等边塞诗人对边土人情及边塞战争的描写，等等；反过来，诗歌的媒介作用又进一步促成了众多文化因素的传播与融合。

唐代丰富的生活内容与频繁的中外交流，使文学价值取向进一步趋同。以南、北为论，汉末以来的南北分立使两地文风多少有所差别。到南北朝末期，南北文风就已经开始具有混融的趋势，前述庾信即是显著代表。隋一统后，这种趋势进一步明显，当时的杰出诗人如卢思道、薛道衡等，都能融通南北之长，直接影响了初唐的创作。唐代新机重启，历经三百年的多元融汇，扩大恢张而"别创空前之世局"，创造了以"盛唐气象"为代表的一种高华的审美境界：雄壮浑厚、慷慨激昂、刚劲质朴、神韵天然。尽管有唐一代随着世运沉降及文学本身的发展变化，文学风格、形式、内容也不拘一格，但其精神及审美取向的主流则无二致，并从而进一步摔炼了中国诗歌抒情言志、悲天悯人的风骨。

（三）宋辽金元时期

正如前论魏晋南北朝时期的情形一样，所谓"华化"，就是当时族群接受中原农业文化的熏渍，并认同于此一文化的核心价值观念。其中的重心是虽以马上武功立国，文教终仍中国之旧，特别是接受共同的语言与书写方式。

无论如何，这种多样性的语言文字共存局面并没有阻碍汉语及书面语在文化、教育方面的主导地位。因此，"华化"的过程不仅首先发韧于此，而且大大得力于此。共同的书写形式以及文学认同所发挥的作用，与魏晋南北朝及唐朝一样，也极为明显。

内容形式之外，重要的是文学所表现出来的精神取向。金源文学的另一重大贡献是将中原文学中心进一步北移至河朔乃至更北的地区。中原文学中心的北移，还加速加深了民族融合，提高了少数民族的汉文化水平，推动了多民族中华文化形成的进程。这是文学促进北方民族融合特别是女真完全华化的重要作用的体现。

元代文学对民族共同体的作用，表现在很多方面，其中最重要的是对广大西域地区族群加入中华共同体的进程中，发挥了独特的功效。元代拓境万里，尤以西域为著。

（四）清时期

清代所以能取得极高的成就，奠定现代中国的基础，在于它对中华文化的高度认同，而且其速度已经超越已往。满族入关之初，还是一种"野蛮的征服者"，存在着深重的民族压迫，以及易服薙发等强加行为，同时明代遗民恪守华夷观念而誓死抵抗新朝，但所有这些均在不太长的时间里渐次消解。从1644年定都北京，到1678年康熙帝诏征博学鸿儒，再到不久后平定三藩、克定台湾，不过四十年光景。尽管自此以后至于清朝之终，满汉之间始终处于一种或明或暗的紧张状态之中，但这种对立在根本上仍是政治的、社会的而不是文化上的。

作为征服者的满族，对汉语特别是文字、书面语认同的主动积极性及快捷、深入程度，是其中一个典型的表现。这当然是汉字及书面语的文化涵化力量所决定的，但也和清王朝在入主天下不到百年的时间里就成功实现了一个强大的帝国统治密不可分。正如汉、唐、元、明一样，一个庞大的共同体的形成与持续，必然具有维持并发展的内在条件，以书面语为主的共同语言正是其中之一。于是，文学的高度认同也就水到渠成。从满族帝王、贵胄到普通士人，至少从康熙时期开始，就已经普遍地接受了汉语文学，并以其独特的精神同时开始了创作，纳兰性德及曹雪芹分别是其典型代表。实际上，当清王朝在乾隆时期达至顶盛时，文学创作主体已经没有区分满、汉族群的任何必要，因为满族在语言、文字、文化意识、文学接受诸方面，都已经最大程度地融入了这个民族共同体，与"天下人"站在了"中国"这面旗帜之下。

清代文学艺术并不乏成就。尽管传统文学形式如诗、词、文等已经难以实现更高层面的突破，但清代文人仍然在继承的基础上不断尝试，并在戏曲、小说等通俗文艺方面甚至达到了古典时代的最高巅峰，发展出很多新型的通俗文学艺术形式。

就文学成为民族共同体文化资源的意义上说，清代文学的总体成就还表现在两个方面。

一是进一步总结、整理、统合了历代文学资源。自宋代印刷术发明以后，又经过明代商业出版的推动，文学作品的编刊得到持续的发展，清代在此基础上又向更高的层次推进，古代诗文词集的编辑整理与当代创作的出版，均达到了空前的程度。清代官方刻书，前期有武英殿，后期有各地官书局，私家刻书与商业刻书，规模数量也都远超明代。扬州诗局编刊的《全唐诗》、《历代诗余》、《宋金元明四朝诗》、《历代赋汇》等，卷帙巨大，校刻具精，是官方主持整理前代文学作品的典范。而私人刻书者往往都是学问家，其辈秉奉"藏书不如读书，读书不如刻书"的精神，加之绝佳的文史修养和良好的文献学、校勘学水平，从而使更多的前代诗文集得到了整理出版，使历史上的优秀文学作品化身千亿，普流世间。清代坊刻的商业化程度，在明代的基础上也有大幅度的提高。坊刻文学书籍往往是官刻、私刻所不重视的通俗文学作品和新兴文学作品，而清代坊刻在此方面尤为突出。甚至还有无力刊版而专事抄录的书坊，如著名的"百本张"，"专抄各班昆、弋、二簧、梆子、西皮；子弟岔曲、赶板、翠岔、代牌子、琴腔、小曲、马头调、大鼓书词、莲花落、工尺字、东西两韵子弟书、石派大本书词"。文学作品的编辑、整理与印刷，使历代文学资源得到了系统的总结，促进了通俗文学的创作，加快加深了文学的传播，同时也催化了文学社会功能的发挥，为古代文学成为民族共同体的精神资源，奠定了坚实的文献基础。

二是清代文学在创作、评论两个方面，都集中体现了对传统文化精神与审美观念的总结。创作上主要是继承了古代诗学的传统，自觉吸收各个时代各种体式文学典范的精华。因此词的创作继两宋之后又现高峰，而诗歌、骈文、散文也呈现出自己的特色。评论方面，清代虽然没有产生划时代的文学理论，却对古代文学思想进行了较为系统的分析、阐释、归纳与总结。清代是古典文学时代中文学批评最昌盛的时期，诗话、词话、文话、赋话、曲话的数量均超往昔，也出现了像叶燮《原诗》、沈德潜《说诗晬语》、袁枚《随园诗话》、王骥德《曲律》、李渔《闲情偶寄》、陈廷焯《白雨斋词话》等较为优秀的理论著作。同时应乎时代风气之变，也提出了很多主张，出现了较多的流派，并通过自身的创作实践，进一步理解并阐释古代文艺理论的独特内涵。

（五）艺术：认知、沟通、理解与文化精神

艺术与文学一样，是文化的重要组成部分。广义的艺术包括文学在内，狭义的艺术则专指音乐、舞蹈、戏剧、故事说唱以及视觉艺术如绘画、雕塑等。魏晋以后，各个门类艺术的发展更加迅速，并不断壮大。

艺术以"有意味的形式"而形成其根本的内在价值，但在文化较为发达的社会，艺术在内在价值之外同样具有显著的工具价值特别是认知价值。以中国文化中较为独特的视觉艺术—书法为例，中国书法绝不仅仅表现为它的形式美价值。实际上，中国书法的字体演变特别是能够多方面反映个人风格的隶、楷、行、草字体的出现，本身却是文字在发展过程中不断趋简的结果。被誉为"魄力雄强、气象浑穆"、"意态奇逸、精神飞动"、"结构天成、血肉丰美"的魏碑，即是北朝工匠在劳动中的创造。文字和书写的意义极其巨大，它不仅是一种文化赖以积累、传承与发展的最重要的基础，而且代表着一种权力，反映着人文精神的不断提升以及强大的同化作用。仓颉造字，"天雨粟，鬼夜哭"，中国古人始终认为文字不仅是传达信息的工具，而更是带有某种天启意味的神圣之物，一个人能够书写并写得一手好字，既是文化精英的证明，也是一种人文的象征，更是一种精神追求与审美价值的反映。因此，书法在成为精英分子不断创造个人风格从而表达一己生命体验与精神追求的同时，也成为各个族群认同于统一语言、书写及文化价值的自觉追求。书法成为一种共同的艺术形式，使文字与文学和艺术连结在一起共同发展，并再一次加强了汉字的文化作用，其影响极其深远。

艺术是人类行为的一种特殊的产品，它是我们想像力的一种创造性运用，它帮助我们解释生活、理解生活并享受生活。艺术与文学都可以传递复杂而深刻的信息，可以传载道德说教并进行整个社会希望的教育，艺术是又高级又通俗的东西，把最高级的内容传达给大众。相较于文学而言，艺术尤其口头艺术和表演艺术更具有强大的沟通作用，它不仅可以使艺术创作者与受众之间实现交流，尤其可以使整个社会成员达成一种广泛的理解。后来的各类史书中记载了很多宫廷俳优事迹，今出土东汉陶俑中有俳优俑，表现的正是说唱的形象。宋代是讲唱艺术真正开始成熟的阶段，除由此而产生的话本从而趋向小说创作外，其主流仍沿着口头表演的道路继续发展，并反过来改编演唱小说作品。早自唐代的佛僧俗讲，就已经具有强烈的群众效果，聚众谈说，假托经论，所言无非淫秽鄙亵之事。不逞之徒，转相鼓扇扶树，愚夫冶妇乐闻其说，听者填咽。寺舍瞻礼崇奉，呼为和尚。教坊交往其声调，以为歌曲。至于综合了音乐、舞蹈、说唱及文学的戏曲在南宋末成熟以后，其发挥的沟通、理解功用，则更加显著了。概括地说，这些杰出的艺术作品凭借着它的价值，依靠文化的传播性，依靠效仿等主客体复杂的相互作用关系，而为共同体的绝大多数人民所欣赏、回应与接受；又以艺术本身所具有的感染力量，将其所承载的民族精神又反作用于这个群体，从而实现对集体意识的深化、发扬乃至重塑。

艺术更具备仪式的功用，尤其可以起到一种强化集体、加深记忆的效果，以纪念、承载以及延续一种持久的传统。音乐"入人也深,化人也速",以其超越语言文字、超越客观具象并契合于人类普遍心理的属性,因而具有无以伦比的仪式性——表达信仰与感情的行动创造。中国古代音乐的发展就是艺术仪式功用的最好体现之一。在西周奠定的礼乐文化中,如果说"礼"体现的是外在的社会规范的话,"乐"则是内在的道德认同。如《礼记‧乐记》:"礼以道其志,乐以生其声,政以一其行,刑以防其奸,礼乐刑政,其极一也,所以同民心而出治道也。"在礼乐中,"乐"反映出加强信仰、巩固认同的仪式作用,"乐在宗庙之中,君臣上下同听之,则莫不和敬;闺门之内,父子兄弟同听之,则莫不和亲;乡里族长之中,长少同听之,则莫不和顺。故乐者审一以定和者也,比物以饰节者也,合奏以成文者也;足以率一道,足以治万变"。(《荀子‧乐论》)也正因为如此,"乐"才成为上古时期教育的主要内容。音乐作为艺术又是不断发展和丰富的。前已述及,魏晋南北朝时期的音乐得到了一次空前规模的融合;至唐代"燕乐",已取消民族的专名,改以音乐性质来区分,说明来源于不同区域的音乐已经融化成为混一的音乐。儒家以所谓的雅正之乐用来传载儒学思想以及伦理精神,而民众则欣喜感会于他们从生活中发展创造出来的新兴之声。无论雅俗,音乐能够在整个社会范围内消除焦虑、紧张,可以使社会成员达成一种心灵的净化和情绪的释放,从而使不同的人群通过音乐的欣赏而达成一种内心的情感的认同。中国古代的庄重典正的庙堂韶乐、清幽深邃的文人琴乐和丰富多彩的民间音乐所达成的对人生的感染作用,充分证明了这一点。

  各个门类的艺术,艺术与文学,都是随着发展而不断整合的,或者本来就应该是一种集合体。音乐与文学特别是与韵文的结合是中国艺术的一个重要传统。音乐与舞蹈在发生上就是二位一体的,声乐、器乐与舞蹈的结合,在唐代《大曲》中得到了提高和丰富,并在后世继续加强。音乐和戏剧的结合形成中国独特的戏剧形式——戏曲,扩展了音乐的使用范围与表现深度,戏曲音乐在明清以后成为音乐发展的代表。而音乐与说唱同样密不可分,共同保证了口头文学的传播属性。就广义艺术而言,文学与绘画、书法,舞蹈与绘画、书法等都有沟通和交流。凡此种种,都丰富了艺术的表现力,从而一起发挥着它们的影响人生、影响社会的力量。

　　艺术和文学都是一种文化精神最曲折，但又是最深刻的反映，都是一个文化共同体集体意识的展现。中国古代艺术一方面丰富多元；另一方面也呈现出一种鲜明的精神特色，在总体上以圆融谐和为核心，它所承载的最高理想就是在面对痛苦与种种迫切问题时，希望通过忍耐而化合矛盾来消除冲突、达成解决。这种意念与中国哲学、政治社会思想及一般社会价值观念深相一致，即天人合一、世界大同、以和为贵。中国艺术精神不仅是中国文化共同体的象征，也是进一步加强这种共同体认同意识的催化剂。

四、通俗文艺的发展与民族融合

　　南宋以后特别是到明清时代，随着社会物质文明的发展和普遍文化水平的提高，通俗文艺开始兴盛。所谓通俗文艺，是指一般民众普遍接受并喜闻乐见的一些新型的文学艺术形式，如戏曲、讲唱文学、白话小说等，以受众广大为根本特征。它在某种程度上是大、小传统互动的产物，也是典雅文艺与民间文艺彼此交流的结果，但其精神实质，主要是世俗的而非精英的；其表现形式，主要是新兴的而非传统的。具有共同审美与精神追求的通俗文艺，既是族群融合的产物，又因其承载着社会地位较低但占有社会大多数的普通大众的历史记忆，从而对文化认同与族群强化发挥着巨大的作用。

　　明清时期蓬勃发展的通俗文艺，最典型的代表就是戏曲和小说。通俗文艺对民族融合的促进作用，也以此二者最为显著。尽管中国古代小说与戏曲分属不同的艺术形式，其各自内容也具有鲜明的时代色彩与地方色彩，但戏曲大多取材于小说的历史故事或民间故事，二者在内容、主题及思想意义上具有高度的一致性。

　　戏剧是综合的艺术，是绘画、雕塑、诗歌、音乐、舞蹈等诸种艺术形式的浑成。戏剧又是"表演"的，非演出于各种剧场而不能成其功。中国戏曲之"曲"，虽实为剧本而为文体之一，但其必作用于戏而不完全是案头文本，故称"戏曲"，"戏曲者，谓合歌舞演故事也"。中国戏曲的传统源远流长，金元北剧与宋元南戏，标志着它的成熟。明以后至清，取得不断发展，成为古代社会最为活跃的，也是最为一般民众熟悉并喜爱的艺术形式。戏曲的整合发展，本身就是多元融合的结果，从南北朝的"百戏"开始，就吸收了西来文化的因素，自此以后持续融合不同地区、不同族群的音乐、舞蹈、表演及文学成份，最后在文化大融合的南宋、金、元时期达到高潮。中国戏曲在开始成熟的宋代，除了音乐曲调外，绝大多数的成份都来自于民间，元杂剧亦然，这是戏剧必由"表演"而成其功的本质属性所决定的。戏曲在其发展道路上，曾经出现过雅化的趋向，明代"昆曲"的形成标志着这一雅化的高峰。以"昆曲"为代表的优美唱腔、典雅曲文及精致化的表演，固然使戏曲艺术得以丰富与提高，但不可避免地使通俗文艺的本质发生异化。所以，过分典雅的文人戏剧终将让位于各种通俗的地方戏剧，清代"花"、"雅"之分终以"花部乱弹"的胜利而告一段落。实际上，"花部乱弹"之类的民间戏剧一直是在另一条线路上存在发展着的，并始终充满着勃勃生机。

小说这种文学形式，来源于民间神话、传说与历史故事，经过了长期的发展。唐代变文及宋元话本是通俗小说的第一个高峰。从讲唱口说形诸文字记录，并予以加工润饰，从而成为一种通俗的书面文学，最后成为一种以叙事性、虚构性、世俗性、形象性为本质特征的文体形式，在明清时期达至高峰，《三国演义》、《水浒传》、《西游记》、《金瓶梅》、"三言二拍"、《儒林外史》、《红楼梦》等代表着它的辉煌成就。

古代戏曲与小说，都是最为"世俗"的文学形式。这种世俗性的根本表现，就是它们广泛展现了中下层人民的生活与情感，深刻地反映出人民大众的伦理道德、价值观念与情感取向，并成为民俗传统与大众文化的集中展示。因此，它们有着极为深厚的群众基础，读者、观众广泛而且是以不同族群的普通大众为主体，从而能在世俗层面发挥着极其巨大的影响。以世俗性为根本的通俗文艺作品，对各族群情感的沟通与价值认同，起到了莫大的作用。

古代正统观念对通俗小说存而不论，统治阶层甚至常有禁毁取缔之举，但这正反映出小说的文学价值及其对社会普遍大众的超凡影响。随着社会的发展，小说的创作越趋繁荣，明中期以后，实际已经成为整体社会范围内最具生命力的文学形式之一。即使贬斥小说的士大夫也不得不承认，儒、释、道三教以外，"又多一教曰小说。小说演义之书，未尝自以为教也，士大夫、农、工、商贾，无不习闻之，以至儿童、妇女不识字者，亦皆闻而如见之，是其教较之儒、释、道而更广也"。在此方面，明代的"四大奇书"及清代的《红楼梦》的影响达到了一个非凡的程度。《三国演义》的褒忠刺奸，《水浒传》的高标侠义，经过近三百年的传播、接受与选择，已经成为整个社会的价值诉求与情感寄托，其所产生的文化同化力量，甚至远播日本及海外荒徼之地。《西游记》所塑造的孙悟空形象、取经故事及其精神意趣，同样已经深入到各个族群普通大众的心灵之中。今云南楚雄彝族自治州尚保存有以古彝文书写的早期《西游记》故事内容的《唐王书》和《唐僧取经》，分别有3182行和2182行。其内容时代比《朴通事谚解》及《永乐大典》中残存的西游故事还要早。这可能是明初移民带进相关民间话本并渐次流传以后，逐渐被彝人接纳从而改写创作的结果。而《红楼梦》自诞生起至今，一直就是其他各种文学艺术形式以及各种地方性文学艺术的不竭源泉，从而成为一种被不断阐释与重塑的原型母体。它和历史上的其他文学典范一样，将继续哺育着中华文化共同体的发展与壮大。

而戏曲表演不赖文字，其世俗性尤其显著。戏剧的根本属性之一，就在于它的剧场性，必须拥有现场观众。明代传奇虽有脱离演出而走向案头的倾向，并逐渐雅化，但这并不能改变民间地方戏曲的兴盛。在初步长成的宋辽金元时期，戏曲已成为契丹、女真、蒙古等各个族群喜闻乐见的形式，尽管在音乐及其他表现形式上各地或有差异，但其基本内容与基本精神则无二致。

戏曲作为具有中国特色的戏剧，实现了戏剧艺术在世俗层面的强大的沟通、教育效果与仪式作用。当不识文字无法阅读的人们被共同面对的舞台上展现的生活、情感与理想所感动的时候，他们就已经具有了欣赏艺术所必备的认同，从而也就成为了分享文化的共同社会成员。

第五节 中国古代文学与当代中华民族认同

人类文化也许是同源的，甚至是同归的，但一定是殊途的。人类文化的价值，正在于它的多样性，也就是以不同的路径和不同的成果体现出人类的任何可能性、复杂性与创造性。文化多样性的主要体现之一就是民族性也即各种共同体意识的存在，它是历史的、现实的、政治的、经济的、精神的各种人的复杂关系作用的结果，代表着人类解决问题、达成理想的种种努力。人的整个进步，不仅是取决于抽象意义的历史共同体，而且取决于人所诞生的特定共同体的性质。没有任何人能游离于这个共同体，而共同体也不是他一人所能改变的。由于把共同利益界定为真正的自我利益，由于发现个人主要是在共同体中才能得到检验，团结观念是社会潜在的真正基础。然而，随着"现代"或"后现代"所带来的种种复杂而深刻的变化、冲突与颠覆，一方面民族主义高涨，甚至走向冲突的极端；另一方面也出现了各种各样的认同危机，特别是对文化身份的困惑，从而导致精神家园丧失的迷惘。这种共同体意识危机如果不能促使人们反思并力图重塑与锻造出新的民族精神，那只会带来屈服于政治经济文化霸权，放弃自身文化追求权利的恶果。

在变动的世界中也并非没有一些例外。中华文化共同体的认同意识源远流长，尽管也曾经遭遇过种种挑战，但始终处于不断加强之中，最后形成中华民族多元一体的格局，保持着一个大共同体的旺盛生命力。西方的扩张以及亚文化族群的认同，都并没有使这个统一体分裂，相反，全球范围中的"中国人"的认同意识从来也没有像今天这样广泛而深入。

所谓"我中国人也"的认同感，除了相对物质化的语言、习俗外，最核心的当是隐藏在意识形态深处的价值观与审美观。那么，又是什么能瞬间召唤起我们意识深处的这些价值观与审美观呢？毫无疑问，是文学与艺术：《诗经》、《楚辞》，唐诗、宋词；孟姜女、牛郎织女、梁山伯与祝英台故事；《三国演义》、《水浒传》、《西游记》、《红楼梦》；昆曲、京剧；悠扬的丝竹，飘逸的书法，庄严的佛像；红墙碧瓦、小桥流水，山水写意与花鸟工笔的图卷……当然，更重要的是它们所体现的那种悲天悯人的朴素情怀、善恶有报的价值诉求以及美满和谐的美好希望。是以上所有的这一切，让我们知道我们是"中国人"。过去是这样，现在和将来也是这样。

在中华民族伟大复兴并努力为人类做出更大贡献的艰难征程中，古代文学艺术是我们赖以凝聚在一起、团结在一起的宝贵财富。

第六章 中国古代文学的艺术审美

第一节 中国古代文学审美形态与标准

一、中国古代文学审美形态

（一）儒家"中和之美"思想

"中和之美"的观点是儒家的核心观点，"中和"二体不可分。喜怒哀乐之情尚未表现出来时，谓之为中；表现出来后又能顺应自然，符合节度，则称之为和。中，是天下的根本；和，是天下人追求的最高理想。若能达到不偏不倚、尽善尽美的中和之境，天地就会各得其所，万物也会生生不息。"中"与"和"在这里成了宇宙的最高秩序与法则，因此把握住了"中和"，也就把握住了道。"中和观"作为人格理想、社会理想的范式进入到审美领域，奠定了中国古代美学的基本形态——"中和之美"。所谓中和之美是指符合无过无不及、适中原则的和谐美。作为一种审美理想和普遍和谐观，"中和之美"以"中"为正确的审美方法，以"和"为辩证法的合理内核，在一种动态平衡的"中和"状态中调节和指导着古代中国人的人生实践和艺术创造。对中和之美的追求奠定了中国古代美学的整体走向和艺术追求的整体风格。中和之美是中国人生活实践和社会创作的最高理想。

（二）中和之美在古代文学作品中的体现

1. 文与质的和谐统一

"中和之美"的标准具体到作品的内容与形式上，便是文与质的和谐统一。无论是质实无文，还是浮华无质，都不是好作品。只有质与文达到和谐统一的程度，才是上品。后世的作家和文论家都遵奉这一标准去创作、去衡量作品的成；败，鉴别作品的优劣。

2. 感性与理性的适度把握

长期以来，以诗文为教化的文学功用论成为中国古代一个最为重要的文学观念。这也是受儒家思想影响的结果，儒家提倡以"修身齐家治国平天下"为核心的入世思想；以"仁、义、礼、智、信"为标准的道德观念；以"天、地、君、亲、师"为次序的伦理观念；以及以"允执厥中"为规范的中庸哲学。受这种统治思想的支配，中国古代文学所展示的世界，经常是一个现实的政教伦理世界，在内容上偏重于表现政治主题和伦理道德主题，国家的兴亡、君臣的遇合、民生的苦乐、战争的胜败和人生的聚散以及纲常的序乱、伦理的向背等，一直是中国文学的主旋律，大凡作品表现这些主题、抒发情感，都忌过、求和。

3. 美与善的兼容并包

美善相兼的本质，在古代文学创作中得到了深刻的反映。我们的诗歌大多限于颂美、批评社会政治或抒写与政教伦理有关的个人怀抱，小说、戏曲作品每每喜欢表现善人与恶人所体现的道德势力的冲突，这跟西方文学不拘守人伦道德的境界，而向宗教、哲学、心理、历史等领域作多方面的开拓，显然有别。在中国，文学是"经国之大业，不朽之盛事"，担负着"经夫妇，成孝敬，厚人伦、美教化、移风俗"的重任。儒家的入世思想和教化观念，给文学带来了政治热情、进取精神和社会使命感，使之蒙上了一层理性主义的色彩，抑制了自我情欲的释放、自由个性的进发，虽然也可以"发乎情"，但必须"止乎礼义"。当然，强调美善相兼，并不是说古代文学不重视写真。其实，传统文学观也有要求反映生活真实性的一面。

关于中国审美形态问题，是一个直到 2000 年后才出现的问题。因为在：此之前国内流行的美学教科书一般都在照搬国外尤其西方的审美形态范：畴。如悲剧、喜剧、崇高、优美、滑稽等审美形态范畴，而无自己民族的审：美形态范畴，因而所谓的中国审美形态尚未成为一个问题。但事实上，中国古代的文论、诗论和画论中就有大量的关于审美形态的论述。

曾经一段时间在人们看来，审美形态无非西方美学著作中的那几种范畴而已,至于中国审美形态与西方审美形态有何不同等,更需要做进一步深入和广泛的探讨。在探讨中国审美形态之前,首先应该明确什么是一般理论意义上的审美形态。关于审美形态的界定,在发行过的百十种美学教材和国内外出版的近十种美学辞典中,说法颇多,甚至连术语本身也不一致,如美的形态说。在美的形态说下,又有美的类型说、美的范畴说等数种说法。类型说又分为美的类型说和审美类型说。把社会美、自然美、艺术美、形式美作为美的形态,或将自然美、社会美、艺术美或现实美这些最初级的审美类型也作为基本的审美形态来界定范畴说又分为美的范畴说和美学范畴说,将审美范畴与审美形态相混同,并用前者取代后者,显然缺乏对审美形态的独立性的认识。审美形态就是文艺体裁或文艺类型。此说在涉及部分西方审美形态时有一定的根据,但当涉及中国的审美形态时则无任何根据。这是因为,一方面,中国的审美形态基本上与文艺的体裁或类型无关;另一方面,中国的审美形态不专属于某一种艺术形式。如,意境是诗歌的一种审美形态,但绘画、园林中也有意境这种审美形态,不像悲剧、喜剧、黑色幽默、荒诞剧那样专属于这种同名的体裁或种类。还有其他一些创新性的说法。

内审美是一种脱离了对象和外在感官的审美形态,非常具有中国古代修养美学的特征。

以上关于审美形态的概念界定及其逻辑分类对于深化审美形态的研究和美学理论的建设都具有一定的意义,会逐步提高学者的理论意识和理论思辨能力。但以上关于审美形态的歧义颇多的分类标准却显示了人们对于审美形态的本质认识上的不够深入,也不够全面。如将审美形态等同于审美范。

二、中国古代文学的审美标准

(一)功能性标准

首先是广泛性与普适性的统一。即不仅在某一种类或某一体裁中使用,而且还在其他一般艺术形式中使用;不唯在艺术中存在,还在生活审美中使用。如"典型"、"意象",只在文学中使用,不在其他艺术中使用,也不在生活审美中使用,故只作文学的审美形态对待,不作具有普泛意义的审美形态对待。同样,虽然有些范畴如"自然"、"淡泊"等不仅在中国诗歌意境中；使用，而且在其他艺术，如绘画、音乐、戏剧、小说等中广泛使用，且在生活中、医疗中普遍使用，因而，作为审美形态，似乎更具有广泛性。但广泛性并不等于笼统。"自然"与"内容""形式""现实美""艺术美"等范畴一样，其涵盖范围过广，以至无所不包，但又难以确指任何一个具体的审美形态，因而缺乏普适性，也难成为基本的审美形态。前举几位西方美学大家关于美的分类在美学中并没有流行起来，就与其或广泛性不够，或普用性不强有关。因此，广泛性和普适性的统一也就是一个如何把握中道的问题。

其次，要有统摄性，即集杂多于统一。中国古代审美形态术语颇多，集中在对风格的描述上，且以经验描述胜，在逻辑表述上往往不够准确。如何将这散乱的表述梳理成具有内在逻辑的类型，就需要在古人的基础上理清思路，进行概括和统摄，进行现代美学理论上的整合。没有统摄的审美形态将是散乱的、无法把握的。在这方面，理论的整合不仅是必要的，而且还是迫切的。好在中国古代哲学概念在统摄中国的审美形态方面大有用武之地。如阳刚与阴柔、虚与实、意与境、形与神等都离不开中国哲学之"道"阴一阳的对立统一的制约，按照这种统摄性原则，我们就会比较容易地发现中国古代审美形态的基本脉络。

第三，是源远流长性。有些审美形态积淀在民族的审美文化中，产生了长久而持续的影响，已经在某种意义上构成了本民族审美文化的识别标志。如"神"及其与之相关的神韵、神妙、神奇等，不仅在古代审美形态中占有重要的一席，而且在当今现实和艺术中仍有着强大的生命力。如，我们称自己的祖国为"神州"，称自己的军队为"神兵"，文学作品中的"神雕侠侣"、"神妙无比"等耳熟能详。相形之下，一些划分过于琐细而且对当今社会已经不再产生影响的审美风格，如《世说新语》中的人物品藻和古诗学中关于诗歌审美形态的几十种"品"，在美学教材中就不宜采用了。

（二）等级性标准

中国古代审美形态脱离体裁和种类以及集中于风格并以风格代替审美形态表达的特点，决定了其概念范畴的庞大体积，而且在这个庞大的概念范畴内部，各类概念往往相互交叉、相互包容、关联重合、等级界限不清。就以目前教科书中写到的中国审美形态为例，中和、神妙、气韵、意境、阴柔与阳刚等、沉郁、飘逸、空灵，实质上都是至少两个概念的近义或反义组合，不像西方的悲剧、喜剧、荒诞、崇高那么单纯、清晰，而是意义纠葛、模糊。主要表现在以下几个方面。

首先，在同等级别的审美形态之间实际上存在着形上与形下的层次之别，影响人们对中国审美形态的确认。如中和、神妙、阴柔与阳刚、气韵、意境就是一个从"道"的属性中演化而来的，属于与"元"、"原"有关的次级概念。而沉郁、飘逸、空灵等则属于与道、元、原没有直接联系而是只有延伸性联系的范畴，因而表现出概念的兼容性和分类的随俗性特点。但如果将这种兼容性和随俗性不加限制地扩大，则会造成级差混乱。事实上，目前国内出版的有关审美形态的专著中，有的就把"大"、"意境"、"错彩镂金与出水芙蓉"等作为同级审美形态加以论述，无疑会影响到人们对中国审美形态的确切把握。

其次，广泛衍生，在形成族群性和家族相似性的同时，造成了中国古代审美形态的诸多亚种。如，从"神"中衍生出神采、神情、神貌、神韵等，从"韵"中派生出气韵、风韵、神韵等。从而形成了近义词之间的亲属关联，极具家族相似性。其中，就有叔侄关系的，如风神、风韵等，有甥舅关系的，如气韵、风韵等。但在这个亚种里往往会主从不分、高下不明，影响到对中国审美形态范畴的取舍。最后只能以"神"和"妙"这两个一级元概念的组合为此类中的最高审美形态。

再次，广泛组合，形成姻亲性。这种联姻式的审美形态形成了中国审美形态范畴的无限延展，对分类造成了一定的困难。中国的审美形态既具独立品格，自成单位，又关联性很强，具有风格之间的姻亲关系。意境与空灵、沉郁与中和、壮美与神妙、气韵与飘逸、阴柔与阳刚之间自有和合性，有一条扯不断的纽带，而且各组之间也有关联。如，意境—空灵与气韵—飘逸、壮美—神妙与阴柔—阳刚之间都有兼容、互通的关系。可以说是具有壮美风格或阳刚风格，或阴柔风格的空灵意境，同时可以兼具气韵和飘逸的特点。如，中国宋词中的豪放派与婉约派在创造诗歌意境时就都有数个审美形态之间的广泛联姻。苏东坡的《水调歌头·明月几时有》、李清照的《声声慢·凄凄惨惨戚戚》就都同时涉及意境、气韵、空灵、飘逸、阴柔与阳刚等审美形态。这种广泛的联姻很容易将不同级差或不同层次的审美形态杂糅在；一起，很难进行干净利落的分类。

鉴于以上中国古代审美形态的层次级差实际，非常有必要坚持层次性原则，对其进行不同层次的分类，以便对中国审美形态的系统性和结构性有个全面的把握。就目前我们的研究，中国的审美形态大致可以分为以下四类：一类标准，指元概念、元范畴。如道、性、气、中、和、神、妙、境、悟等单音节的单纯词。二类标准，指合成意义上的具有统摄性的范畴。如气韵、意境、神妙、中和阴柔与阳刚等双音节的复合词。三类标准，是在二类标准基础上的延展，表现出家族相似性。如，前述之从"神"中衍生出来的神采、神情、神貌、神韵等复合词，已超出了风格的范畴，具有准审美形态的特点，而且极具家族相似性。四类标准，指二十四诗品、二十四画品中的次亚种。如平淡、古淡、冲淡、闲淡、枯淡等复合词就都是非常具体的风格，已不具备审美形态的广泛性、普适性和特殊性要求。

值得注意的是，以上等级性标准与功能性标准相互联系，互为前提。如只有二类标建中的审美形态才具有最佳的功能，在广泛性与普适性的结合上、在统摄性与杂多性的统一上、在流传的久远性方面相对称。而一级元概念由于其过于空泛而缺乏普适性，三类和四类审美形态过于狭小而缺乏广泛性，都不能成为最具典范性的审美形态。因此，明确审美形态的等级层次，有利于把握审美形态的学科标准，从而使审美形态的研究得以深入和精细。

第二节 中国古代作家的审美创造与发展

一、古代作家的审美创造与人文景观

（一）作家的精神修养

文学作品是作家精神劳动的产物，作家的精神修养关系着作品质量的优劣。精神修养是一个复杂得多元素结构，包括人格品质、道德思想、志向情

操等。古人论作家的精神修养，主要有"德"、"志"、"胸襟"等范畴。

"德"。德是古代作家精神修养论的核心范畴，历代文论家都十分重视，因为中国古代是宗法制社会，伦理道德高于一切，是衡量人一切言行的标准。德为立身之根基，有德方可立身行事于世。作家只有先做有德之人，才能写出好文，"据于德，依于仁，游于艺"；等信条为古人所坚信不疑。"德"作为文论范畴，内涵有二：一指儒家的伦理道德思想。二指作家的创作态度。恭敬、严肃、认真的创作态度，是作家的职业道德和必备的基本素质，这种"文德"也是创作优秀作品的重要条件。儒家之德之所以构成古代作家精神修养的主要成分，是因为儒家思想是古代社会的统治思想，对作家最有影响力和渗透力，特别是儒家思想中的进步成分，对于创作确实有积极的指导意义。古代文论家重视作家之德，除受宗法制社会：重道德修养的文化氛围影响之外，还与"德"对"文"有重要意义相关。作家创作时，德必然渗透于立题、命意、取材、议论等各方面，而且古代文学以抒情文学为主，作家抒情言志时，道德思想自然就成了作品的内容。

"志"。志也是作家精神修养的重要因素。志即志向、立志，是作家的一种理性精神，表现为对某种目标或人生理想的追求。志与德不同，德一般有大致统一的标准，如忠孝仁义等，而志没有统一的标准，不同的人有不同的志向。从质的角度看，志有高尚卑下之分。

"胸襟"。胸襟是一个具有丰富内涵的作家精神修养论概念，它是作家抱负、情操、志趣因素的综合体。胸襟是"诗之基"，是诗人创作优秀作品的保障，原因有三：其一，胸襟作为作家精神修养的综合体，包括道德、志向、情操等，胸襟高尚，其高尚之德、高远之志、高洁之情操流诸于诗，作品也必然是高质量的。作家的胸襟像一个情思加工厂，审美情思随所遇而源源流出，因而，作家胸襟"如肥土沃壤"，能生长出"夭乔百物"。其三，胸襟能"载其性情智慧，聪明才辨以出"，这是说，诗人的"智慧"、"聪明才辨"要依赖胸襟才能有效发挥，胸襟对于才智聪明有主导和制约作用。胸襟狭小卑微，而单凭"聪明才辨"，写不出好诗。叶燮以"胸襟"论述作家的精神修养，揭示了作家胸襟对于审美创造的作用及其原因，具有重要的理论意义。

（二）作家的艺术修养

艺术修养是作家在长期艺术实践中积累起来的精神结晶，存在于作家的精神意识中，创作时它作为一种潜意识而自觉或不自觉地发挥作用。艺术修养也是作家必备的基本素质，包括艺术才能、学养功夫、艺术鉴识力等，可概括为才、学、识等范畴。

（三）作家的生理条件

作家的生理条件是古代作家论的一个重要内容，因为作家的生理条件。

对于创作不但十分重要，而且二者的关系非常复杂，古人的观点主要有三：第一，作家的生理条件是创作的基础，它影响、制约着创作的进行。如曹丕。

"数"即规律，"性情之数"即性情活动规律，也即生命活动规律。刘勰认为，文学创作的"心虑言辞"活动作为"神之用"，必须遵从"率志委和，则理融而情畅"的性情活动规律，因为"钻砺过分，则神疲而气衰"，过度沉重的写作必然使作家疲惫不堪。所以，作家创作应率先营造出良好的生理条件，以保障创作的顺利进行。创作对作家的生理生命有一定的负面影响。创作是一种高度紧张的精神活动，作家为创作出精美之作，往往需要长期紧张的艺术思考。长期高度紧张的创作必然消耗大量的精力和体能，对生命带来损伤。

古人对作家生理条件的论述，既看到了生理条件对创作的影响、制约，又注意到了创作对作家生理生命的负面影响，同时古人又提出了营造良好生理条件和消除创作对作家生理生命负面影响的具体方法，其论述是很全面的。

综上所述可知，作家精神修养论、艺术修养论和生理条件论构成了中国古代作家论的理论体系，这一体系的特点有三：其一，理论的深刻性。古人论作家既重视作家的精神生命，又重视作家的生理生命，或者说古人是从生命学角度来研究作家的。因而，古代作家论实际达到了生命哲学的理论高度。古人所提的命题、范畴如"性情之数"、"胸襟"等，其理论内涵极其深刻。其二，理论的全面性。古人所论涉及作家创作的身心条件、创作对作家的负面影响、作家生命的保养及作家精神修养、艺术修养的方方面面，细及毛发，全面完备。其三，鲜明的民族特色。古代作家论包含一系列的术语概念和理论命题，如胸襟、学力、胆识、性情之数等，都是古人立足于中国古代文学实际而提出的。这些概念、命题使中国古代作家论具有十分鲜明的民族特色。此外，古代文论家从精神、艺术修养和生理条件等方面考察作家，是把作家作为完整的人来研究的，这种全面的研究方法对于现代作家理论研究也有很大的借鉴价值，因为现代文论家多是只研究作家的精神、艺术修养，而缺乏对作家生理生命的探索，就此来说，中国古代作家论比现代作家论更为完备。

二、中国古代文学的审美形态发展

中国古代文学审美观念发生与演变划分为潜伏发育、转型爆发、拓展升华三大时期。第一期分为潜伏与发育两个阶段：《离骚》出现之前，后来成。

为文学观念的语词皆潜伏于非文学典籍；以屈原作品为标志，"情"、"象"、"神"等进入文学领域，逐渐发育为真正具有审美意义的文学观念。第二期自建安至南朝，因"美文"意识确立，文学观念经由儒家功利观的淡化、玄学思潮的推动、"清淡""品藻"之风的盛行、对《六经》与先秦诸子的再发掘、直接从文学创作与接受经验中提升等五种途径，实现了自觉转型，形成一种"大爆发"景观，中国文学中绝大部分审美观念基本定位。第三期自唐至清，文学观念以文体为依归形成多种系列，因道、佛、禅美学思想的融入，不断地净化、强化与升华，以"象"——"意象"——"象外"、"境"——"意境"——"化境"为典型，已升华到艺术哲学的高度，包涵了人类一切精神创造之妙诣。

第三节 中国古代文学的审美价值与特征

一、中国古代文学的审美价值

（一）关注社会民生的现实维度

古希腊智者认为，人是万物的尺度。在中国文化中，人是宇宙的中心、万物的圆点，这样的观点是所有文艺创作的出发点和落脚点，其中所蕴藏的人文精神，决定了中国古代文学的主题，始终围绕着人生价值的实现，社会活动的思考与批判，尤其对民生问题的考问与关怀，成了中国古代文学创作的现实基础。早在先秦时期，中国文化就已经产生了敬德保民、民为邦本的思想。儒家学说的"仁政"强调"民为贵,社稷次之,君为轻"的民生主题,反对暴君暴政,主张"发政施仁",确保百姓生存得到基本保障。墨家立足于小生产者的立场,也提出了"非乐"的主张,呼吁统治者关注民疾,形成了中国关注社会民生的文学传统。宋代形成了"民胞物与"的仁爱精神,以万民为同胞,以万物为同类的人道主义思想成了中国古代文学绕不开的主题。中国的文人往往具有"修身齐家治国平天下"的博大胸怀与历史使命,但很多有识之士报国无门,有的在文学作品中抒发胸中不平则鸣,有的将内心的苦闷寄情于山水,如李白、杜甫、白居易等诗人一腔报国之心却处处碰壁;陆游的《病起书怀》、文天祥的《过零丁洋》、岳飞的《满江红》等,都揭示了官员腐败无能、卖国求荣的丑陋;行为,展示了诗人忧国忧民的宽广胸怀。当前我国社会正处于稳步发展的和平时代,人们安居乐业,但也存在一些严重的民生问题,如养老、住房、就学、就医等,而其与国家机构、社会组织有着千丝万缕的关系。十八大以来几十位高官落马,他们中每一位都与贪污腐败,以及当前社会的焦点问题撇不开关系。究其根本原因,乃是思想的松懈和精神的无束缚,以至于个人主义、拜金主义等四处蔓延,而个人的名声、百姓福祉、国家的利益等被他们置之度外。因此,在当前各种教育中应加强中国古代文学的学习,尤其在大众娱乐文化盛行的情况下,有关部门更应该加强对中国传统文化的宣传,营造以人为本的社会人文氛围,以达到救赎人们的精神世界的目的。

(二)天人合一的思想维度

与西方二元对立的思想维度不同,中国人从一开始就认为天、地、人是和谐统一的。早在《周易·系辞》中就有"与天地合其德,与日月合其明,与四时合其序,与鬼神合其吉凶"的天地和谐的人文思想,并被先秦诸子从不同的角度进行了继承和发展,最终成为中国传统文化的精髓。儒家在"仁爱"基础上提炼出"超越自然"的人文思想。用人心体察天心,以人道体现天道,达到以人合天,天道与人德合二为一的思想境界,反映在文艺创作上就是重视道德教育,"经夫妇、成孝敬、厚人伦、美教化、移风俗",以伦理纲常、道德规范束缚每一个人,注重个人人品和人格的修养与提升。因此,中国古代形成了"诗言志"的文学传统，通过文艺表现个人的思想情感，与西方传统文艺观的"模仿说"（即文艺是对自然的模仿）截然不同。中国古代文人经常从日常伦理生活登手，表现个人的政治抱负和思想高度，如曹植《送白马王彪》、李密《陈情表》、元稹《遣悲怀》、韩愈《祭十二郎文》、曹雪芹《红楼梦》等。与儒家"天人合一"的人化自然思想观不同，道家追求"天地与我并生，而万物与我为一"的思想境界，主张摆脱封建礼教的束缚，崇尚自然，追求自由自在的人性化的生活方式，这种精神观反映在道德理论上就是"无为无不为"自由观；反映在政治上就是"无为而治"的治国之策；反映在文艺创作上就是主张创造空灵之美的境界。因此中国文艺中意境、神韵等便出现了，契合了魏晋时期个人思想的全面觉醒，文人雅士在自然山水中体味人生百态，如金谷赋诗和兰亭集会、陶渊明的田园诗和谢灵运的山水诗，一以及唐代的王孟诗派。古代文学孕育着丰富的人生之道和人文精神，向人们传达最简单的生存与生活法则，是对人们精神、心灵的一种调适，让每个人都能适应社会的发展。近些年来，青少年殴打同学、幼儿园老师虐待儿童及女童被性侵等事件，无不说明有些人道德的沦丧，人性的扭曲，抛弃了儒家的"仁爱"、道家"自然与我"同一的传统观念，尽情享受无底线、无节制的施暴和寻欢。这种变态的心理疾病急需古代文学给予纠正，净化人的心灵，树立正确的道德观念。当前的社会教育中，尤其学校教育中应该坚持传统文学中人文精神导向的作用，为学生树立正确的价值观、人生观，培养互相尊重、和睦友善，懂得关心、帮助他人的人际关系。

（三）内在精神的审美维度

20世纪初，西方法兰克福学派面对资本经济发展导致人类全面异化的社会现实，在各种方式探索无门之后，转向文艺领域构建审美救赎人类精神的理论架构，韦伯抵制工具理性、本雅明赞赏大众文化、阿多诺倡导精英文化、马尔库塞主张新感性的审美救赎，虽然最后都以失败告终，但却留给了我们丰富的经验。西方学者建构审美救赎思想框架，一方面缺乏区分内在与外在的审美形态；另一方面缺乏现实的基础，致使宏大的文艺救赎理论在现实中找不到出路。中国古代文学中对美、审美的探讨不同于西方外在感官型的审美，中国较为注重内在精神的审美。古代诗歌、小说、散文，都表现了跌宕起伏的情感和内在深沉的精神。

二、中国古代文学的审美特征

（一）抑扬顿挫、节奏铿锵的诗词形式与独特的韵律

中国是个公认的诗的国度。从《诗经》开始，中国诗人代代辈出，诗歌创作成就实为壮观，当然也包括晚唐兴起的词。中国的古典文学，本来就有特定的格式以及固定的平仄，因此，中国古典文学尤其是诗词自然表现出一种整齐而严谨，铿锵且具有音韵之美。其实只要从唐诗及宋词中拿出那么一两首来，你就都能发现其中所蕴含的美乐。譬如，以"平平仄仄平"、"仄仄平平仄"、"平平平仄仄"、"仄仄仄平平"这四种押韵的方式为基础的近体诗，是中国文学样式中特别的形式。而这种文学样式，从形式讲，它有明显的抑扬的腔调和铿锵的音韵，是中国诗歌史上独有的。因此，这种独特的音韵美，显得十分婉转耐听，当然就更便于抒情了。在诗歌的黄金时代，不同的诗人呈现出了不同的诗歌风格，描绘出了一幅幅大唐帝国社会现实的图画。唐初，俊爽风格的陈子昂高举旗帜，提倡"骨气端翔，音情顿挫，光英朗练"；盛唐的王维、孟浩然却创造出了一种静逸明秀的诗歌境界；王昌龄、崔颢则创造了一种刚劲爽健的诗歌风格；高适、岑参等边塞诗人创造了一种奇丽悲壮的美；中唐时期的诗人们则创造了一种冲淡平和的美；韩愈、孟郊。

创造了一种新奇险怪的美；白居易、元稹创造了写实尚俗的美；李商隐的风格则感伤凄艳。唐代是个英才辈出的时代，具具代表性的作家——李白以其洒脱的人格，浪漫主义诗歌风格的运用，创造出自然、清新、俊逸的盛唐之美。杜甫则因其悲天悯人的儒者情怀，以"语不惊人死不休"的锤炼，创造了令后人叹为观止的沉郁顿挫之美。

在中国文学中，除了诗歌这种独特的文学样式以外，同样因为音韵的要求而有了独特魅力的文学样式，还有骈文、赋、词、对联等等。汉代有汉赋，汉赋的特点能表现大汉帝国大一统的思想。当然也有"究天人之际，通古今之变，成一家之言"的《史记》。宋代把词推向了辉煌，把词这种文学

形式的美表现到了极致。元明清的戏曲、小说，同样也是满口余香、韵味悠长。中国文学以抒情为主，叙事方面不如抒情「这与中国传统的文学形式——诗有着很大的关系。翻开中国古代文学史，从我国最早的诗歌总集《诗经》可看出，抒情诗占的比例很大，叙事诗的比重很小。抒情诗比比皆是，而最著名的叙事诗却只有《木兰诗》和《孔雀东南飞》两首。难怪中国人喜欢抒情，这和中国的文学特质有着密切的关系。中国古代文学就沿着抒情言志的道路，走出了自己的独特之美，并将一直走下去。《左传》中"赋诗言志"的意思，"志"更多的是个人的思想、志向、抱负等，后世许多诗论者如唐代孔颖达、白居易，清代的叶燮、王夫之，都坚持了这一种说法。这是对"诗言志"传统的继承和发展，在中国诗歌批评史上占有极其重要的价值和位置，也可以说，是对中国古代诗歌艺术规律的总结性贡献，"诗缘情"的艺术特征在中国戏曲方面表现较多。比如，在王实甫的《西厢记》、汤显祖的《牡丹亭》中，基本就是抒情诗的连缀，抒情的唱段很多，也很美，不是有"诗剧"之称嘛！而在其他的舞台效果方面，则充分运用了古代文学中我们提到的写意的特点，时间和空间的处理是要灵活得当，所谓"三五步，行经千里；面对面，如隔重山"、"四个龙套，千军万马；几下更锣，长夜即逝"等。显然，这些诗意的抒情句子是文学中强调审美的一种模式，当然也是我们国家独有的文学之美。

（二）审美上，追求"神韵—意境"等独特的审美风尚

艺术风格在中国文学的样式是极其多样的，而且不同的朝代有着不同的审美追求。中国古代文学中体现出来的审美可以说是一种中和美，是一种含蓄美。这种美包含着三个方面即"韵"、"味"、"气"。这种美从先民初期开始一直影响了数千年的中国文学。所谓"中和"，即"喜怒哀乐之未发谓之中，发而皆中节谓之和"。所以，中国古代文学更多的是追求一种含蓄蕴藉的美。如《诗经·关雎》中所表现得那种中和和谐之美一样，"韵"、"味"、"气"就一起构成了独具中国特色的审美特征。"韵"，原指音乐诗歌的音调，后来干脆用到诗歌中，使诗歌音调和谐，富有节奏，并能给人以美的享受。《说文解字》中的"韵"更多指音乐。到了魏晋时期。"韵"逐渐成为品评人物

的一个标准,谢赫在《古画品录》中提出的绘画六法,第一点就是"气韵生动",主要是把人物的精神状态和性格特征能够在画中表现出来。那么"韵"就又被拿来品评画。到了晚唐时期,文学家就又开始用"韵"来评价文学。

第七章 古代文学与审美能力的培养

第一节 古代文学在培养学生审美能力方面的价值

一、在审美想象力培养方面的价值

自然美是人与自然的统一,是社会性与自然性的统一。蓝天白云,高山流水,巍峨的泰山,秀丽的琅邪,雄伟的阿房,妩媚的西湖,天姥仙境的梦幻奇妙,彭蠡之滨的水天一色都吸引着人们流连忘返,带来精神上极大的愉快和满足。教材里这些自然风光的描写,经过作家的审美处理,比自然美更细腻,更完美,更能打动人心,也更能给人以美感。美的景物激发人的情思的涌动,涌动的情思又赋予景物更多的主观色彩。此时的情景交融,传给学生的不仅是一种美的图景,更有无穷美的意蕴。"大漠孤烟直,长河落日圆""落霞与孤鹜齐飞,秋水共长天一色",无论是抒写北国风光还是描摹南国山水,这一幅幅自然景物的美妙画面带给学生的是无限的美感享受,使他们不仅领略大自然的美,更丰富了审美想象力的心理体验。

中国古代文人以敏锐新鲜的生命感知力,捕捉着文学,这种捕捉与建构形成了独特的美的境味。这主要表现在不胶着于描写对象的具体性,只注重其感性特征的表现,文学作品中的形象有很浓的主观印象性的表现,由于主观感受有不确定性,会因时、因地、因人发生变化,艺术形象同样产生不确定性,不同的读者在接受上会有不同的想象与再创造。这种时候,一个无边的深度展开了,遮蔽感知与想象的墙壁打穿了,随着创造与想象的加入,客体主观化,变化无穷,笼而统之。中国古代文学重神轻形,传神为主,写形次之,唯其含糊,才给人无限想象的余地,才能作多方品索玩味、生发。因此中国古代文学具有"言简意赅""文约旨丰""含不尽之意于言外"的特点，形成自己介乎具体与抽象之间的独特的朦胧美，这就极大地激发了学生想象和联想的欲望，在品读作品中再创造也就体现了它的美学价值。

追求"神韵""意境"等独特审美风尚的中国古代文学也为学生审美想象力的培养提供了丰富的土壤。中国古代文学体现出来的审美是一种含蓄蕴藉美，这种美体现在"韵""味""气"三方面。在诗歌中运用音乐的韵调，使诗歌音调和谐，富有节奏，并能给人以一唱三叹的美的享受。在刻画人物的精神状态和性格特征方面，"气韵生动"成为品评人物的一个标准。如，《红楼梦》中虽然钗黛体貌美艳绝伦，然而她们的形象在读者心中却并没有重叠，而是有着截然不同的风韵。林黛玉"病如西子胜三分""袅娜风流""似弱柳扶风"，是一个"病西施"式的美人；薛宝钗"品格端方、容貌丰美""举止娴雅"，是一个"腴杨妃"式的美人。作者分别以芙蓉和牡丹来比拟黛玉和宝钗，把我国古代两种不同风韵的美，分别赋予了大观园的"第一等人物"，而合起来看，则又是我国传统美人的最完美形象，难怪她二人历来成为学生羡慕模仿演绎的对象。

二、在审美情感力培养方面的价值

任何形态的文艺作品都不可能完全脱尽历史精神、人文精神和美学精神。中国古代文学创作注重生命内在情态的表现，即使客观性比较强的山水游记散文，在中国古代散文家笔下，也绝不仅是山川景物的客观描写，而是借山水寄情怀，以致形成了"仁山智水"的美学观念。例如，王维的诗在语言上追求清新秀丽，在内容上以优美宁静的田园生活为主，思想感情上抒发了中华民族对自然的热爱，对人与自然的和谐关系的重视；李白用奇丽的想象，浪漫的豪情，以祖国山川和自己的抱负为内容，抒发了对祖国山河的赞美之情，对人生价值的追求，表现了中华民族反抗黑暗势力与庸俗风气强大精神力量。

语文教材中的古代文学作品同样凝聚着中华民族的精魂，流淌着中华民族丰富的情感，凝结着一代代人最宝贵的生命体验。《离骚》体现的是忧国忧民、正道直行；《梦游天姥吟留别》体现的是蔑视权贵、凤洁自律；《廉颇蔺相如列传》体现的是顾全大局、尽职尽责；《勾践灭吴》体现的是励精图治、自强不息，等等。还有傲视嫉俗的《将进酒》，恬然自适的《归园田居》，锲而不舍的《劝学》，深思慎取的《游褒禅山记》，求真务实的《师说》，追求幸福的《卫风·氓》等，我们还可以从《山居秋暝》《雨霖铃》中欣赏画意、品味诗情，借《登泰山记》《登岳阳楼》来歌咏山川、抒发情怀等。无论是团结爱国的情怀还是自强不息的精神都给予学生积极正面的情感引导，这种直指精神内蕴的文学风格为培养学生审美情感力起到了润物无声的作用。

三、在审美理解力培养方面的价值

虽然儒家的入世哲学形成了古代文学积极高亢、震慑人心的主旋律，但在人教版学校语文的古代文学所选篇目中还体现了一种大胆突破，勇于探索的精神，一些名篇，如《逍遥游》《兰亭集序》等，因为其思想情调与传统所要求的积极向上，乐观进取的态度相悖，所以历来无人敢于问津。但逍遥、隐逸与生死这些重要的哲学问题，构成了传统文化的重要层面，如果忽视了古代文学对中国复杂多元的哲学的阐释，那么我们在教学中对学生审美理解力的培养是肤浅的。例如，《兰亭集序》通篇着眼在"死生"二字，但又与"一死生而齐彭殇"的虚无思想和玄谈作风有很大不同。否定庄子的生死齐观、人生虚无，实际上含蓄地表达了王羲之经世致用，有所作为的人生观。由此足见作者于"悲"中蕴含着对"生"的执着和追求。又如"躬耕南山"，建构"南山人格"的陶渊明，儒家处世济世的人格指向与他的人格理想大相径庭，可以说"不为五斗米折腰"是气节更是气质。"采菊东篱，躬耕南山"的生存方式，与"质性自然，任其自得"的人格理想，在诗性与审美的层面达到了完满的契合。《归去来兮辞》在抒写了归耕生活的快乐之后，以对生死问题的思考作结，表现了他兼用儒道生死观，建构自己的生命意识，升华自己的人格境界的思想。再如，庄子从否定一切的观点出发，忘物、忘己、忘生死，最终物我两忘，与自然浑然为一体。其哲学思想的核心是"天人合一""无为而治"，可见庄子的人生追求是把人格修养演变为对精神自由的追求，唯其自由，才是至美、至乐，从而实现人生理想与审美理想的统一。

面对这些有着丰富内涵的古代文学作品，如果学生能对其有较为客观理性的认识和理解，那么学生在阅读教学中的收获也将更加深入，审美理解力也将得到一定的提升。

第二节 中国古代文学在审美能力培养方面的问题

一、古代文学教学在审美能力培养方面存在的问题

（一）古代文学教学中存在的问题

课堂是生命相遇，心灵相约的场所，是质疑问难的场所，是通过对话探寻真理的地方，语文课堂是实施审美教育的有效途径。教师必须高度重视学生的审美素质教育，通过各种审美实践活动在语文教学中自觉地，有意识地塑造、建构学生的审美心理结构。在目前的学校语文古代文学教学中，教学过程仍然存在一对矛盾，即扎实文言字词的讲解和阅读鉴赏之间的矛盾。

而在具体的日常阅读教学中，普遍存在简化过程的现象：学生对课文的体验，亲历过程被教师的"讲"代替，教学不能让学生反复诵读，进而在诵读中揣摩、体味，而是过快地进入分析讲解环节；不能充分让学生咀嚼辞章，动用生活体验和调动想象、联想去再现、再造，教师就匆匆地给出结论；在阅读中，由于个体的差异，对课文的理解多有不同，由不同理解引起的思考讨论和切磋，是互相启发心智的大好契机，也是锻炼思维、提高语言能力的好机会，教师理应好好把握，引导学生深入讨论，但实践中很多教师却忙于给个答案了事。对于一些情文并茂、立意深邃的课文，很有必要披文入境，入境染情，审美体味，这是阅读过程中的重要环节。

语文教学一直存在着重知识传授轻情感体验的弊端。因此阅读教学的价值取向是不平衡的，过分地凸显知识，把文本作为传授知识的工具，从教师的教学目标、重难点设计，到学生各种参考书，给出的阅读提示无不是从抽象理念出发，要求学生获得理性的启示，而不是从具体文本出发去体验作者的感情，体验作者在文本中展现的心灵世界，理解作者在表情达意时遣词造句的功夫。没有情感体验，审美能力的提高就成了一句空话。在教学中教师

不够尊重学生新鲜的阅读感受，不够尊重学生对作品的初始反应，不能保护学生富有个性的理解和想象，而急于用所谓严密的理性分析和看似完美的结论扼杀代替学生的审美活动。这些看似很有思想教育价值的理性结论，更多的时候是外在于学生心灵，并不能内化为学生的灵魂和血肉。它不等于主体心灵，不等于作家的精神活动，不等于作家深广的情感世界，更不等于审美情感。

（二）学生在审美能力方面存在的问题

1. 对美的形态和内涵认识片面，理解模糊

学生把"美"看成是抽象的高深的现象，甚至不可捉摸，无可名状，给无处不在的"美"披上一层神秘的面纱，产生隔膜感，从而没有信心，也没有能力去发现美，领略美。自然界的花开花落，月圆月缺等自然美还容易接受、理解，对于社会美、科学美、生活美，以及文学艺术中表现的美似乎看不懂、摸不着、表达不出，从而导致他们对美的普遍性存在着怀疑。

2. 在审美感知方面，更多关注实用功利性，面对美的对象感觉麻木迟钝

学生面对色彩缤纷、生动迷人的大千世界，常常熟视无睹，视而不见。他们无暇感受生命更替，光阴流逝的美，他们不太会欣赏贝多芬、维纳斯、大卫，在追逐分数与名次的路途中，生活的真正意义被忽略了，在这曲折起伏、胜败交替中包含的生命哲理被忽略了。在他们心目中，成绩才是最重要最有用的，能顺利升学似乎是唯一的生活享受。于是只关心分数，只注意事物的实用性，甚至在人际关系、生活方式、生活质量等问题的评判上，以物质第一、功利至上为最高标准。审美感知力的匮乏，直接造成审美体验的苍白，学生在写作文或进行其他创作时，常有人觉得无从下笔，"无话可说"，原因之一往往就在于此。

3. 重认知结果，不关注审美体验过程

把感觉当作认知过程的一部分，从而忽略了审美体验过程中产生的鲜活的感觉印象，这在目前教育中表现明显。受功利思想影响，学生听得多，做得少；灌输多，领悟少；记忆多，创新少。学生对文学作品，无法形成直接的感觉印象，产生强烈的审美体验，却颇会夸夸其谈"时代背景、艺术特色、

思想意义"云云。这不是真正的审美能力的提高,而是一种虚假的鉴赏力的表现。

4. 审美理解呈现表面性和浅层化特点

学生缺乏在形象直观之中领悟艺术作品深刻内涵的能力,对审美对象缺乏理性的价值判断,他们往往抛弃感知形象和情感体验来理解作品内容,或者只是一味沉溺于对教师和教参的趋同之中。不重视自身独特的感受和体验,对阅读内容缺乏有个性的反应,注重消极的接收和索取意义,追求标准答案,主动发现,建构意义能力较弱。对作品意蕴的分析有表面化,图解化倾向,热衷于指向作品的社会政治意义。

总之,语文是心灵的殿堂,是情感的体悟,是人生的浓缩。教师要塑造学生的灵魂,纯化学生的情感,就必须充分利用教材和生活中的各种审美因素,去激发学生相应的审美体验,把教材和生活中的"彼"变成学生的"此",从而让学生受到强烈的艺术感染。在语文教学中和问卷调查中暴露出来的问题早已引起了教育界同仁的关注。语文教学只有重视审美教育,积极培养学生的审美能力,才能使学生在语文学习中获得丰富的知识、情感,才能完善自己的人格,陶冶自己的情操,增添自己的文化积淀,从而为学生的终身发展奠定扎实的基础。

三、审美能力培养中存在问题的原因分析

（一）社会导向的原因

现代社会,人的情感已变得日益淡漠,精神空虚甚至走向麻木。这个世界变得似乎不是人的世界,而是技术的世界,人成为技术的道具或载体,人与人之间靠技术沟通,交往越来越表面化、程式化。喜怒哀乐爱等本是人之常情,但现在却日渐枯萎。自然变化,人世沧桑,使他们无动于衷;生老病死,受苦受难,激不起他们的同情。世界上似乎没有什么事情令他们讨厌,也没有什么事情使他们敬仰。

（二）教育失衡的原因

当前我国的教育重科学轻人文,学生接受过量的知识,感受力却得不到发展。人们不再使创造和艺术成为日常生活的一部分。音乐不再是日常生活

的一部分，更不会具有由音乐、光、舞蹈一起出现的综合经验。他们不爱注意时间和季节，不再观察一年四季的季节变化，不再有内省和反思，不再具有自我崇尚的美德和优点，不再具有足够的独立性，不再有自己的感觉，不再有冲突、困扰、痛苦、忍受、挑战、超越、创造神话和讲述神话的经验，不再有对文学、艺术、戏剧、电影的审美欣赏。不再有非理性的思维尝试，不再对他人作非语言的知觉，不再能看到每个人的独特之处，不再与他人交换经验，忍受其攻击和责难、与之建立友谊、对之慈爱和团结、对之有兄弟般的感觉。

教育的问题不在于它提倡科学，而在于将科学教育强调到不恰当的地位。理性的过分扩张，导致情感的冷漠、扭曲甚至出现残暴心态。在情感、态度、良心等非理性方面出现严重问题。个人的发展完全局限在科学的范围之内，其他任何方面的发展都被视为无用。教育的目的就是使受教育者在离校之后的生活中找到体面的职业，获得升迁的机会，过上那些没有受过教育的人所无法想象的完满生活。因此，现代教育只重视与未来生活密切相关的科学教育，而忽视甚至放弃了人文关怀和人文追求。导致了个体的人格危机，精神危机以及由此产生的严重片面发展和畸形发展，培养的学生有知识，有能力，但在人格、精神上却有很大缺陷。因此教师应鼓励学生用自己的情感、经验、眼光、角度去体验作品，要重视学生在阅读中的非理性特点，尤其瞬间或偶然迸发出的"灵光乍现"式的创造性思维火花。这就要尊重学生新鲜的阅读感受，尊重学生对作品的初始反应，珍爱学生富有个性的理解，有意识地激发学生的想象联想能力和发散性思维，甚至允许学生突发奇想。

（三）审美主体的局限

1. 教师审美能力的制约

教师在教学实践活动中，是基本的组织者、引导者和智慧者。课堂教学的成功与否，主要决定于教师本身的素养与能力的高低。教学审美能力是由教学审美感知能力、教学审美设计能力、教学审美操作能力、教学审美理解能力、教学审美体验能力和教学审美评价能力六个因素构成的整体结构。目前中小学教师的教学审美能力存在着显著的学校类型、所教学段、职称、教龄差异。首先，中小学教师的教学审美能力与其心理健康水平之间存在着显著相关，教学审美能力对教师的心理健康既具有直接效应，也具有间接效应，且教学审美能力水平越高，其心理健康水平越高。其次，教师的教学审美能力与其一般自我效能感存在着显著相关，且教学审美能力水平越高，其一般自我效能感越强。第三，教师的教学审美能力与其职业满意度存在着显著相关，且教学审美能力水平越高，其职业满意度越高。

因此，在指向审美与人格教育的古代文学教学中，提高教师素质至关重要。教师素质应包括：首先，要热爱中国传统文化。热爱才能投入，有了深厚的感情，才能以此来感染别人。其次，教师要具备良好的审美素养及深厚的古典文化知识。教师拥有一定的审美能力，才能发现美、感知美、理解美、欣赏美、创造美，也才能做学生的榜样，感染学生，使学生受到潜移默化地教育影响。最后，教师要掌握朗读吟诵、书法等古代文学教学必备的技能。古代文学教学的内容是文质兼美的诗文，教学过程也应当是美的再现。与诗文相对应的朗读、板书等各个教学活动都应具有美的特质。教师掌握必要的美读技巧，范读中给人美的享受，让教学活动成为师生共同欣赏美、创造美的活动，学生在欣赏、模仿、再现的学习中不知不觉地获得审美能力和人格的提升。

2.学生审美能力的制约

学生正处于性格不稳定，审美观不成熟的发展阶段，同时，学校阶段也是人的世界观、人生观等形成的关键时期。学校生所处的外部环境充满诱惑，缺少判断能力的学生很容易陷入其中，养成不良习气，而自身却无法意识到。这一时期的学校生表现出来的特点是：学会反省与自责，但无法深刻、持久地进行；情感性强，容易产生激情与伤感，但对问题的看法缺乏细致的论证；过于相信主观判断与自己的能力，缺乏客观实践经验；有远大的理想志向，缺乏脚踏实地的精神，等等。因此，学校教育的正确引导将对他们起着重要的影响作用。针对学生的心理特点，刻板僵化的说教方式不但不能使学生形成健康的人格，反而会激发他们的抵触情绪。以审美的内容，审美的形式进行形象感染，逐渐渗透的审美教育方式才是培养人才的最佳途径。

首先,关于审美需要。进入青春期以后,学生完善自我、寻求自我价值的意识日益增强,学校阶段对审美的认识更为明确,也更加深刻。明显的表现是对审美活动的批评意识日趋完善,并由主观向客观转化。批评意识的出现可以说是从自发到自觉的转折点。此时学生对社会的敏感性,表现在把社会对个体的要求转为个体的审美活动的动力。表现在日常阅读方面,学生的阅读范围比较狭窄,心灵缺乏浸润,情感苍白。学校生一方面被繁重的课业任务压迫,没有过多的时间阅读课外书籍,"语文学习"被狭隘地理解为"语文课本的学习",但另一方面,学生仍有着强烈的审美需要和期待,一些学生被一些言情武侠小说吸引,从中获得审美期待的满足。调查显示,目前学校生阅读的世界名著基本上都是在初中之前完成的,而且读得较多的都是减缩本,很少有在学校阶段大量、完整地阅读名著、名人传记、悲剧性作品的同学。学生的阅读少,以积累素材、提高修养为目的而读书的更少。

其次,关于审美意识。整个学校时期学生处于审美意识发展的关键期,在审美情趣的发展方面表现为范围上的扩张和选择上的稳定,呈现出渐渐明显化的个性化倾向;在观念和行为上常常出现矛盾和双重标准;同时由于性别角色意识和审美活动特点而表现出性别的差异。但不足的是学生的审美实践的渠道单一,很多审美感觉比较粗陋,趣味庸俗。比如,学生在绘画方面并非没有审美需要,但是选择的大多是日本漫画,很少有人懂得欣赏西方油画,甚至是中国画,这些底蕴深厚的画并没有列入他们的审美心理结构中;再如,他们在假期放松时选择的游玩地往往是大型游乐场、热闹的街市或者物质丰富的现代化都市,而对悠久历史的家乡不够了解,对遍布名人足迹的山川风物不感兴趣。

第三,关于审美能力。审美能力是审美主体在审美实践活动中综合运用感觉知觉、联想想象、情绪情感、理解评价等心理能力的结果,它并不为人的某一特殊器官所专有,是人们对美的对象的观赏、感受、体验、形象与判断的能力综合体,是体现在审美活动中的一种特殊的实践能力。

学生个体感知觉的发展处于人的一生最为发达的阶段,情感能力和思维能力也大大加强并趋于精细,只是情感的闭锁性特征及思维中对逻辑理性过程的偏爱，在很大程度上阻碍了他们审美想象的丰富性。由于学生感知觉的增强，内心体验日益丰富，因而有着极强的情感投射能力即移情能力，特别是文学作品中的感人情节往往使他们心潮澎湃。虽然学校生思维能力进一步提高，审美欣赏更加全面、深刻，但是他们的创造和表达兴趣及能力并没有随着认知、情感和社会能力的提高而相应发展，甚至处于一种倒退的状态。

学校生在审美观念和审美理想的发展方面接近稳定，在心理、生理方面的发展都为语文审美教育的实施提供了有利的条件。由于学生知识范围日益扩大，思维能力、想象能力逐渐提高，加上情感的丰富和性格的成熟，学校生审美心理结构有了飞速的发展，认知水平逐渐提高，审美评价形成，审美感受增强。

（四）审美客体的局限

中国古典文学遗产内，凝聚着数千年来中华民族文化中最宝贵的精华和心血。不仅在文学创作中蕴含着才人志士的伟大心灵与品格光芒，而且在文学理论中，也积蓄着不少前贤先哲深思冥想的智慧结晶，只不过因为历史的距离，使他们的思维与表达方式与现代人之间有了很大的差别，我们在阅读和理解上存在一定的难度，再加上过分追求西方的文化之风，高考升学的巨大压力，使得年轻人了解和继承古典文学遗产，有了更大的困难。

中国的语言传统是文言分离，书面语和白话有清晰的界限。作为古典的书面语言，文言文经过了相当长的一段演化时期，它融汇了口语的生动与书面语的简练和优美。一方面，在现代语言运用中，大量的文言语汇还活在我们的口头和笔下。古代经典以文言为载体，历经几千年的语言变迁而仍然保持其生命力，为后人所诵习，在不断的演进中更加优美，纯粹和凝练，成为世界古老的语种中最富有文学趣味和审美感受的语言。另一方面，文言又被称为"死了的语言"，因为它与现代语言之间存在很大的差异，许多文言词义和现象在现代汉语中已经消失殆尽，因此古代文学必然与审美客体之间产生天然的隔阂和距离。在语文审美教育的感知阶段，学生所面对的并不是客观的实体，而是由语言文字（代表一定意义的符号）表示出来的客观物，它是现实实物的抽象的间接反映，是符号和代码式的外部语言，需要经过读者的转换补充，把抽象的转换为具体的，把间接的补充为直接的，才能实现和完成对这种"外部语言"的真正理解。可是这一"外部语言"并不是学生所熟知并掌握的语言体系，而是需要经过二次"翻译"才能理解的符号，因此，阅读欣赏古代文学的难度较现代文学更大，古代文学的学习只是为了应付考试，学习过程似乎没有审美可言。

由于年代的久远，历史的变迁，学生在学习古代文学时必然要面对古人的生活环境、社会风俗、思想认识等与现实生活存在巨大差距的问题。尤其在当今社会，互联网的便捷，地球村的多元，西方文化的侵蚀，现代学生的人生观、世界观、价值观都与传统的中华文化精髓存在一定的不同，在此前提下，阅读学习古代文学，理解欣赏古代仁人志士的人格魅力，对古代文学进行审美，自然也就存在一定的难度。

第三节 中国古代文学在审美能力方面的策略

一、吟诵法培养审美能力

（一）通过吟诵培养学生审美感知力

学生感知文本的主要方式是阅读，所以，好的阅读方式是能激发感知的行之有效的途径。有感情地朗读可以把无声的视觉文字转化为有声的听觉语言，把储存的文字符号载体还原为一种真情实感，以声传情。既能了解作家说些什么，与作者心灵相通，把自己带进文本的情境中，毫无障碍地接受作品感染熏陶，同时又能把作品中的形象展现出来，生动地表达作品的喜怒哀乐等不同情感。在美读中，首先，教师的范读对学生有很好的引导作用。于漪老师就对学校老师在课堂上大声朗诵岳飞的《满江红》、李后主的《虞美人》等诗词的情景评价很高，回忆道："朗诵时头与肩膀左右摇摆，读得出神入化，音调十分感人，教室寂静无声，我们全班同学都深深感动了。他教完，我们也能流畅地背诵了。"老师的朗诵之所以让学生受到美的熏陶，是因为他读出了作者的情。在朗诵中，节奏、重音固然重要，更重要的是要根据课文不同的内容和风格，指导学生读出情感和韵味。或慷慨激昂，豪放悲壮；

或凄楚哀婉，低沉伤感，总之要让学生心随文跳，情随文动。其次，由于美读是一项借助脑、心、眼、耳、口等器官共同运作的综合性的运动，所以在指导学生美读时还要注意培养学生展开想象，提升语感。语感就是在各个感觉器官的交融运动中萌动升华的，美读时对语感有深入体验，自然就能理解文章主旨，获得文章的精髓。而语感反映了一个人对语言文字直觉的情感感受能力，所以也可以说是一种审美感受能力。这就如我们不会把"赤"只理解为"红色"，"春雨"只理解为"春天的雨"一样。语言文字虽然只是符号，但它蕴藏着各种"情趣"和"诗味"，而这些"情趣"和"诗味"就是语言文字的种种神韵和情感意向因素，也是审美因素。要领悟到这些因素，便要有语感能力，有了语感能力，就能升华朗读，使朗读进入一个更高的美学境界，从而形成美读。

（二）借鉴传统私塾教学的读背模式

"读书百遍，其义自见"，多读好书，多背诵好文章，对于学生的健康成长不无裨益。过去私塾教师强迫学生死记硬背的做法一直被我们批判，很多人以为诵读是一种落后的教学方式，但是却忘记了一个重要的事实：古往今来的许多大作家、大学问家全都受益于诵读。语文教学应在实践中尝试把古代文学教学从讲翻译、谈语法转移到指导吟诵、美读上来，尤其古诗文教学，几乎要求学生每篇会背。

由于汉语极富有音乐节奏美，平仄声韵整齐有序，讲究抑扬顿挫，所以易于诵读，朗朗上口，再加之古人写文章讲究"气"，所以只有通过诵读、美读才能领会其含义，领略其气盛言宜之美。可以让学生通过吟诵，既了解诗文自身传递的情味，又借诗文宣泄自我体悟文句的感受。因为古人写作诗歌者原来也都是从熟读吟诵的工夫训练出来的，所以让学生声情并茂地吟诵训练，可以营造出与古代诗人相同的训练背景，长久训练后，学生对古诗的语言误解就会减少，对古人所用的语汇、故事的来源及其写作时联想的方向也会有更深切的认识，这种训练越成熟，学生对于作品的解说和评价也越准确。

（三）吟诵时应注意的要点

由于汉语是以形为主，不是以音为主的单体独文，在文法上也没有主动被动、单数复数及人称与时间的严格限制，因此在组合成为语句时，可以有颠倒错综的种种伸缩变化的弹性。再加上过去又没有精密周详的标点符号，因此在为文时便自然形成了一种偏重形式方面的组合之美，骈文讲求整齐谐和的俪偶，散文讲求短长高下的气势。因此学校语文教学中，要特别重视"吟诵"训练。但是需要强调的是这里所说的背读吟诵的训练，绝不等同于为了应付考试，让学生死记硬背，并以默写方式来督促的训练。而是用吟诵的方式带领学生养成吟诵的兴趣和习惯，以诗歌韵律的直觉美感带给学生吟诵的欣喜。

　　语言的学习，最重要的一点就是经常要有讲说和聆听的练习。中国旧诗所使用的是与日常口语迥异而全以音律性为主的一种特殊语言，学习这种富于音律性的诗语言，就更需要在熟读吟诵时对其音律有特殊的掌握能力。因此我们只有透过熟读吟诵的训练，才能从其音律节奏中，对一首诗的字句结构及情绪结构有更深的体认，因此也才能对其意蕴神情都有正确的了解。所以，"吟诵"训练主要也是在音律节奏方面的训练。但是现在的教师队伍中，接受过此种训练的人已经不多，能真正体会吟诵的作用与效果的人更少，学生更是从小缺少这种训练。不说师资难寻，即使就观念而言，很多老师和学生也会因自己对此传统无所体悟和了解，而在心理上对吟诵方法存有一种轻视和反对的心态。

　　有鉴于此，古诗词吟诵首先要"读"，要"字正腔圆"地"读"。首先，要吐字发音准确、清楚、响亮。然后要声音饱满、圆润、优美，腔调婉转、圆活、动听。读准字音是吟诵诗歌的基本要求。具体来说，就是读清句读，读顺诗句，不丢字添字。古诗文中常有一些平时不常用的生字、难字、多义字、易读错的字，如课本中的《诗经·氓》《离骚》等。

　　其次要读出节奏和韵律，即用古诗平仄的音调规律诵读，"平上去入"四声抑扬顿挫的节奏和声韵变化体现出鲜明而丰富的音乐性。把音律引入诵读，指导学生按照"平长仄短"的规律来朗读古诗，可以更好地再现古诗的音韵之美，引发学生诵读古诗的兴趣。

　　从句式节奏方面来看，四言诗以二、二的顿挫为主，五言诗以二、三的顿挫为主，七言诗以四、三的顿挫为主。按吟咏的节奏来划分，通常中国古典诗的顿挫可以以每两个字为一个单位；也就是说，五言诗的顿挫可以细分为二、二、一，七言诗的顿挫可以细分为二、二、二、一。在吟咏时，凡是顿挫处都不可与下一字连读，可以处理为略作停顿或者加以拖长。如五言诗的第二字，七言诗的第二字和第四字，就都是在吟咏时应该加以拖长或略作停顿的地方。至于五言诗的第四字及七言诗的第六字，可以视情况的不同或与后一字连读，或不连读而加以停顿或拖长。而与此种顿挫相对的则是五言诗的第一字和第三字，七言诗的第一字、第三字及第五字都必须与下一字连读，决不可任意停顿或拖长，这是诗歌吟咏中在节奏顿挫方面所应当掌握的基本点。

　　从押韵方面来看，近体诗一般都以押平声韵为主，平声字一般都宜于拖长声调来吟诵，因此押平声韵的近体律诗绝句，在吟咏时自然容易形成一种咏叹的意味。如果细加以区分，则律诗与绝句的吟咏又不全相同。绝句较短，吟诵时在抑扬起伏的唱叹中，有一种流畅贯注的神味，律诗则不仅句数增加了一倍，而且中间四句又是两两相对的两个对句，而对于骈偶的对句，则在吟诵间一般总要表现出与骈对的开合相应的声韵，这样就在吟咏时比绝句的流畅贯注更多了一种呼应顿挫的情致。古体诗就字数而言，基本上可以有四言、五言、七言，以及虽以七言为主但却杂以五言的五七杂言，或杂以三言的三、五、七杂言，更有杂以四言、六言、八言等变化多样的杂言之体式。这种情况下的古体诗决不可用吟诵近体诗的方式来吟诵。因为，近体律诗和绝句在平仄声律方面有一种极具规律的间隔和呼应，在吟咏时自有其声律的连续性和一贯性。而古体诗虽有时杂用律句，但却因其不能由始至终形成一贯的间隔呼应的律动，所以无法用吟诵近体诗的方式来吟诵。古体诗的吟诵颇近于咏读的味道，也就是说，虽是吟诵但声调较为平直，是一种诵读的声吻，与近体诗唱叹的声吻不同。而七言诗的吟诵与五言诗的吟诵方式也不尽相同，因为七言诗的字数往往比五言诗长，且在形式上还常有杂言或杂用律句的许多变化，所以，五言诗的吟诵多用平直叙说的口吻，而七言诗的吟诵可以因其形式上的字数句数与声律及换韵或不换韵的多种变化，吟诵的方式也有所不同。或者用高扬急促的声调来传达一种气势之感，如李白写的一些七言古诗就适于用这种方式来吟诵；或者因其杂用律句而且经常换韵，因此在吟诵时便可以回环往复地传达出一种回荡之感，如白居易写的一些七言歌行便适于用此种方式吟诵。第三，要读出诗的情调。一篇诗文或豪放激昂，或婉约悱恻，或平淡清幽，或深邃绵长，或凄楚哀婉，或空旷悠扬。把握住诗文的情感基调，吟诵时才能表现出诗歌抑扬顿挫的节奏美。高声朗诵是声音占主要地位，读者所得的主要是声音方面所呈现的气势气概；密咏恬吟时声音比重较轻，读者就要伴随着声音用沉思来体会作品中深远的意味。例如，指导学生读"日暮乡关何处是，烟波江上使人愁"一句时，除了读出节奏和韵味，笔者更提醒学生把重点落在"愁"上：你认为愁有多深，就把声调延长多久。学生通过这种不同于唱，"无腔无调，随意而出"的吟，在心中浮现情景，领会诗情，对诗境进行"个性化解读"，对诗意有"个性化表达"。

吟诵时也可以借助一定的手语或肢体语言再现诗的意境，抒发感情。其实这都是纸上谈兵，真正在吟诵的实践中，因作品的不同及吟者的不同就会在吟诵的实践中产生出无穷的变化。因为即使是同一格律的诗篇，同为平声字还可以有阴阳的不同，同为仄声字更可以有上去入的不同。何况即使同一声调的字，其发声还可以有开合宏细的不同。至于诗篇的内容情意，更是千差万别，古往今来绝不会有任何两首全然相同的作品，吟诵者的阅读背景、修养水平、年龄长幼、性别男女、音色高低也绝不可能有任何两个相同的人物。因此只能教给学生在诗歌形式方面所应认知的一些最基本的格式和在吟诵方面所应当注意的一些最基本的常识而已。教师通过这种情感充沛的吟诵，带领学生进入诗意盎然的吟诵氛围，学生在课堂上情绪是放松自由的，态度是严肃专心的，在耳濡目染中养成吟诵的爱好和习惯。只有这样，学生才可能在课堂中且歌且舞，沉浸在诗情画意中。

二、研究法培养审美能力

（一）通过问题研究培养学生审美理解力

感性认识有待于上升到理性认识，而理性认识推进感性认识的深入，否则是不能把握美的内在意蕴的。因此审美活动不能光靠感官的知觉，还要靠心灵的思索和知识、理性的引导。在语文审美教学的过程中，不能只是满足于让学生去欣赏一些美丽的词句，或仅仅停留在对课文中描写的景物美、形象美等客观、表层的品味鉴赏上，还必须调动学生理性的力量，结合作家的个性特征，揭示形象美所表现的深层的美的本质，使学生不仅领悟到美，而且体悟到这种美隐含的高尚情趣，发掘课文的内在美并正确深刻理解美的内涵。教师在引导学生欣赏美时，一方面要"入乎其内"，进入角色，通过感受、体验，被对象所感染和吸引，产生感情上的共鸣；另一方面又要"出乎其外"，即在直接感受、体验的基础上，同对象拉开一定的距离，进行充满理性智慧的分析和思考，获得对事物美的本质把握。审美理解力是审美的理性能力，可以提升感知，规范想象，调节情感。把握文学作品所蕴含的意图、理趣以及深层次的美，仅依靠感知和想象是不够的，还必须进行深层次的探究和思考。学生只有具有深刻的审美理解力，才能将审美活动推向更高的阶段。

在阅读教学中，教师可以适时讲授一些必要的基本的文学常识，如文学形象，文学典型，意象与意境的关系，生活的真实和艺术的真实，文学作品的语言、结构、表现手法等，也可以举办专题讲座来丰富学生的知识，提高审美理解力。传授这些知识等于交给学生一把开启文学欣赏大门的钥匙，帮助学生去品评词语，体会立意，比较异同，推敲结构，加深对作品内涵的认识和理解。

在阅读方法上，可以针对学校生思维特点开展文体探究性解读研究，通过独立思考以及在思考中情感、认知、思维的开放性实践运动，来训练学生表达、感悟、创造，进而解决问题的能力。这种积极的探索可以很好地感知审美对象，在教师适当的兴趣引导下，学生可以获得深刻的审美体验。

（二）研究法的问题驱动和批判思维训练

在微观方面，可以将质疑精神灌输到语文课堂中，强调有疑惑一定要查找资料，有见解一定要有依据佐证，有思考一定要合乎逻辑和判断。例如在修辞方法"用典"上，很多文章诗词字面上虽提供了故事的出处，然而诗人所用的却非故事的本意而是另有所取。这种用典的情况极易引起误解，正是需要学生积极思考判断之处。

三、渗透法培养审美能力

（一）通过濡染渗透培养学生审美情感力

海德格尔说，人是诗意地栖居在大地上的，阅读也应该是在充满情感的诗意中流淌和运行的。语文课堂是最具情感的课程，大量的诗歌、散文、小说都蕴含着相当多的情感因素，传达着人类的各种情感。语文阅读教学就是要让那些无生命的文字变成有血有肉，能给人启迪、给人力量的东西，发挥其情感魅力，进而培养学生的审美情感力。因此我们的语文教学应该是情感教学，有情教学。从课堂情境的创设到教师美的语言，从围绕着情感设计教学到诱发学生的情感体验，以情激情，无不使学生沉浸在语文课堂美的享受中，丰富着学生的情感。

人的情感是在一定情境中产生的，即在欢乐的气氛情境中，人就会欢乐；在悲哀的气氛情境中，人就会悲哀。而在一定的条件下，一个人的情感还能感染别人，形成一种潜移默化的精神力量。因此教师深入钻研教材，挖掘教材中的情感因素，采取多种手段创设与教材内容相适应的情绪氛围，让课堂充满审美激情。

教师充满感情的教学语言也可以帮助学生感受文章的美，体会文章的情。教师在引导学生学习课文时，要注意语言的熏陶和感染，"披文以入情"，以言传情，叩击学生的心弦，激起他们感情的共鸣，力求"情信而辞巧"，用美的语言打动学生的心灵，使他们胸中泛起涟漪掀起波涛。

在教学中，要注意抓住课文中可能形成共鸣的动情点。这个"点"，在抒情性作品中往往就是情感的凝聚点，在哲理性作品中就是情理的融合点，在叙事性作品中就是情节的高峰点。明确了这些"点"以后，教师就要引导学生围绕这些"点"，与文本形成情感的感应交流，同时还要注意做好学生情感的激发和定向，强化和深化。

教师在课堂教学中要充满感情，要带着对学生的喜爱之情，对教学的热爱之情，以及对语文的深爱之情。教师在教学中流露出的情感越深，也越容易感动学生，从而激发学生的情感，加深学生对课文情感的理解和体验。语文课堂、语文教师充满激情，才能感染学生，以生气换生气，以激情换激情，以浓厚热烈的教学感染学生学习语文的热情,点燃学生情感的火花。

(二)以走出课堂的文化活动渗透

古人都把"读万卷书,行万里路"作为一种追求,因为"读书"和"行路"都能使人开阔眼界,增长知识和能力,他们是互补的,"读书"是静态的,"行路"是动态的,书中知识有限,只有行路眼观耳识,在实践中体察人生,增加阅历,才能促进学生心智的成熟,帮助其更好地理解作品。

(三)渗透法的要点

语言的学习应该是在潜移默化中慢慢积累的,通过长期的接触,形成一定的语感,在不知不觉中,文言能力增强,自然就能够理解作品。现实中有些学生由于认真,对学习抱有一种"知之为知之,不知为不知",非透彻弄明白不可的心态,一心想把所有的问题都搞懂,以为明白地搞懂几篇文言作品就可以触类旁通。殊不知,这样的文言学习,只会让他感到疲惫不堪,甚至有可能丧失文言学习的兴趣,如此就更不用谈提高了。阅读量是最重要的问题,必须经常接触,这就像小孩子学语言,听大人们什么都说,虽然不是什么都懂,但不代表没有吸收,在日积月累的接触中,不知不觉就掌握了语言。在平时文言学习过程中,有的学生刚一看文章,觉得很难懂,就放下不看了。这时笔者会建议学生还是要认真地看下去,但是可以把不懂的问题放一放,先吸收懂的,正确的东西。因为虽然存在一些不懂的东西,但是不是白看了呢?没有什么收获呢?当然不是,因为这个问题会一直困扰着学生,虽然看得模模糊糊,但文法及词义的猜测是萦绕于心的,在后文或者习题的提示下,很可能就解决了前面的问题。实在没有解决的问题,在下次遇到时也会自觉注意到它,记忆无形中加深,加上换了语境,但是知识点没变,学生很容易推断出可能的意思,在第三次再遇到这个问题时,应该就可以很容易地判断出正确的用法了。

古代文学的渗透性学习应该包含各个学科知识的融会贯通。古代文学的渗透性学习贵在坚持。无论是阅读文言作品,还是对各个学科的广泛涉猎,在开始阶段都是比较辛苦的,虽然有很多弄不明白的地方,但是要硬着头皮去学,贵在坚持,在基本不懂的情况下争取从中抓住能学到的东西,多看多听,在自觉不自觉中知识面就拓宽了，阅读、理解、解题等各方面的能力就会逐步提高。

古代文学的渗透性学习还必须去粗取精。虽然说是广泛涉猎，大量接触，但是学校生毕竟课业繁重，时间有限，所以选文非精而又精不可，篇幅最好是短小精悍的。阅读必须挑选些优质的东西，不能是稗草，应该是美文，而这就需要在老师的引导下进行阅读。

四、演绎法培养审美能力

（一）通过演绎创造培养学生审美想象力

传统的满堂灌式的教学之所以会使学生感到枯燥乏味，就在于教师忽略学生的主体性，把以少胜多、寓实于虚、寓显于隐的中国传统文学与艺术的表现规律抛在一边，把本不该和盘托出的东西讲尽讲绝，没有给学生的想象活动留下足够的余地，帮助学生从中引起更多的联想和想象。因此，也无法得到有所发现、有所创造的审美享受。

通过审美想象，学生既可以使凝固的语言符号升腾为可感可察的艺术形象，又可在另一片思维王国里有机地填补作者留下的艺术空白，尽情地感受作品美的意境。通过想象活动，把自己的情感熔铸到感知的对象中去，从而加深对客观事物的认识与理解，也加强着审美感受。在教学中，把抽象有限的文字符号转换成形象可感的画面，教师要引导学生发挥联想力、想象力，产生对先前相关、相似、相反的生活经历或感受的联想或产生这些方面的合理的新表象，对课文形象给予补充、丰富，借有限景看到无限景。

美总是蕴藏在一定的形象中的，只有把握艺术形象，通过对具体形象的品赏，才能启发学生的审美想象。在阅读教学中，抓住作品所描写的艺术形象，启发学生揣摩、品味语言美，通过美的文辞，体味美的情感。

（二）诗歌教学的演绎传统

中国传统诗论认为诗歌可以由读诗人自由发挥联想，诗歌的这种兴发感动的作用甚至可以对读者产生一种变化气质的结果。基于对中国古典诗歌传统感发作用的认识，在教学实践中可以尝试激发学生的想象，通过不断地熟读吟诵和富有个性的演绎活动，以期使这种作用达到更好地发挥。

（三）演绎法教学的具体课例与教学成果

语文是心灵的殿堂，是情感的体悟，是人生的浓缩。为了更加有效地提升古代文学教学的效果，可以充分利用教材和社会生活中的审美因素，去激发学生相应的审美体验，通过一些与情境和演绎有关的教学把教材和社会中的"彼"变成学生的"此"，从而让学生受到强烈的艺术感染。简单来说，有课本剧的编剧和表演，有古代情境的再现和创作，有形式多样的涉及古代文学的竞赛、创作和展示等。在丰富多彩的走出课堂的文化活动中，注意营造富有情感的氛围，让学生在抚今追昔中感受历史的韵味和人文的精神。

第八章 古代文学教学中优秀传统文化精神的传承

第一节 优秀传统文化精神

一、"传统文化精神"的内涵

中国是有着五千年历史的文明古国，经过五千年的积淀，中国传统文化逐渐形成博大精深的特点。中国的古典文艺如唐诗、宋词、戏剧、国画、书法为世人所折服，中国的传统服饰如汉服、唐装等也深深吸引着现代人。中国五千年的历史对我们更有着意义深远的指引作用，中国的儒家思想，孙子兵法更为当代商界、文化界所推崇。中国传统文化足以使中国人、海外华人引以荣耀和自豪，它是中华民族的象征，也是中华民族凝聚的重要力量。虽然中国人的现代思想观念，思维、行为和生活方式都在发生着重大的变化，中国文化也在全方位地转换和发展，但是这种转换和发展本身就是在"传统"这个基础开始的。因此，要解释"中国传统文化精神"的内涵，必须先了解中国传统文化。

"文化"内涵有广义和狭义之分。广义上讲，文化是人类生活的总和，它包括精神生活、物质生活等极其广泛的方面。狭义上讲，文化是人的全部精神创造活动，是意识、观念、心态和习俗的总和。一般而言，我们更多使用的是狭义范畴的"文化"概念。

文化本身具有地域特征、民族特征和时代特征。中国传统文化是指经过五千年的历史发展积淀下来的、以汉族文化为主的文化。中国传统文化是中国文化的主体部分，也是人们从先辈传承下来的丰厚的历史遗产。按照李宗桂的说法，"就是中国古代思想家所提炼出来的理论化和非理论化的、并转而影响整个社会的、具有稳定结构的共同精神、心理状态、思维方式和价值取向等精神成果的总和。"也就是说，中国传统文化不仅记录了中华民族和中国文化发生、演化的历史，而且作为世代相传的思维方式、价值观念、行为准则、风俗习惯，渗透在每个中国人的血脉中，制约着今日之中国人的行为方式和思想方式。

有人把中国传统文化简单地等同于儒家文化，或是儒家文化、道家文化和佛家文化的简单相加，其实不然，中国传统文化还应包括中国传统文学如古文、诗、词、曲、赋等，中国传统艺术如音乐、戏剧、曲艺、绘画、书法、对联等，习俗如灯谜、酒令、歇后语等，传统节日如春节、元宵节、清明节、端午节、七夕节、中秋节、除夕等。另外，传统历法在内的中国古代自然科学以及生活在中华民族大家庭中的各地区、各少数民族的传统文化也是中华传统文化的组成部分。因而中国传统文化应是中华民族各种思想文化的总和，是包括了各种观念形态和物质形态的文化。

那么中国传统文化所体现的精神到底是什么呢？

中国传统文化长期发展的思想基础，可以叫作中国传统文化的基本精神，文化的基本精神是文化发展过程中的精微的内在动力，即指导民族文化不断前进的基本思想。中国传统文化的基本精神就是中华民族在精神形态上的基本特点。以人为本、刚健有为、贵和尚中就是中国传统文化的基本精神之所在。所谓传统文化精神，就是中华民族特定价值系统、思维方式、社会心理以及审美情趣等方面内在特质的基本方面。中国传统文化精神可概括为自强不息、正道直行、贵和持中、民为邦本、平均平等、求是务实、豁达乐观、以道制欲等八个方面。笔者十分赞同这两位学者的观点。同时，也发现他们的观点有一个共同点，就是以民为本，尊重人的尊严和价值。

中国传统文化作为一个文化的复合体，毫无疑问，它和世界上其他文化一样，也是精华与糟粕并存。中国传统文化精神中除蕴含着对生生不息的渴望，对生存乐趣的演绎，对社会的责任，对自然的亲和，对友谊的追求，对亲情的眷恋，对道义的持守，对民族的融合，对心灵的升华，对未知世界的求解，对信息文化手段的运用，对智慧和知识的尊重等民族精神外，也存在着许多糟粕或不合时宜的成分。在笔者看来，比较突出的糟粕，乃是奴性文化。奴性文化的实质，即人身的依附，它是以牺牲个性的发展和张扬而换取的苟且偷生。奴性文化既存在于管理体制中，也存在于社会团体、学校和家庭之中。在上级面前，下级往往没有了尊严；在老师面前，学生往往没有了自己的见解；在父母面前，子女往往没有了发言权。奴性文化的另一种说法，实际上就是强权文化，而强权文化乃是一种不理会法制、不尊重人权的文化，也是一种不公正的文化。在这种情况下，多数社会成员的聪明才智被压抑了，与此同时这个民族整体、持久的活力也就被压抑了。

综上所述，我国传统文化精神有精华，也有糟粕。要"取其精华，去其糟粕"，将传统文化精神中团结统一、自强不息、厚德载物、忧患意识等优秀部分继承和发扬，让这些伟大的民族精神，成为我们民族凝聚力的灵魂和源泉，成为我们民族前进发展的精神动力，成为我们民族的精神支柱和精神家园。

二、当代学生缺失优秀传统文化精神的现状

（一）当代学生的价值观

学生价值观是学生对价值和价值关系的理解和追求，是影响学生决定行为目标、选择行为方式以及解释行为结果意义的核心因素。引导学生树立正确的价值观是推动现代学校学生文化建设的根本和突破口。即将成为社会建设生力军的学生，他们现在的价值观很可能会影响他们的前途，甚至影响中国的未来。

（二）当代学生的审美观

爱美是人的天性，学生也不例外。他们在学习、生活中，通过各种渠道，正在逐渐形成自己的审美情趣和追求美的方式。经济的发展为人们提供了追求美的客观条件，同时，也从不同程度上有助于满足学生追求美的强烈愿望，但是，由于处于青春期这个特殊阶段，社会环境审美观的偏颇对青少年的影响尤其突出，因此学生在追求美的过程中又存在着明显的弱点：他们追求美，却不善于识别美；他们更多追求外在美，而不善于追求内在美；他们追求大众文化的世俗美，而不知道追求高雅美、个性美。

青春期的学生有着特别强烈的好奇心理，但是他们对于区别美与丑的标

准往往是模糊的。他们常把"新""特""奇"视为美,这种现象当前比较集中地表现为校园追星现象。他们把港台歌星、影视红星视为自己的偶像加以迷恋、崇拜,有的甚至达到了癫狂的程度。再有一种现象,就是误以丑为美。由于特殊的家庭或社会环境,一些学生年龄虽小却非常世故,他们主要崇拜所谓的"江湖义气"和"英雄主义",把广交朋友、出手大方,为朋友两肋插刀等视为美。尽管这一部分学生比例不大,但影响却极深,对于审美观还不健全的学生来讲,这类学生起着不可低估的消极作用。由于学生受知识和社会阅历的限制,他们在追求美的过程中往往只注重于表层的外在美,而不善于发现深层次的内在美。他们往往认为仪表的漂亮就是美,而不懂得美具有广泛复杂而又深刻的含义。因此,许多学生在刻意修饰外在美方面大下功夫,以至于校园中出现了"社会发型""时装模特"现象。如果学校统一校服,这些孩子就想方设法地在校服上大做文章,比如,在校服上画上流行图案,或是随意改变校服,使之具有"时代感"。

其实,内在美较之于外在美更深沉、更具有魅力。内在美是外在美的灵魂和本质。只有加强高尚的道德修养和丰富的知识积累,才能形成恒久的内在美。

(三)当代学生的行为方式

古人把"修身、齐家、治国、平天下"作为人生追求的目标,要达到这一目标,最基本的就是"修身",包括提高自身的文化修养,还包括提高自身的道德修养。而这些问题反映了一些学生道德水平的低下,也反映了一些学生崇尚自我,追求个人快乐、自由的思想,他们放弃自我约束。在他们看来,在全球化的今天,个人的快乐、自由远比道德自我约束重要。

第二节 中国古代文学对传统文化精神传承的意义

一、古代文学作品教学对优秀传统文化精神传承的意义

语文教材与文化有着密不可分的联系,一方面,语文教材源于文化,在文化中生长、发展。文化作为语文教材的母体决定着语文教材的文化品性,

并为语文教材建设提供基本的逻辑理念及范畴来源，抛开文化，语文教材就成了无源之水、无本之木。另一方面，语文教材又精练和反思文化，是文化发展的重要手段和媒介，为文化增值，使文化实现创新，最终生成、构建文化。抛开语文教材，文化的传承、更新和教育意义将面临困境和危机。

中国传统文化是中华民族历经数千年创造、积淀下来的光辉灿烂而又生机勃勃的文化，教育是其重要组成部分。传统文化所蕴含的思维方式、价值取向、行为准则、教育理念等内容，无一不深具民族的文化特性和文化品格，影响、制约着当下的生活和教育。因此，中国传统文化与语文教材有着深远的渊源，特别是学校语文教材中的古代文学作品，蕴含着极其丰富的中国传统文化精神内容。这些作品不仅体现语文工具性，更凝结着古代熠熠生辉的思想精华，比如，爱国主义、集体主义等崇高情感，勤劳朴实、诚实可信等传统美德，坚强不屈、勇往直前等优良品质，是中国传统文化精神的重要载体。纵观现行学校语文教材中古代文学作品有如下特点。

（一）古代文学作品内容涵盖广泛，具有极高的文化价值

事实上，很多人正是在学校时期通过语文教材中的古代文学作品认识传统文化的。学校古代文学作品实际上涉及传统文化的诸多方面。

同时，几千年来，经过一代代人的创造和积累，祖先在哲学、教育、文学、书法、绘画、雕塑、建筑、医学、数学、天文、历法、地学等各个领域，都取得了令人瞩目的成果。如此辉煌的文化成就，得到完整而有序的保存，靠的就是古代文学作品。这座文学作品宝库展示着中华文明的五彩景观，记载了中华民族的历史掌故，反映了历朝历代的风土人情，渗透着中国人的人生观、价值观、审美观……可以说是五光十色，无所不包，如果说掌握祖国的语言好比得到了一把打开本国文化的钥匙。那么，教古代文学作品就好像在孩子们面前打开了一条穿越时空的通道，让他们了解并深刻地认识祖先，让他们与两千年前的大师直接对话，让他们懂得并思考历史，从而继承和发扬文化。因此，对于那些以后不再接触中文专业的学生来说，这一时期对传统文化的了解程度，对其一生的文化素养的影响是至关重要的。试想，如果没有古代文学作品，没有借以施教的语文教学，中华文化的优秀部分，如提倡

积极入世，崇尚正义气节，主张自强不息，强调适中和谐等，能传递到今天吗？

（二）古代文学作品浓缩传统文化精神，具有教育价值

一个民族的传统文化精神是一个民族在长期共同生活和社会实践中形成的文化精华，集中反映了这个民族的特有性格、价值取向和共同信念。中华民族传统文化精神根植于中华民族数千年优秀文化的土壤之中，而这些优秀文化在学校阶段又是通过大量的古代文学作品来体现的。

综观学校教材的古代选文多是思想内容纯正的作品，或歌咏山川，或记述经历，或阐发哲理，或抒怀言志，它们表达了古人对于真善美理想的执着追求。表现古人忠贞爱国、治国修身、大公无私、孝敬父母、重诺守信等美德。以学校语文所选的古代文学作品篇目为例，不难看出每一篇都是闪烁着传统文化精神的珍珠。古代文学作品拥有无法估量的教育潜能，因为其中熔铸着一个古老民族的精魂。只要人们用历史的眼光、辩证的方法合理地去发掘利用，它就一定会释放出巨大的能量。在部分学生受到不良风气侵袭的今天，源远流长的古代文学作品维系着中国人的精神，积淀着中国人的智慧，昭示着中国人的心灵，它应该也完全可以为重塑中国人的形象贡献宝贵的文化资源。因此，可以这样说，弘扬传统文化是时代的需要，没有理由抛弃数千年的文化积淀。而作为基础教育重要组成部分的学校语文教学，理所当然地要承担起提高学生传统文化素养的使命。从短期效应看，有助于提高学生对一人一事的思想认识；从长期效应看，有助于加强其道德修养，树立民族自信心，增强社会责任感，从而塑造完美人格。

（三）古代文学作品陶冶人的情操，具有审美价值

古代文学作品中人格美的力量也是巨大的。诸如，正直善良、勤劳淳朴、机智勇敢、尊老爱幼、爱情专一、反抗邪恶、除暴安良、顾全大局、抵御外敌等美好品质就从姜尚、管仲、晏婴、鲁仲连、蔺相如、李广、苏武、诸葛亮等身上体现，也在罗敷、刘兰芝、花木兰、窦娥、崔莺莺、李千金、杜十娘、杜丽娘、李香君等身上体现。这些人物无不以个性鲜明、品性高洁的生动形象展现在学生面前，让学生在审美与审丑的过程中，从真善美与假恶丑的斗争中受到震撼，为人物的言行神思而喜怒哀乐，在共鸣中得到审美愉悦，

使灵魂受到洗礼。古代文学作品的美还在于它的凝练，它的优雅，它的音韵，它的回环有致，它给人的无尽的遐想，无尽的思考。它是中国人心中无法忘却的情怀，中国人血液里流动的"一点红"。多读这样的作品，确实会使人受益匪浅，对全面提高学生的语文素养、审美情趣十分有利。

语文教材中的古代文学作品凝聚着中华民族的精魂，流淌着中华民族丰富的情感，凝结着一代代人最宝贵的生命体验，具有了解民族文化、启迪德智教育、陶冶审美情趣等功能。任何一个国家和民族，需要有自身独立精神文化传统，现代中国社会、现代中国人同样需要继承和发扬五千年流传下来的中国传统文化精神。"传统"的意义，不仅指向过去，也指向现在，还指向将来，是贯穿于过去、现在和未来的扯不断的红丝，是一个民族赖以生存和发展的生命线。中国古代优秀的文学作品足以引导学生继承优秀传统文化精神，追求高尚的道德情操，丰富自我内心精神世界，从而坚定地站在五千年文化的基石上面向世界、面向未来。

二、古代文学作品教学中优秀传统文化精神传承的现状

中国古代文学作品是中国人民几千年来积累而形成的丰厚遗产。它丰富多彩、浩如烟海，深刻而生动地体现着传统文化精神。因此，只有深入研究古代文学作品教学，才能让学生在"学习中国古代优秀作品"的过程中，"体会其中蕴含的中华民族精神，为形成一定的传统文化底蕴奠定基础。学习从历史发展的角度理解古代文学的内容价值，从中汲取民族智慧，用现代观念审视作品，评价其积极意义与历史局限"。

因为现行语文教材中古代文学作品的体裁大致分为诗歌、散文、小说、戏曲，所以现分别谈谈这四种体裁传承优秀传统文化精神的现状。

我国素有"诗国"之称，自《诗经》开始，诗歌就以丰富的情感，深邃的意境，生动的形象，含蓄凝练、富有节奏感和音乐美的语言，成为人类精神的最丰富的滋补品。正是因为诗词有如此巨大的魅力，我国历来把诗词教学作为语文教育的重要组成部分。但纵观教学实践，状况却不容乐观。

古代小说是通过情节和环境来塑造人物形象，反映丰富的社会生活，隐蔽地显示作者世界观的一种文学体裁。它传承千年而不灭，更真实地反映了历史，更多地承载了优秀的传统文化。因此小说的教化功能、审美功能是不容忽视的。

综上所述，古代文学作品教学传承优秀传统文化精神的现状不容乐观，需要广大语文教育者合力探索教学出路，走出教学困境。

第三节 中国古代文学中优秀传统文化精神传承的对策

一、教师方面

（一）端正认识

1. 摆正语文学科工具性和人文性的关系

语文学科的性质历来是语文教育界争论的中心，因为它决定了语文到底应该怎样教，应该教授学生什么。首先，语文教师对所任教的学科必须有性质定位、目标定位，才不至于使自己的教学跟着教参转，跟着考试跑，从而失去鲜活的个性。其次，"语文工具论"与"语文人文性"并不是相冲突的，而是相容的、一体的。简单地说，语文是记载与传播人类文明的工具，学生学语文就是为了掌握这种工具去接受与传达人类文明。因此，在古代文学作品教学中要摆正语文学科工具性和人文性的关系，既不能偏重一方，更不能不闻不问。既要教会学生理解词句含义，读懂文章内容，更要引导他们体会其中蕴含的中华民族精神，为形成一定的传统文化底蕴奠定基础。

2. 正确理解素质教育与应试教育

在本质上，"应试教育"和"素质教育"是两种教育价值观的根本对立。"应试教育"是客体教育观的体现。它把教育视为社会的客体教师、学生因而都被客体化，视为社会阶层和人力选拔的工具。"素质教育"则持主体教育观。它把教育视为社会的主体教师、学生皆为主体。简单地说，"应试教育"不在于考什么，而在于把考试视为终极目的。"素质教育"则把教育的发展功能视为终极目标，使之最大限度地促进人的发展，而选拔考试只是发展的手段和工具。语文教学是学校教育系统工程的一部分，必须与人的素质发展相结合。青少年是发展素质的决定性阶段，这个阶段的语文教学不仅要注意传授知识,更应当重视发展人的素质。这是关系到提学校华民族素质的战略性问题。所以,在学校语文教学中,培养和发展学生的素质,对于中国传统文化精神的传承无疑具有重要的意义。

翻开教材中的古代文学作品,篇篇光彩夺目,意蕴深厚。综观新课标,字里行间处处留下"注重素质教育"的痕迹,再看看学生,个个辛苦而迷茫,郁闷而无奈。语文教学有什么理由再顽固驻守"应试教育",还有什么比培养一批能传承和弘扬民族精神,增强民族创造力和凝聚力的人才更有价值的吗?笔者希望广大语文教师能充分借助古代文学作品,在青少年成长成熟的重要时期,畅行素质教育,传承优秀的传统文化精神。

3. 构建民主和谐的师生关系

教学,简单来看,是发生在师生之间的一种知识的传授,实际上教学是伴随着师生之间的情感交流进行的。师生关系直接影响教学效果。不和谐的师生关系必然导致教学失败,而民主和谐的师生关系可使老师和学生之间建立起纯洁、牢固的友谊,有助于教学相长。

教师要在与学生平等对话的合作互动中,加强对学生的点拨和指导。但是,在一些语文老师心目中,"师严然后道尊"仍很有市场。这势必导致教师高高在上,不把学生当成一个有独立人格,有自己的尊严,有自己的感情,有自己的思考,自己的独立意志和独立追求的人。这样的教育效果可想而知。在有着绝对权威的教师完全控制的课堂教学中,学生的思维完全处在教师的控制之中,只能亦步亦趋地跟着教师的思路走。学生的教学求异思维得不到发展,探究精神得不到培养,思维的积极性得不到鼓励,甚至一些超出常规的创造性的灵感和思维火花还会因其与教师设计好的答案不相符合而受到压制。

(二)提高素养

1. 增厚文化底蕴

传承传统文化精神的希望在于语文教育,落实语文教育的希望在于语文教师。要做一名优秀的语文教师必须有扎实的基本功、深厚的文化底蕴,这一点对于古代文学作品教学尤为重要。中国传统文化源远流长,有物质文化遗产，诸如长城、故宫、赵州桥、兵马俑等；也有精神文化遗产，如风格各异的古文，《三国演义》《红楼梦》《西游记》等名著有已积淀为民族心理的爱国情感和奋斗精神。语文作为重要的基础课程，古代文学作品作为语文教学中的重点，在传承文化精神方面，对学生的作用极大。但如果教师仅仅是把教参照搬下来的千篇一律的程式内容传授给学生，学生自然兴味索然，领略不了中国民族传统文化的魅力，无法体会其中精髓，因此作为引领者的教师首先就要对传统文化了然于心，课堂上才能得心应手，挥洒自如。注重对传统文化的吸收就要求语文教师做到多读古典文学、名著名篇。《诗经》、唐宋诗词、四大名著等名著名篇不光要多读，像一些经典的文章还要做到熟读成诵。只有教师领会了传统文化的博大精深，才可以将其精神成果传达给学生，以文化的魅力感染学生，以文化的精神陶冶学生。

文化底蕴深厚的语文教师是一个伟大的艺术家，能集百家之长，文化底蕴深厚的语文教师是一位魅力四射的偶像，让学生为之倾倒；文化底蕴深厚的语文教师引领的课堂才会充满了灵性，闪烁着智慧的光芒。

2. 注重道德修养

所谓"学高为师，身正为范"。一个合格教师，不仅要掌握一定的专业知识，懂得教育的规律，具有教育和教学的各种能力，而且必须有较高的道德修养。教师的良好品德情操对学生思想品德的发展作用极大，这种巨大作用与教师道德修养是分不开的。在教育过程中，教师良好道德作用于学生的心灵，塑造学生的灵魂，对学生的性格、爱好、品质等有很强的感召力。它不仅影响一个人的学生时代，而且还将影响他们的一生。

古今中外的教育家都强调教师应以身作则，为人师表。孔子说过，为政与施教一样，"其身正，不令而行；其身不正，虽令不从"。"不能正其身，如正人何？"大教育家陶行知也强调正人必先正己，"为教师而学必须设身处地，努力使人明白，既要努力使人明白，自己便自然而然地格外明白了"。可见，教师凡要求学生做到的，自己首先应当做到；凡要求学生不能做的，自己先坚决不做。教师要求严于律己，使自己的一举一动，一言一行，都要做到不愧为人师的地步。只有这样，才能发挥教育的威力和作用。

作为中国传统文化精神传承者的语文教师，更应该以身作则，注重自身道德修养，让学生通过教师的言行感受传统文化精神的魅力，从而在潜移默化中内化这些精神，将其转化成自身的优秀品质。

三、教学方面

语文教学过程是教师和学生通过对教材的理解进行语言交流的过程。要激发课堂教学活力，提高课堂教学效率，优化教学过程则是有效途径。如前文所述，我们古代文学作品教学存在很多问题，而这些问题正是传统文化精神不能通过古代文学作品教学传承的症结所在。因此如何进行古代文学作品教学，如何在教学过程中有效传承传统文化精神显得尤为重要。下面就该问题，在教学内容和教学方法方面提出一些解决办法。

（一）教学内容要追求真善美

美育是整个教育体系中不可缺少的部分，《中共中央国务院关于深化教育改革全面推进素质教育的决定》指出美育"对于促进学生全面发展具有不可替代的作用，要尽快改变学校美育工作薄弱的状况，将美育融入学校教育全过程"。真善美的统一是中小学课程追求的重要目标，在学校的各学科中，语文无疑是最具魅力的学科，而其魅力之本，则是其"真善美"的境界。

那么，在古代文学作品教学中如何追求真善美呢？

1. 求真

教育的过程包含着认识、把握和遵循客观规律——"真"。就古代文学作品教学来说，"真"是指古代文学作品所包含的汉语言基础知识及其内在规律。因此，古代文学作品教学的第一大任务就是"求真"，即要求学生"诵读古代诗词和文言文，背诵一定数量的名篇"。"阅读浅易文言文，能借助注释和工具书，理解词句含义，读懂文章内容。了解并梳理常见的文言实词、文言虚词、文言句式的意义或用法"。这是古代文学作品教学的基础，只有"求真"，才能"体会其中蕴含的中华民族精神，为形成一定的传统文化底蕴奠定基础"。

但"求真"过程，并非孤立地、枯燥乏味地进行，而是通过古代文学作品的魅力——"美"引导的。古代文学作品的编写同样坚持选文"具有典范性、文质兼美"的要求,也就是"以美导真"。

2. 审美

古代文学作品教学应该是审美的教学。从本体论看,人是精神和情感的主体;从发生论看,人有爱美的天性;从心理学看,人有审美的艺术需求。那些经典古代文学作品在语言上、内容上和思想上所包含的丰富的美学元素显然为人们提供了一种最佳的审美形式。因此古代文学作品教学应当在"求真"的基础上,进行美的熏陶、情的浸染,沟通心灵的对话,方能回归语文教学的本质。古汉语之美。汉字是世界上唯一的连续使用了几千年而且还在使用中的古老又年轻的文字,它作为中华文化的载体,与中国传统文化密不可分。因此古代文学作品教学要与文化精神的贯注紧密联系起来,可以引导学生从字词看文化,发现古汉语的魅力所在,从而加深对博大精深的传统文化的认识。除此之外,古典韵文,节奏和谐、平仄错落有致,句尾押韵,读起来朗朗上口,自不必说。一些古典散文,简直是语言仓库,佳词美句,成语特多,认真诵读,获益匪浅。另外,古汉语用词惜墨如金,它凝练简洁、意蕴丰厚,值得慢慢咀嚼品味。

作者人格、文化背景之美。古代文学作品教学离不开对作品的解读,作品是作者所作,作者的思想情感又是在个人经历和社会环境中产生的。因此,要体悟古代文学作品的思想内涵就必须知人论世,了解这个人,了解他所处的时代。

3. 引善

古代文学作品教学目标之一就是培养学生高尚的道德情操——"善"。在教学中,文学作品通过美的形象、美的意境和美的内容将"善"具体化,使学生潜移默化地受到思想教育。这就是"因美引善",尤其通过美的艺术形象的再现与分析,从形象中抽象出德育的内容,达到德育的效果。

真正的语文教学是让学生获得道德的洗礼、文化的熏陶、智慧的启迪,热爱、学习、掌握、运用中国的语言文字,在学习、运用、创新过程中追求真善美,表现信、达、雅,和谐天、地、人,华宝之趣,促进健康、愉快、和谐的永恒。

（二）教学方法要灵活多变

教学方法是教师指导学生为了实现教学目的，在教学过程中所采用的一系列办法和措施。它是教师传授知识、培养学生自学能力和开发学生智力的重要手段。在古代文学作品教学中，为了更好地传承传统文化精神，必须改进教学方法。针对前面论述的问题所在，这里提出下列方法以供参考。

1. 字词要精讲，减轻学生的畏难情绪

字词教学是古代文学作品教学的瓶颈。教师在引导学生关注文本的过程中，必须重点解析一些常见的实词、虚词的意义和用法。如果不分难易、不分主次，必然琐碎零乱，肢解文章，枯燥无味。首先，教师本身要记住词的基本意义，并掌握词的基本意义和引申意义之间内在的联系和区别，这样就能引导学生根据上下文和课文内容确定词的引申意义。比如"徙"字，在文言文里作动词用，在不同的语言环境里，可译作"迁移""调职""调动""变迁""变化"等，但基本含义是"迁移"。其次，可以抓住段落中关键词语分析。教学过程中不可忽略一些词的特殊用法，比如，古今异义、词类活用等情况，这些应该给学生点明，因学生在这些地方最容易犯以今推古、望文生义的错误。

2. 教会学生使用工具书，随时随地排除阅读障碍

使用工具书的能力对于学生来说，最主要的是学会查字典。要有运用部首、音序等查字法迅速、准确地从字典中查出生字词的能力，还要有联系上下文语言环境选择恰当的解释词语的能力。要具备这种能力，就必须要求学生勤查字典，并进而养成习惯。

如何使用工具书是古代文学作品教学中的一个重要内容。事实证明，凡是不会使用有关古汉语工具书的，古汉语学习肯定没有过关；凡是掌握或基本掌握有关古汉语的工具书使用方法的，古汉语学习就已经过关或基本过关了。所以，教会学生如何使用并引导他们习惯使用、喜欢使用工具书，对我们古代文学作品教学来说，是非常重要的。只有培养学生养成勤查工具书的好习惯，才能在教师不在身边时，随时随地扫除文字、词语、典章制度等各方面的障碍，从而提高阅读古代文学作品的兴趣。

3. 重视诵读和积累，培养阅读语感

语感是人们在长期的语言实践中形成的对语言文字敏锐、丰富的感受领悟能力。对语言的感受能力反映了使用者对语言的理解能力和运用能力。在古代文学作品教学中，良好的语感表现在当触及具体作品时，学生能自然地运用语感融入对作品的感知、理解、想象和情感体验中，从而充实和丰富着自己的生活经验和文化素养，创造出新的意象。

要培养语感，就要创设语境，然而文言的时代已经距现在很远了，不可能再找到那种语言环境了。于是，通过诵读和积累创设一定语言环境就显得非常重要了。在语文教学中重点抓诵读与积累也是中国语文教育的传统做法。古人所说的"童子功"，其中最重要的成分就是诵读与积累。所谓"读书破万卷，下笔如有神""书读百遍，其义自见"，都是从诵读与积累的角度总结的经验之谈。诵读就是朗读。读书时要大声读，多读，口耳眼心都得用上，在理解词义，了解句式的前提下，读出文章的音乐美、意蕴美、情境美。当然，教师一定要按照学生的认知规律加以设计，对诵读多加指导，让学生掌握其方法。起初，要语音准确，句读准确，字正腔圆。然后，训练学生掌握音调、语气、停顿、重音等诵读技巧，尤其文章的内在节奏，感知文章的"气、味、声、色"。再后，随着理解的加深，要求学生在抑扬顿挫、表情传神方面下功夫。最后，学生在反复诵读达到因气求声、心口合一、与我为化的诵读境界。久而久之，学生便耳熟能详，目闭可诵，产生如闻其声、如见其人、如历其境的艺术感受，不知不觉间就和作者心意相通了。学生在诵读中把文言文中的若干重要篇章熟记在心，文言实词的意义、虚词的运用、各种句式的变化等也就已经包含在其中了。更重要的是，通过诵读还可以学到古代名篇的构思立意、布局谋篇、语言修辞等方面的要义，提高自己的文化素养。随着诵读篇目数量的增加，积淀的知识也越丰厚，学生对古汉语的语言感知能力也越强，自然乐意阅读古代文学作品，在潜移默化中接受传统文化精神的熏陶。

4. 鼓励学生体验感悟，自觉内化传统文化精神

经典的阅读，可以使年轻一代从生命与学习的起点上，就占据一个精神的制高点。正是经典的阅读，会使教师与学生的生命达到一种酣畅淋漓的自

由状态，这种难得的高峰体验，生命的瞬间爆发与闪光，会使学生以一种全新的眼光去看待自我与世界，甚至从根本上改变学生的生命状态与选择。当然，每一个学生在什么时候，在什么作品上，与经典作家发生生命的撞击，产生高峰体验，是不一样的，而且也是为数不多的。但只要有几次，甚至只是一次瞬间爆发，就会永远难忘，对其终生发展产生难以估量的影响。

古代文学作品的阅读，就是经典的阅读，就是生命的阅读、体验的阅读。在阅读那些伟大的作品的时候，教师必须改变以往的教学方法，创设一个轻松和谐的氛围，鼓励学生尝试着运用自己的心理感悟获得文本中的信息。让学生真的走进文本之中，而又能跳出文本之外。从而在实际上能让学生从文本中阅读生活、阅读自己。

5. 引导学生学以致用，古今互动

学习文言文，一方面要用古代的文化思想观照当代现实，从中感受中华民族文化的源远流长、博大精深；另一方面，也要用当代的观念方法解读古代的思想文化，从而给传统文化注入新的生命。古人有言，"六经注我，我注六经"，这八个字形象地反映了古今文化之间的互动关系。

为了做到古今互动，在文言文教学中，教师要引导学生搜集相关资料，相互参照着阅读。这种古今互动的阅读方法激活了学生的思维，有助于培养学生发现、探究、解决问题的能力，有助于形成全面的语文素质，有助于继承和弘扬民族文化。

利用互联网的共享资源，适当运用现代化多媒体教学手段。时代发展至今日，"一根粉笔、一本书、一块黑板"的教学形式正在淡出人们的视线，而利用计算机网络来推进教育的发展慢慢在教育界中达成共识。网络信息资源成了教师和学生取之不尽、用之不竭的宝库。无论是解读古典诗词曲赋，诸如诗经、楚辞、汉赋、唐诗、宋词、元曲，还是赏析六朝志怪、唐传奇、明清小说以及元明清杂剧、传奇等戏曲作品，均能从互联网上得到丰富多彩的内容与素材。运用网络与多媒体技术，教师可以将互联网上有关《三国演义》《水浒传》《西游记》《红楼梦》《聊斋志异》《窦娥冤》《西厢记》《牡丹亭》《长生殿》《桃花扇》等古典小说、戏曲作品的剧场、图片或影视音像画面,结合教学内容,或片段,或剪辑,直接播放给学生观赏赏析古典诗词,将诗文配之以诗人画像、景物画面以及中国十大古典名曲,声情并茂地讲解、观象、点拨、赏析,文学与人文的结合,恰到好处。这一切都给学生留下了深刻的印象,产生了良好的效果。但是教师一定要适当使用多媒体,多媒体只是教学的辅助手段,使用它是为了更好地服务于课堂,是为了提高学生的学习兴趣,切不可一味依赖于多媒体吸引学生眼球,否则喧宾夺主,减弱了学生对文本的关注。

第九章 中华文化传承的重要意义和途径

第一节 中国传统文化的流失因素

一、"中国传统文化"的基本精神

开辟鸿蒙，人类开始有文化意识以来，中国一直是以"泱泱大国"的地位存在于人们的心中。中国"大国"的地位不仅体现在其地大物博、人口众多上，还体现在博大精深的中国传统文化之中。中国传统文化，是中华文明逐渐演化而汇集成的一种反映民族特质和风貌的民族文化。具有鲜明民族特色，历史悠久，内涵博大，有着以儒家文化为核心的、包含其他文化形态的兼容并蓄的特征。"中国传统文化"是一个意义很广泛的词语，它包括诸如以忠孝礼义为代表的儒家文化，诸子百家的经典观点，琴棋书画，传统诗词戏曲文学，传统节日及习俗，传统中国建筑，中医学，宗教哲学和民间工艺，等等。

（一）爱国重土

中华民族是富有爱国主义光荣传统的伟大民族。具有深厚的爱国主义情感，是中华民族性格的一个显著特征。

1. 爱国之情发端于"尊亲敬祖"的古老传统

中国人安土重迁，敬宗拜祖。对生于斯、长于斯的故乡和辛勤哺育自己的亲人的眷恋、感恩，是人类最自然、最纯真的感情活动。中华民族因为很早就进入了生活相对稳定的农耕社会，所以家乡观念和血亲意识十分牢固。

2. 爱国之情源自对祖国美好河山的热爱与崇敬

祖国美丽的山山水水，生机盎然的花草树木，虫鱼鸟兽，激起一代又一代文人墨客歌咏赞颂，令无数的英雄豪杰心醉神迷。在漫长的古代社会，中国人一直认为自己所生活的地方是天下之中，为上天所赐最美最善之地，视周围地方都远远不及中原沃土。我们的先辈在军事上主要采取守卫和防御的态势，比如，中国古代修建了万里长城，用来防御外族入侵。多数王朝推崇固边，贬斥扩张。一些所谓的"有为"君主如秦始皇、汉武帝、唐太宗、唐玄宗、忽必烈等发动侵略战争，在历史上都遭到否定性的评价。

3. 爱国之情来源于对祖国悠久的历史和博大精深的文化的自豪感

中国人以文化认同视为民族认同的首要条件，而对血缘的差异不太在意。

孟子明确地说舜是"东夷人也"，可是这一点也不影响他对舜的崇敬。据陈寅恪先生考证，唐太宗李世民的祖上是少数民族，即使这是事实，我们谁会因此对他另眼相看。大家知道，唐朝大量任用少数民族和外国人（如日本人、朝鲜人）在朝中做官，明清两朝都任用了来华传教士担任官职（著名的如汤若望和南怀仁，主要是负责天文观测和历法方面的事务，这在封建社会是十分重要的工作）。中华民族之所以会有这样宽阔的襟怀，就是因为我们的先辈对本民族文化十分自信，这种心态直到1840年鸦片战争发生之后才开始变化。在民族认同上重文化因素轻血缘关系，是以汉族为主体的中华民族历经沧桑而幅员越广、人口越盛的重要原因。

4. 爱国之情基于对中华文化中心地区的向往和对民族团结统一的珍惜

中华民族是由56个民族组成的一个民族大家庭。各民族都为中华民族的形成和发展，为中华文明的传承与更新，奉献了自己的智慧和汗水。我国各民族都无限热爱自己的家园，向往中华文化的中心地区——中原。从遥远的古代起，我国各族人民就在中华大地上共同繁衍生息，并在相互交往过程中建立了紧密的联系。各民族通过族体上的相互包容和吸纳，通过对中原地区和边疆地区的共同开发、建设和保卫，通过对中华传统文化的共同哺育和发展，逐渐形成了共同的民族特质、民族心理和文化传统。在长期的历史实践中，中原地区作为中华文化的中心地区，对各民族产生了强大的向心力和凝聚力，对中华民族爱国主义精神的形成和巩固产生了深远影响。历史上，我国曾多次出现分裂和冲突的局面，但人心始终向往统一，向往团结。以统一为正常，以分裂为异常，以各民族和睦相处为盛世景象，以各民族相互争斗为衰世征兆，成为中华民族大家庭中每个成员的共识。特别是在近代中国史上，虽然有帝国主义列强的挑唆利诱、威胁恫吓，但各民族始终坚持维护团结统一的大局，为了捍卫边疆领土的完整不惜流血牺牲，最终粉碎了外来势力企图分裂中国的无数次阴谋和挑衅，保卫了祖国的统一。中国各族人民就是这样在开发和建设中华热土这块共同的家园的实践中，在相互交流和相互融合的过程中，在团结御侮、保家卫国的斗争中，逐渐形成了牢固的爱国主义传统。

(二) 崇礼修德

中国向来被称为"礼仪之邦"，崇尚礼仪，讲求道德，重视和谐的人际关系和社会秩序，追求人格品行的高尚境界，是中华民族优秀传统文化中最具有特色的基本精神之一。

1. 中华传统文化重视"礼义"

中华的伦理文化源远流长，从其表现上可以概括为"礼义"二字。义者宜也，也就是言行适当；礼者履也，也就是言行符合规范。二者本质上是一致的，但在具体要求上各有侧重。礼侧重于要求言行的形式合规中矩，义侧重于要求言行的内容正确恰当。我们的先人认为，礼义是人和动物区别的根本标志。"凡人之所以为人者，礼义也"、"不学礼，无以立"等类似的前贤教诲数不胜数。人们在社会交往中要讲求"礼节"、"礼貌"、"礼让"、"礼敬"。人们传颂战国时期廉颇、蔺相如"将相和"，三国时期刘备"三顾茅庐"等故事，就是因为他们的言行合乎礼义的要求。中国人素来提倡家庭和睦、朋友坦诚、尊老爱幼、扶贫济困等良好的社会风气，称道"亲仁善邻，国之宝也"，"有朋友自远方来，不亦乐乎"，"远亲不如近邻"等为人处世的格言警句，无不表现出中国人宽容忠厚、谦恭善良、彬彬有礼的文明修养。

2. "仁"是中华民族道德精神的旗帜

"礼义"是人品质的外在表现，其内在的根据是"仁"。"仁"是中华民族道德精神的旗帜，是各种道德观念中最基本的同时也是最高的大德，是世人应普遍遵循的德行标准。孔子2500多年前创立的"仁学"，是中华传统文化基本精神的发源地之一。"仁"的出发点是"爱人"。"仁者爱人"

的内在根据是人与人是同类。人只有生活在人群中才能真正过上人的生活，这是人的社会属性所决定的。因此，人与人之间应该相互关爱，为人自身的生活建立良好的社会环境。从"仁"的这个基本要求出发，根据不同的人际关系和社会条件，可以派生出忠、敬、孝、友、节、义、廉、耻等一系列的道德规范。"仁"的本质是人与人相互尊重，相互关怀，善待同类，共建和谐社会。孔子依据"仁"的精神提出的"己所不欲，勿施于人"的做人道理，传到西方后，被遵奉为人类行为的"黄金法则"。"仁"的精神在中华民族的历史长河中不断得到丰富与发展。无数的仁人志士在"仁"的精神的感召下，心忧他人，乐善不倦，胸怀天下，志济苍生，爱岗敬业，奉公报国。"鞠躬尽瘁，死而后已"、"先天下之忧而忧，后天下之乐而乐"这两则闪光的名言则体现了中华道德观的最高境界，至今仍然具有强大的生命力和感召力。

崇礼修德的精神渗透到我们民族的文化生活、理性观念乃至情感表现各个方面，积淀成中华民族精神风貌的重要构成素质，其中有许多珍品值得我们去爱护和弘扬。中国的传统思想道德建设有一条宝贵的经验，就是注重让道德观念伦常化、实践化，把它融合到家庭、学校、个人日常生活和社会交往的方方面面，渗透进大众的日常意识和信念当中，成为人们立身处世的准则和信条。

例如，"修身、齐家、治国、平天下"的提法，把个人的修养、家庭的协调、国家的管理同天下的安危、世道的治乱紧密联系在一起，成为上上下下、男女老少都熟悉和信奉的日常意识和行为准则，这是中华传统文化重视道德修养的人生价值取向的一个突出特点。

（三）贵和执中

中国人自古就特别强调"和"，以和为贵；也特别重视"中"，讲究中道。中和融通是贯穿中国古代哲学体系中的基本思想方法，是中华文化最珍贵的基本精神之一。

1."以和为贵"及"和而不同"

所谓"和"，是指不同事物的合和、和谐、统一，对立面的相济相成，既同且异，共聚一体，相资相长。中华传统文化追求宇宙自然的和谐、人与

自然的和谐、人与人之间的和谐、自我身与心的和谐。中国人世代以和谐为最高原则来处理各种矛盾和各方面的关系,包括"天人合一"、"家庭和睦"、人与人"亲和"、民族"协和"、国与国"和平共处",这样才能"天下太平"。

中国的先哲对"和"的概念有独特的见解,主张"和而不同"。"和"是多样性的统一,比如,性质不同的金、木、水、火、土杂合而生百物,把完全相同的物质放在一起就不能产生任何新的东西。他主张不同事物的交融,不同意见的兼蓄。

2. 中庸之为德

中国古代的"贵和"观念,往往是与"执中"观念联系在一起的。

"致中和"之所以被先哲们称道为"大本"、"达道",是因为"中"与"和"的结合,既能协调差异,义能使之适度规范进行;它既表现为宁静、和谐、共存,义表现为运动、互融、化生。"中"是万物自然存在的均衡状态;"和"是万物运动中的和谐状态,以"中"为度,以"和"为归,这两者辩证的统一,可以推动事物在相争中推陈出新。贵和执中的精神反映了中国人喜爱、希望安定、喜欢太平盛世的心理追求,也表现了中国人做事不失常理、处处讲原则的性格特征。正所谓"柔中寓刚"、"刚柔相济"、"绵里藏针"。

(四)自强不息

刚健有为、自强不息,是中华民族最宝贵的民族精神,是中华文化精神的基本内核,是人们处理天人关系和各种人际关系的总原则,也是中国人的积极人生态度的最集中的理论概括和价值提炼。

中华五千年灿烂文化始终蕴含着一种奋发向上、开拓进取的精神力量,深刻地影响着中国人的心理和品格,是我们民族生存、繁衍、发展的生机与活力。无论周文王、孔夫子,还是屈原、左丘明、孙膑与韩非子,等等,他们都是身处逆境,仍然矢志不移,苦心钻研,辛勤耕耘,才创造出了光辉灿烂的民族文化瑰宝。而司马迁本人也是遭受宫刑之后,忍辱负重,发愤修志,继孔子《春秋》而作《史记》,成为史家之绝唱、无韵之离骚,皇皇巨著千古流传。

刚健有为、自强不息的精神,不仅在我们民族兴旺发达时期起过巨大积极作用,在我们民族危难之际也总是成为激励人们起来进行斗争的强大精神力量。中国人民表现出的坚持正义、英勇奋斗、不怕牺牲的高尚气节,惊天地,中华民族信奉"士可杀不可侮"、富贵不能淫、贫贱不能移、威武的人格精神,敬奉忠义伟岸的"武圣人"关公,讴歌刚正不阿的黑面都体现了中华民族刚健奋发、矢志不渝、百折不挠、多难兴邦的阳刚的源泉。无论是过去、现在或是将来,都要提倡和发展的优良精神。可是长期以来,国学理念在现实社会所遭受的挫折比比皆是,以至于现在提出"国学复兴"而遭受很多非议。一个重要的原因在于,众人认为"国学"在目前其实只是一种中国传统文化的象征,过去的各种运动给大家留下了太多阴影,认为传统的东西对现实社会不可能也无法产生实质性的影响,所以大家没有兴致去了解,去学习;同时,推动"国学复兴"升温的动力也不足,因为人们可以通过学习"国学"提高文化素养和道德境界,但却无法解决人人必须面临的衣、食、住、行问题,特别是就业问题。

文化的作用,我们过去看得太轻了,甚至有一度非常浅薄地把文化只当作为经济发展搭台唱戏的配角,这是不对的。文化,实际上它是经济发展的最终的动力。我们要想经济发展,那最终的动力实际上到最后仍然是文化。过去呢,我们认为是不符合马克思主义观点的,但现在看来是完全符合马克思主义观点的。文化和经济是什么关系?它不是经济的配角,经济发展了是为了人,文化的发展、文化的存在、文化的升华同样是为了人,经济的发展是直接作用于人,文化的发展也是直接作用于人,不过这个作用和经济发展的作用,有的时候看起来作用的渠道不一样。经济发展了,我们的好衣服穿到身上就行了,可是文化的发展要靠学,那就麻烦一点儿,需要用心,如此而已。

在过去的很长一段时间里,中国传统文化一直领先于世界文化水平。孔夫子的"三人行,则必有我师焉"体现出的谦虚好学,是孤傲的以自我为中心的山姆大叔不能体会的;中国古代有俞伯牙为钟子期摔琴,为失去知音从此不再弹琴的惺惺相惜之情,是牵着香榭丽影们看歌剧的同样衣着光鲜的绅士们不能体会的;一句"落花人独立,微雨燕双飞"所表达的意境,在外语翻译来只是堪堪几个单词，形似神不似，两者是不可以比拟的。中国传统文化，是世界文化星空中不可磨灭的一颗璀璨明星，是中国古代的统治者、贵族、中下层平民百姓共同创造和维系的古代精神文明结晶。

二、中国传统文化传承中出现的问题

（一）民间文化流失严重

曾经如此辉煌的中国传统文化，现如今却面临着逐渐流失的尴尬境地，我国的本土文化、民族文化不断遗失。在我国内蒙古自治区流行的马头琴，已被蒙古国申报为该国的非物质文化遗产；在中国家喻户晓的皮影戏，也被印度尼西亚申报为该国的文化遗产。

（二）英美国家政要对中国文化的言论

当代中国文化与发达国家经济的关系呈现出相当复杂的形态。两方国家一面散布中国威胁论，一面贬低中国的影响力。

我们在文化传承方面存在一定问题。特别是在经济落后的情况下导致一些劣性复生，让外国人看到了阴暗而又加以夸张，危言耸听，我们且当警钟长鸣。文化传承是一种扬弃，要去其糟粕，取其精华。随着物质文明程度的提高，优秀的中华文化精髓一定能够最终以正压邪，让古老的东方文明绽放出新时代的光辉。

（三）出国旅游的部分游客行为不当造成国人蒙羞

中国的和平崛起决不能止于经济的规模和效益，更要有文化软实力的匹配和壮大。要引起重视的是，随着我国经济的发展，出国旅游人数年年增加，但大声喧哗、随地乱扔杂物等不文明行为却令国人蒙羞。事实证明，如果文化素质和道德水准不能随经济实力同步上升，金钱再多也得不到人家的尊重。因此，我们必须牢记总书记的要求，继承和弘扬我国人民在长期实践中培育和形成的传统美德，引导人们向往和追求讲道德、尊道德、守道德的生活，让13亿人的每一分子都成为传播中华美德、中华文化的主体。

三、导致中国传统文化逐渐流失的原因

当中国的历史已经迈进21世纪十几年的时候，似乎有很多东西值得我们去深思。中国，一个古老神奇而又伟大的民族，深藏五千年底蕴的华夏文化，

为什么会一点点流失

（一）中国创意速度发展得慢

在快速发展的时代，只有创意才可以保证文化的生生不息。随着世界竞争的加剧，各国都已采取多种形式推动创意产业的发展，推动文化创新以获得丰厚利益。我国传统文化民族资源丰富，但目前我国创意文化产业发展滞后，没有充分利用文化资源并在其基础上实现创新。

（二）人文教育不足

当前教育种种弊端导致传统文化的严重流失。担负民族兴亡的是一个民族的文化，而文化的兴亡重在教育。我国教育的弊端，在于对学生管得太死、教学内容太单一。对理科的注重适应科技膨胀时代，所学的高数、理化知识在生活中毫无用处，而在社会上极需的为人哲学、道德导向、价值引导等问题，却不给予应有的重视。许多中国古代优秀的文学著作不为人所熟知，古代文人字里行间的才华横溢我们感觉不到，所记住的只是名句名段，因为考试会考。用培养少数天才的方法残害绝大多数的学生，在"应试教育"体制下培养出缺少思考、缺少真才实学的学生。

（三）现代生活对传统的冲击

在现代科技的推动下，中国生产力水平不断提高，人们为了追求更大的经济利益，把生活中的某些东西一再简化。某些古老流传下来的礼义、习俗、手工艺，放在今天的社会背景下，未免太过繁琐。例如，在现今发达的交通情况下，再也不会有"临行密密缝，意恐迟迟归"的情况。而古代中国建筑在现代经济洪流的冲击下也摇摇欲坠，多数老城区被迫拆除改而建成高高的楼房。

（四）文化遗产的法律保护缺失

文化遗产种类繁多，缺乏法律保护和人才培养。对于中国传统文化保护工作长期不被重视，普查力度不大，缺乏深入和广泛的对民间文化的非物质文化遗产的整体状况的了解。保护文化遗产的观念滞后，资金技术贫乏，缺乏正确的开发利用，许多处于自生自灭状态。如，对古代的科技、工艺、音乐、舞蹈、历史声音、历史图像、民族文物、民俗文物等非物质文化遗产，没有科学的界定和权威的说明,现有法律不适应非物质文化遗产保护工作的开展。缺乏非物质文化遗产的教育及人才的培养,传承渠道不畅。对非物质文化遗产缺乏重视和价值认知,教育与文化遗产保护、传承脱节。在另一方面,传统文化传承程序也存在缺陷。农业社会遗留下的重男轻女陋习演变的有些技艺"传男不传女"的规矩,直接导致某些特色技艺走向死胡同,最后消失。怎能不教人惋惜。

传统文化的传承是令人担忧的。然而,中国传统文化在国外却备受青睐例如美国迪斯尼公司制作的动画片《花木兰》就是一个鲜明的例子。这部影片在新加坡首映后,在全球循环放映,得到强烈反响,成为迪斯尼公司生产的利润最高的影片之一,但是其影片内容却来自中国历史。而在北京奥运会之前上映的《功夫熊猫》又是一典型例证,此片同样获得成功,而其内容中包含了中国古代道教精神。在韩国,"江陵端午祭"事件已将其对中国传统文化的看好体现得淋漓尽致,而且韩方继续打算用中国资源申遗,纵然他们这种盗窃他文化的行为并不可取,但可以给我们启发。我们没有拍出《花木兰》级别的电影,甚至将尽人皆知的节日拱手让给韩国,在批评对方行为的同时,我们更该做的是反思,否则,这种盗取中国文化资源的事将会继续上演。

第二节 文化软实力与国家影响力

一、文化软实力

文化软实力是国家软实力的核心因素,是指一个国家或地区文化的影响力、凝聚力和感召力。

(一)"软实力"概念的由来

软实力是近年来风靡国际关系领域的最流行关键词,它深刻地影响了人们对文化软实力国际关系的看法,使人们从关心领土、军备、武力、科技进步、经济发展、地域扩张、军事打击等有形的"硬实力",转向关注文化、价值观、影响力、道德准则、文化感召力等无形的"软实力"。

（二）文化软实力是重要国力

在经济全球化的影响下，各国的文化也呈现出交流与交锋、合作与较量的新格局，文化已经成为西方国家颠覆和控制别国、实现自身战略意图的重要工具，文化领域已经成为政治斗争和意识形态较量的重要领域。所以，大力提升本国的软实力已在国际主流社会达成共识。

中国文化软实力的现状：中国对于传统文化的宣传和推介处于"原生态"状态，优秀的文化传统资源优势并未充分转化成为强大的现实生产力；文艺演出、语言文化、图书出版等文化领域面临着"文化赤字"；对于中国文化形象的认知存在一定的偏差，忽视了对传统文化资源的创新和改造。

执政党在推进社会发展中越来越重视文化的作用。文化是一个社会重要的精神支柱，强调文化的力量，既能丰富人民的社会生活，也能创造不同于科技、经济等的新的发展动力。

报告这一新提法，表明我们党和国家已经把提升国家文化软实力作为实现中华民族伟大复兴的新的战略着眼点。文化软实力作为现代社会发展的精神动力、智力支持和思想保证，越来越成为民族凝聚力和创造力的重要源泉，越来越成为综合国力竞争的重要因素。一个民族的复兴，必须有文化的复兴作支撑。实现中华民族的伟大复兴，必然伴随中华文化的繁荣兴盛，而繁荣兴盛中华文化，必然以提升我国文化软实力为根本途径。

为此，就要树立"文化软实力是重要国力"的观念，把文化产业列入国家战略，大力推动和扶植文化产业。要详细制定文化发展战略目标、战略措施和文化发展政策，加快发展文化事业和文化产业，推进文化体制改革，完善文化产业政策，推动其发展成为国家战略性产业，做到"国家硬实力"和"文化软实力"两手抓，两手都要硬。

（三）文化软实力的比拼是核心价值观的较量

文化软实力的比拼，说到底是核心价值观的较量。恩格斯曾说过，文化植根于一个民族或一个时代的一定的经济发展阶段。独特的文化传统，独特的历史命运，独特的基本国情，决定了我们只能走适合自己特点的发展道路。当代中国的价值观念，为中华文化注入了新的精、气、神。习近平总书记强调，提高国家文化软实力,要努力传播当代中国价值观念。当代中国价值观念,就是中国特色社会主义价值观念,代表了中国先进文化的前进方向。要加强提炼和阐释,拓展对外传播平台和载体,把当代中国价值观念贯穿于国际交流和传播的方方面面。

二、提高国家文化软实力的重要性

一个国家是存在两种实力的,种是硬实力,一种是软实力。硬实力通常是指国家的GDP、硬件设施等,而文化、制度、传媒等被称为软实力。建设优秀传统文化传承体系,弘扬中华优秀传统文化。全面正确地认识中国传统文化,加强对优秀传统文化思想价值的挖掘,是提升国家文化软实力、增强中华民族综合国力的战略举措。

(一)不同文化差异可能使国家之间形成裂痕

中国的文化具有自主能力和调适能力,文化认同感正在增加。在当今世界,经济越来越全球化、一体化,政治则是多极化、多元化,而文化则介于两者之间。一方面,随着高科技特别是传媒与网络的迅速发展,文化的认同性日益取代了意识形态的差异性;另一方面,由于文化习惯、宗教传统、价值观念上的鸿沟难以弥合,不同文化与文明之间的差异所造成的裂痕也有扩大的可能。如何处理好全球普遍价值认同与民族角色的自我认同,对于发展中国家的文化传承与传播具有决定性的意义。

(二)中华文化是中华民族绵延的重要渊源

中华民族几千年来历经磨难而绵延不绝,一个重要原因就是有着深厚的文化传统和强烈的文化认同。面对全球的思想文化激荡,中国千万不能"失语"和"他者化",千万不能丢掉文化主体性,失去自己的文化基因和文化密码。

(三)文化软实力是综合国力和国际竞争力的重要组成部分

文明的冲突文化是社会的产物,社会经济实力是文化发展与传播的根基。

我们应当看到,中国文化现在之所以受到世界普遍的关注,成为全球瞩目的焦点,其中最根本的原因是中国经济的高速发展所带来的综合国力的提升。正是由于我们国家经济实力的增强,才使我们在国际舞台上有了话语权,有了相对平等的谈判条件与相互磋商的议价能力。

中国经济实力的增强，必将带来中华文化影响力的提升。就连约瑟夫·奈也认为，中国在经济上的巨大成就是软实力得以提升的重要根源，是中国文化特别是传统文化的吸引力越来越大的根本原因。尽管有时文化会成为社会舞台的主角，但是经济依然是文化繁荣与发展的保障。

四、传承优秀中国传统文化的现代意义

优秀传统文化凝聚着中华民族自强不息的精神追求和历久弥新的精神财富，是发展社会主义先进文化的深厚基础，是建设中华民族共有精神家园的重要支撑。

（一）传承优秀中国传统文化有利于提高道德修养

当今全球正处在大发展大变革时期，科学技术日新月异，各种思想文化碰撞激烈。中国自改革开放以来，经济社会发生深刻变革，但西方腐朽思想乘虚而入，极容易导致道德滑坡。

良好的道德修养一直是中华民族的优良传统。儒学自汉朝汉武帝时期起成为中国社会的正统思想，绵延至今已有2500余年的历史了，对中国人的德行规范影响深远。儒学把"仁"作为最高的道德原则、道德标准和道德境界，形成了以"仁"为核心的伦理思想结构，包括孝、悌、忠、恕、礼、知、勇、恭、宽、信、敏、惠等内容的道德要求。在现代社会，这些品质仍然是中国人民最珍贵的个人品质。儒家提出，只有先修身才能齐家、治国、平天下。当"鱼"和"熊掌"不可兼得时，舍生取义便成了人的自觉的选择。

道家讲"地势坤，君子以厚德载物"，注重人的责任与义务。道教提倡的伦理道德是忠孝节义，仁爱诚信。佛教最基本的道德规范是：不杀生，不偷盗，不邪淫，不妄语不饮酒，主张平等，去恶从善。中国传统社会的传统伦理道德经过数千年的积淀，形成了中华民族的风骨和气度，培育了民族的品格和精神，既是历史发展的内在动力，也是我们建设新文化的宝贵资源。

（二）传承优秀中国传统文化有利于可持续发展

中国自走上工业化道路以来，经济迅猛发展，人民生活水平日益提高。但由于对大自然的过量开发，造成资源枯竭，环境恶化，严重威胁了人们的身体健康。

"天人合一"思想理念是中国传统文化现代价值体系中的重要组成部分。道家的"天人合一"是建立在自然无为基础上的人与自然关系的和谐，主张顺应自然，"任自然"，追求"不以人助天"，强调顺应天性。汉代大儒董仲舒提出"天人感应"的思想，把天、地和人看作一个全息同构的体系，天人相通，互相感应。董仲舒把"天人合一"的思想推向了神秘和极端，但客观上也使中国古代"天人合一"的自然观的地位得以巩固。"天人合一"思想主张人不能违背自然、超越自然界的承受力去改造、征服、破坏自然，而只能在顺应自然规律条件下利用自然，实现人与自然的和谐相处，这一思想为实现可持续发展提供了正确的方向。

（三）传承优秀中国传统文化有利于构建和谐社会

中国传统文化的最高境界是"和"，也就是和谐。儒家重视"和"的原则，强调"和为贵"。在儒家伦理中，主张"修身养性"，追求人的身心和谐。孔子提出"和而不同"、"礼之用，和为贵"；孟子讲"天时不如地利，地利不如人和"；老子讲："道生一，一生二，二生三，三生万物。万物负阴而抱阳，冲气以为和。"中国传统文化中，儒道互补，儒法结合，儒佛相融，佛道相通，儒释道三教合一，诸子百家互相借鉴，不同地域文化融合统一，都是中国传统文化和谐精神的体现。经过长期的历史积淀，"以和为贵"逐渐成为中华民族的社会心理习惯，如在政治上的"大一统"观念，经济上"不患寡而患不均"的平均主义思想，文学上的"大团圆"结局，美学上的"以和为美"的审美情趣等。和谐思想是中国传统文化的精髓，它规范了人们的行为，维护了社会秩序的和谐稳定，对中国社会长期的稳定和发展起到了积极作用。

中国传统文化强调以和为贵，不仅重视人与自然的和谐共处，还特别重视人与人之间的和谐统一，提倡以"和谐"为最高原则来处理人际关系、民族关系、外交关系。中国人很早就提出构建"人人相亲，人人平等，天下为公"的理想社会。中华民族历来注重亲仁善邻，讲求和睦相处。孔子提出"和而不同"的主张，对于解决当今不同国家与民族之间的纠纷有着十分重要的意义。在不同国家与不同民族之间，由于文化背景、宗教信仰、价值观念上的不同，必然会引起各种冲突和分歧，"和而不同"的原则有利于调节人与人之间关系，进而促进民族与民族之间、国家与国家之间的和谐相处。中国传统文化中的和谐思想，在当今社会主义和谐社会建设中依然具有深刻的现实意义。继承并发扬古代伦理中的优秀成分，为全面推动社会主义和谐社会建设提有益的思想启迪。

当今社会，文化在综合国力竞争中的地位和作用愈加凸显，成为提升我国的国际影响力和提升综合国力的重要一环。中国传统文化历经五千年的传承，对现代社会来说，有精华也有糟粕，我们应该在坚持传承优秀传统文化的同时，又对传统文化进行创造性地改造和转换。

第三节 中华优秀传统文化传承的途径

一、弘扬优秀传统文化要从教育做起

（一）教育导向必先改变

人的教育是一项系统的教育工程，它包含着家庭教育、学校教育、社会教育，三者相互关联且有机地结合在一起，相互影响、相互作用、相互制约，而贯穿其中的就是正确的教育导向。只有教育导向正确，才能教育出优秀的人。然而社会现状是，唯以升学论成败，升学独以分计，由于这种错误的教育导向，致使家长和学校都只看重分数，而忽视对孩子的道德素质教育。要想改变现状，必须先从改变教育导向入手，将学生的德育情况作为升学、评优的一个重要考核标准，只有这样才能减少学生高分低能、有知识没文化的现状。

（二）家庭教育至关重要

家庭教育是一切教育的基础。父母是孩子的第一任老师，也将是孩子终身的老师，孩子在父母的关怀抚爱中逐渐认识世界，在父母的行为中潜移默化接受人格和行为的陶冶。孩子对父母是信赖和尊敬的，父母的一言一行、一举一动对子女都有着言传身教和潜移默化的作用。家庭教育的重点是以品德教育为主，培养孩子良好的道德品质和养成良好的行为习惯，教会孩子如

何学"做人"。家庭教育是教育人的起点与基点,具有其他教育所没有的优势。家庭教育具有早期性、连续性、权威性、感染性、及时性。良好的家庭环境和家庭风气与家庭中长辈的榜样示范密不可分,父母应该注重环境的教育作用,注重以身作则,不应该只注重培养孩子的技能,报各种补习班、特长班,而忽视了培养孩子的品德教育、道德教育。培养孩子要从家长自我做起,践行孝道,严格律己,给自己的孩子做出好的榜样。教会孩子正确地判断事物,引导孩子健康地成长。

(三)强化学校的德育教育

人的一生中从幼儿园到大学,大部分的时间是在学校度过,所以学校是孩子树立正确的人生观、价值观、道德标准最重要的地方,学校虽然有德育课程,但基于追逐升学率,德育教育都流于形式,停留在字里行间,没有落实于学生的行动上。在改变教育导向的同时,应更多地从改变行为上着手,学校应该每学期组织一次道德小模范、十佳小孝子等的学习评比活动,区、市、省乃至全国逐级参与评选,形成一种学习榜样、践行道德文化的良好风气。

(四)加强教师队伍的道德素质培养

百年大计,教育为本;教育大计,教师为本。一个优秀的教师可以改变一群学生的生活道路,一批优秀的教师可以改变和影响一个时代的文化和文明进程。作为文明传播者的教师,应该以身示范。师者,所以传道授业解惑也,韩愈把"传道"放在教师职责的第一位,可见师道、师德的重要性。建议把优秀的传统道德文化纳入教师的培训计划,定期进行道德文化师资培训,着力培养出热爱中华传统道德文化,崇尚有中国特色的社会主义道德精神,师德高尚,修之于身的强大的教师队伍。只有这样,才能将更多的正能量传递给学生们。

二、整体提升公民道德文化水平

(一)以德为先兴百业

无德不兴,人无德不立。但是,美德不是与生俱来的。扶正祛邪,激浊扬清,必须弘扬中华传统美德,加强社会公德、职业道德和家庭美德教育,激发全社会向善的力量。文化软实力最终要靠国民素质来支撑,国民素质首先是道德素质。提升国民道德素质，要以中华传统美德为基，实现中华传统美德的创造性转化、创新性发展，以文化人、以文育人，使知礼守法、诚信友爱、团结奉献等基本道德规范，融入人们的日常生活和工作中，匡正社会风气，陶冶人们情操，使中华文化软实力的光域不断增大、亮度持续增强。

弘扬优秀传统文化需要社会各有机体的相互配合。公民是民族文化的最初创造者和永恒传承者，在构建文化强国的新时期，公民应该自觉加强自身道德修养，践行社会主义核心价值观。要建立良好的社会氛围，提升社会公民道德文化水平。人的思想受到来自社会方方面面的影响，社会环境、社会风气对人的思想道德观念形成具有至关重要的作用。如果一个国家、一个民族没有道德文化支撑，经济发展越高，社会问题将会越严重，社会矛盾就会越多。诸如，现今社会上不忠不孝不悌不义充斥，道德滑坡、信仰缺失、诚信危机、人情冷漠、自私自利。社会这个大环境不改变，所有的基础教育也将付之一炬。现代社会要建立、健全道德信誉度制度，将道德信誉度与相关考核挂钩，使之成为重要的考评指标。

（二）建立正确道德信仰

要建立正确道德信仰，即建立有中国特色的社会主义道德精神。中国传统的道德精神是中华优秀传统文化经过五千年的积淀不断凝结、升华而形成的一种伟大的民族精神，一种有生命力的道德信仰，它能够而且必然与中国当今时代相融合，形成强大的民族凝聚力、创新力，即是有中国特色的社会主义道德精神。建立有中国特色的社会主义道德精神，不是古代文化、古代道德的一味继承，而是取其精华去其糟粕，将优秀的传统道德文化与现时代相结合，用科学的发展观总结、整理、提升。

中国传统文化尤其儒学思想中包含了一系列重视个人道德养成的价值体系，如仁、义、诚、信、孝、和、忠、廉等。公民树立和培育社会主义核心价值观，需要结合中华美德，重视个人道德修养。

在全社会推进公民道德建设工程，营造讲道德、尊道德、守道德的社会氛围，弘扬真善美，贬斥假恶丑。

（三）加强公共宣传

国家要适度地把文化建设提高到制度层面，扩大社会主义民主，为当代中国特色社会主义文化建设提供制度保障，为优秀传统文化的传承提供理性空间。逐步建设和巩固基本政治制度以及与具体政治制度相对应的政治文明，全面而正确地对待传统文化，逐步确立国人的文化自信。

组织宣讲团定期到各地区进行宣讲，让很多人听了之后，懂得应该怎样去孝顺父母，怎样去教育子女，如何用诚信经营企业，如何行善立德，如何做个有道德的人。另一种形式是组织国学论坛，通过开展国学经典教育，解析古文化，输送正能量，让更多的人进一步了解中华传统文化，了解弘扬中华传统文化的重大意义。就此，建议政府部门与社会机构联合，以便多组织诸如此类公益性质的传统文化论坛。

（四）树立榜样

树立道德模范、评选孝贤模范、举办孝文化节等活动，通过榜样的力量教育、感化、带动人们崇德尚贤，见贤思齐。百善孝为先，孝是众德之根，诸善之源，立身之本，齐家之宝，治国之道，是民族认同、民族团结、民族振兴的基础。今天提出的以德治国，建设和谐社会，实则都包涵了中华传统的孝道。孝道、孝顺父母是一切道德的根本，所有的教育包括伦理教育、圣贤教育、道德教育，都是从孝道引申而来的。教人要从教孝道开始，做人要从行孝道做起，小孝为家，大孝为国。所以，要通过在全社会评选孝贤，举办可持续性特色活动，掀起学习模范风潮，形成良好的社会风气。

（五）讲求奉献精神

提升和推广自愿服务事业。自愿服务事业在我国还处在起步阶段，还缺少足够深厚广博的公共社会资源，现代公民意识还不十分清晰、充分和普及，人们对于公共社会和公共事业，特别是化为日常自觉行为的社会志愿服务行为，还缺乏足够充分的认识，自觉主动性还不够。因此，需要大力推广、扶持，并建立与之配套的机制。

三、扩大中华传统道德文化传播

通过各种媒介进行中华传统道德文化的宣传教育。文化产品的传播不是单一的信息传播和商品流动，而是价值观的传播、思想的传递。

（一）媒体宣传

传播文化软实力的基本功是"讲好故事"。中国传统的忠孝仁义靠民间故事宣扬传承，西方的基督教传统也寓于一个个圣经故事中，启示我们用浅显的、通俗的方式传播文化。唯有润物无声，软实力才能实至名归。无论展示中华文化独特魅力，还是提高国际话语权，都要求我们创新对外宣传方式，以人们喜闻乐见的方式讲好中国故事，传播好中国声音。恰恰在这方面，我们还有很多功课要补。因为，不太会讲故事仍然是影响中国文化软实力的短板。无论是出版、影视还是新闻传播，我们之所以存在着巨大的"文化逆差"，很大程度上就是讲故事的功夫还不够，有时甚至还处于"有理说不出"、"有口难辩"的窘境。

文化知识竞技是很有益的尝试。多创作有益的文化作品，多开办有特色的电视栏目，如"中国诗词大会"、"朗读者"、"汉字英雄"、"一站到底"、"中国汉字听写大会"等，既展示了中华文化的风采，又是一种催人奋进的比赛。多设社会陋习曝光专栏，曝光陋习，警示他人，坚决抵制暴力、低俗影视作品，杜绝虚假广告充斥荧屏。

（二）发展文化产业

我国经济实现飞速发展，各类的文化事业、文化产业迅速崛起，但是文化市场为我们提供的消费产品良莠不齐，这就需要我们继续完善文化市场准入和退出机制，完善现代公共文化服务体系。文化具有包容性和多样性，在融合古今中外优秀文化因素为文化产业蓄力时，我们要不失时机地促成文化产业的规模化、集约化和专业化。大力发展文化产业，不断提高我国文化的总体实力和国际竞争力，不仅是经济全球化条件下增强国家经济实力的重要任务，也是文化多样化背景下提高国家文化软实力的工作重点。

要努力实现文化产业创新，让文化更加接近百姓人家，滋养每一位公民。

通过文化载体传递文化内涵，如影视作品《建国大业》、《亮剑》等就是艺术性、思想性和商业性相结合的成功范例。文化产业和文艺作品对传统优秀文化的弘扬也需要选择适当的途径，用社会主流价值观念引领多元文化的发展，把先进文化和传统美德有机结合，把真善美传递给消费者和广大群众。文艺工作者深入开展以"中国梦"为主题的创作活动，引导人民树立和坚持正确的历史观、国家观、文化观，努力传承中华优秀传统文化。

（三）文化交流

提升国家形象的国际亲和力不仅涉及国家行为，也涉及公民的个人行为。中国的科学家、艺术家、体育明星都是很有影响力的形象大使，访问学者教育交流、中国游客、文化团体演出、留学生、商人、官员等在其他国家的言行举止，同样也会被看作中国人的文明水平的代表。

近几年来，党和国家领导人在出访的时候，身体力行地宣传"和谐世界"理念中蕴涵的中华文化思想，充分展示社会主义中国面向现代化、面向世界、面向未来的国际形象，恳切表达中国人民同世界各国人民一道努力建设一个持久和平、共同繁荣的和谐世界的美好心愿，为提升我国的国家形象的亲和力做出了重要贡献。

提升国家形象的国际亲和力的一个重要方面，是重视吸收世界各国优秀文明成果，包括吸收各国人民共同接受的一些基本价值，如保障人权、民主法治、自由平等、公平正义等政治价值，公共服务、终身教育、生活质量、生态文明等社会文化价值。要扩大中华传统道德文化传播，结合传统智慧和现代文明，扩大中华文化的国际影响力，以道德精神引领主流。

四、通过引进吸纳实现文化创新

（一）吸收世界文化之养分为我民族文化之升华

中国文化具有柔性而得以传承。通过学习和吸收世界文明，使中华文化影响力得到提升。在展示现代中国的同时，还需要保持清醒的认识：中国的软实力与一些西方国家还存在着差距，相对于硬实力的显著提高，文化软实力亟待加强。所以，在展示和传播中国文化的同时，我国也要面向世界，虚心学习，把诸如上海世博会和北京奥运会等当作中国人民拥抱人类文明最新成果的一次绝好机会，展示和学习并举。这对拓宽国民的视野以及中国的城市化进程都会产生积极的影响，中国文化更可以通过与世界各种文明的交流、碰撞得到发展和升华。

要通过学习和吸收世界各国优秀的文明成果以及各国人民共同接受的一些基本价值，如民主法治、公平正义等政治价值，公共服务、终身教育、生活质量、生态文明等社会文化价值，去粗存精，去伪存真，为我所用，促进我国文化软实力的不断提升。

（二）吸收才能具有创新之实力

中华传统优秀文化的弘扬还需要激活市场竞争机制，让中国文化"走出去"，开拓文化产品的国际市场，扩大民族文化的国际影响力。要通过"走出去"战略进一步增强中华文化的吸收能力和传播能力，使我国在经济总量列为世界强国以后，自觉转型为价值和文化意义上的强国。

文化是国家的根脉，面对激烈的国际竞争，只有认识文化的价值，重视文化建设，才能大力发展、大有可为；只有形成与我国经济社会发展和国际地位相适应的文化优势，我们才能在各种思想文化的相互激荡和碰撞中掌握主动权，有效应对来自各方面的挑战。为此，必须从战略上思考和谋划文化软实力的提升。

五、在弘扬中华优秀传统中予以文化新的生命力

（一）文化软实力的竞争日趋激烈

当今世界各国，除了经济、科技、军事力量等"硬实力"的比拼，文化软实力的竞争也日趋激烈，因为文化越来越成为民族凝聚力和创造力的重要源泉，越来越成为综合国力竞争的重要因素。这种"软较量"往往润物无声、潜移默化，运巨变于无形。一个国家能否真正成为强大的经济体，越来越取决于文化创新的力量，取决于依托文化的制度创新与科技创新的力量。能否高瞻远瞩提高文化软实力，决定着一个国家的未来。

（二）文艺作品要承载中华文化的核心价值观

政治领域各种思潮激荡会渗透到经济、社会和文化领域，在网络媒体和影视文学作品中尤为突出。文艺是时代前进的号角，广大文艺工作者要认识到自己所负担的历史使命和责任。文艺作品的创作要有深度和厚度，要承载社会主义核心价值观，要引导人们怀有积极的人生观和世界观，抵制享乐主义、拜金主义、极端个人主义等错误思想，杜绝失德行为。

(三) 对传统文化批判地继承是一种创新

中国传统文化中有太多可挖掘的用于规范公民行为、提升公民修养的优秀思想，在我们践行社会主义核心价值观时，不能忘记传统文化给予我们精神上的支撑。社会主义核心价值观是对传统文化的传承与升华，公民在弘扬优秀传统文化时，要结合时代因素大胆地批判继承。

中国传统文化的形成和发展受当时生产力水平、政治制度、人类认识局限性的影响，需要我们扬弃地继承，使之与现代文化相融相通。构建社会主义文化强国也要注重文化体制机制的创新。完善文化管理体制，健全坚持正确舆论导向的体制机制，明确不同文化事业单位的功能定位，为传统文化的创新发展提供新的空间。

大力弘扬优秀的中华传统道德文化，建设有中国特色的社会主义道德精神任重而道远，需要全社会共同的努力。将我们的民族精神发扬光大，实现中华民族伟大复兴，实现中国梦。

参考文献

[1] 王昊. 中国古代叙事文学研究 [M]. 安徽师范大学出版社，2017.

[2] 董乃斌. 中国文学叙事传统论稿 [M]. 上海：东方出版中心，2017.

[3] 苏新春. 两岸语言应用与叙事文化研究系列文丛语用研究 [M]. 厦门：厦门大学出版社，2017.

[4] 郭英德. 探寻中国趣味中国古代文学之历史文化思考 [M]. 北京：商务印书馆，2017.

[5] 龚贤. 中国古代诗词艺术专题 [M]. 北京：九州出版社，2017.

[6] 常立，严利颖. 让我们把故事说得更好图画书叙事话语研究 [M]. 桂林：广西师范大学出版社，2017.

[7] 刘士林等. 中国海上丝绸之路城市廊道叙事 [M]. 上海：东方出版中心，2017.

[8] 吕思勉. 雷原，白金钟. 蒋爱花导读. 中国通史 [M]. 成都：四川人民出版社，2017.

[9] 陈一愚.1896—1949 中国早期电影观众史 [M]. 北京：中国电影出版社，2017.

[10] 何新华. 中国外交史（从夏至清）下 [M]. 北京：中国经济出版社，2017.

[11] 俞樟华. 古代传记理论研究 [M]. 哈尔滨：黑龙江人民出版社，2018.

[12] 张再林. 作为身体哲学的中国古代哲学 [M]. 北京：中国书籍出版社，2018.

[13] 郝虹. 贾鹏涛. 中国古代社会与思想文化研究论集（第 5 辑）[M]. 社

会社会科学出版社，2018.

[14] 王萍. 中国古代小说戏剧研究丛刊第 14 辑 [M]. 兰州：甘肃教育出版社，2018.

[15] 谈玉金，魏扬. 观宋中国古代文人用器第 1 卷 [M]. 南昌：江西美术出版社，2018.

[16] 朱志荣. 华东师范大学中文系，华东师范大学美术与艺术理论研究中心. 中国美学研究第 11 辑 [M]. 北京：商务印书馆，2018.

[17] 杜亚雄. 中国名歌选萃 [M]. 苏州：苏州大学出版社，2018.

[18] 时胜勋. 现代中国文论话语 [M]. 北京：光明日报出版社，2018.

[19] 安平秋. 中国典籍与文化论丛第 19 辑 [M]. 南京：江苏凤凰出版社，2018.

[20] 苏智良，陈恒. 近代江南与中国传统文化 [M]. 上海：上海三联书店，2018.

[21] 史常力. 中国早期史书叙事模式的形成及流变 [M]. 广州：中山大学出版社，2019.

[22] 费春放. 文化身份与叙事策略 [M]. 天津：南开大学出版社，2019.

[23] 陈昊. 身分叙事与知识表述之间的医者之意 [M]. 上海：上海古籍出版社，2019.

[24]（美）康儒博. 顾漩译. 修仙古代中国的修行与社会记忆 [M]. 南京：江苏人民出版社，2019.

[25] 周静. 钱定华. 神话中国绘治水的大禹 [M]. 长沙：湖南少年儿童出版社，2019.

[26] 李遇春. 中国文体传统的现代转换 [M]. 广州：广东高等教育出版社，2019.

[27] 唐伟胜. 叙事理论与批评的纵深之路 [M]. 上海：上海外语教育出版社，2015.

[28] 李丹. 中国现代诗歌理论与古典资源 [M]. 北京：商务印书馆，2019.

[29] 叶舒宪. 中国文学人类学理论与方法研究系列丛书玉石神话信仰与华

夏精神[M].上海：复旦大学出版社，2019.

[30]周中明.中国的小说艺术戏曲曲艺民歌寓言研究[M].北京联合出版公司，2019.

[31]廖群.中国古代小说发生研究[M].济南：山东教育出版社，2016.

[32]贺学君.中国民间叙事诗史[M].石家庄：河北教育出版社，2016.

[33]徐习文.宋代叙事画研究[M].南京：东南大学出版社，2014.

[34]张文珍.马瑞芳丛书.中国古代通俗小说发展研究[M].济南：山东教育出版社，2016.

[35]苏新春.两岸语言应用与叙事文化研究系列文丛语用研究[M].厦门：厦门大学出版社，2017.

[36]费春放.文化身份与叙事策略[M].天津：南开大学出版社，2019.

[37]熊江梅.先秦两汉叙事思想第1卷[M].长沙：湖南师范大学出版社，2011.

[38]俞樟华.古代传记理论研究[M].哈尔滨：黑龙江人民出版社，2018.

[39]余江.中国古代文学三百题[M].北京：商务印书馆国际有限公司，2016.

[40]张再林.作为身体哲学的中国古代哲学[M].北京：中国书籍出版社，2018.